KB036640

콘텐츠의 사회학

엔 터 테 인 먼 트 콘 텐 츠 로 문 학 을 읽 다

콘텐츠의 사회학

VFX

STORYBOARD

CASTING

POST PRODUCTION

포스트모던의 새로운 신들

장이지
지음

COLOR CORRECTION

SHOOTING

SHOWREEL

LIGHTS

서랍의날씨

CONTENTS

한나 아렌트Hannah Arendt는 인간의 세 가지 근본 활동인 '노동', '작업', '행위'를 구분한다. '노동'이 물질대사와 같이 반복되고 소모되어 사라지는 것이라면, '작업'은 건축물과 같이 영속성을 띠는 것을 말한다. '행위'는 '작업'의 영역에서 인간과 인간이 관계를 맺는 것, 다시 말해 정치적인 영위다.〈인간의 조건〉 셋 중에서 문학은 '작업'의 영역에 속한다. 위대한 문학 작품은 작가가 죽은 뒤에도 많은 사람에게 읽히며 인생을 풍요롭게 한다. 독자들은 문학 작품을 읽음으로써 인간에 대해 더 잘 알 수 있다. 적어도 근대문학에 있어서 널리 받아들여지는 통념이다.

그에 반해 '텔레비전 드라마'는 '노동'의 영역으로 분류할 수 있다. 소비되는 속성이 있으며, 영속성을 띠지 않는다. 경우에 따라 두 번 볼 수는 있어도 처음 보았을 때의 재미를 다시 느낄 수는 없다. 그렇다고 해서 '텔레비전 드라마'와 같은 오락거리들이 무용하고 의미가 없다는 말은 전혀 아니다. 사회에 있어서 의미가 없는 것은 존재하지 않는다.

'노동'과 '일'의 경계선이 제대로 작동한다면 인간은 '노동'을 통해 스트레스를 해소하고, '작업'의 영역에서 더욱 창의적인 일을 할 것이다. '작업'이 차츰 '노동'처럼 되어 갈 때 '문화의 위기'가 생긴다. 이것이 한나 아렌트가 말하는 '문화 위기론'의 요체다. 예를 들어 문학이 엔터테인먼트처럼 된다면 매우 유감스러운 현상이 아닐 수 없다. 물론 이 경우에도 엔터테인먼트 자체가 우리에게 해로운 것은 아니라는 점을 강조해야겠다.

한국문학은 '대중문학'이나 '대중문화'를 엔터테인먼트의 영역으로 몰아내고 상대화시킴으로써 독자들 위에 군림해 왔다. 군림해 왔다는 말은 조금 심한 표현인지 모르겠다. 그러나 분명히 한국문학은 '구별 짓기'를 통해 독자들을 선택해 온 면이 있다. 소위 '순문학'이라는 배타적인 영역의 작품들에 접근할 수 있는 독자들은 우리가 생각하는 만큼 '누구나'가 아니다. 그에 반해 엔터테인먼트 영역에 속하는 텔레비전 드라마나 영화, 쇼 오락 프로그램은 순문학에 비해 절대 다수의 시청자들에게 '열려' 있다. 다시 말해 '누구나' 접근할 수 있다는 말이다. 과거에는 오히려 바로 그 점을 이유로 순문학은 엔터테인먼트의 세계를 내려다보는 듯한 자세를 취했지만, 요즘에는 그런 귀족적인 태도를 더 이상 취하기 어렵게 되었다.

근대문학은 이미 실효성을 잃었다는 주장도 심심치 않게 들려온다. 국민국가나 모국어의 신화가 세계 체제하에서 점점 실추되고 있는 것이 그 근거라는 점은 이미 잘 알려진 사실이다. 다만 이경우 '문학 자체'의 소멸을 의미하지는 않는다는 것에 주의할 필요가 있다. 그렇다면 근대문학이 종말을 맞은 이후의 '문학'은 도

대체 어떤 것이 될지 사뭇 궁금해진다. 그것에 대해 예단할 수 있는 사람은 아마 없을 것이다.

《동물화하는 포스트모던》의 아즈마 히로키東浩紀는 만화·애니메이션이나 라이트노벨light novel, 게임 등 일본의 서브컬처subculture를 중심으로 그 가능성을 탐색한 바 있다. 그는 서브컬처 중에도 작품성이 뛰어난 작품들이 많이 있다면서 그 가능성을 높이 평가한다. 물론 그의 생각이 다 옳은 것은 아니다. 그가 거론한 작품들의 선별 기준에 의문을 표하는 사람들을 개인적으로는 자주 보았다. 그럼에도 서브컬처의 영역에서 '근대문학 이후'의 가능성을 찾으려는 시도가 지닌 의미까지 깎아내릴 필요는 없다.

이 책은 엔터테인먼트 영역의 작품들, 혹은 서브컬처로 불리는 영역의 작품들을 주요 관심의 대상으로 삼고 있다. '문학의 리터러시literacy'라고 할까, 대학 강의실에서의 경험을 토대로 말하건대, 문학 작품을 읽고 이해하는 능력은 확연히 저하되고 있는 추세다. 반면 텔레비전 드라마나 영화, 대중음악 등 엔터테인먼트 영역의 콘텐츠들은 영향력이 막강해졌다. 시청자들은 엔터테인먼트 영역의 대대적인 물량 공세에 직면해 있다.

엔터테인먼트 영역의 콘텐츠 하나하나에도 문학 작품과 같은 '이야기'가 존재한다. 그렇다는 것은 십대나 이십대 젊은이들이 대학 교수들보다 더 많은 콘텐츠를 접하고 있다는 말이 된다. 과연 대학 교수들은 더 많은 소설에 대해 안다는 이유로 젊은이들을 능히 가르칠 수 있을까. 이 물음에 대해서는 누구도 선뜻 쉽게 답을 내리지 못할 것이다. 간단한 문제가 아니다. 물론 단순히 '이야기'를 많이 접하는 것과 그것을 체계적인 이론으로 조직하는 것은 전혀 다른 문제다. 그럼에도 바로 앞 세대가 모르는 '이야기'를 후속 세대가 많이 알고 있다는 것은 간단한 문제가 아니다.

아무튼 나는 '이야기'의 차원에서라면 문학과 엔터테인먼트 영역의 드라마, 영화, 만화·애니메이션, 쇼 오락 프로그램이나 대중음악 등을 한데 묶어서 논할 수 있지 않을까 하는 생각이 들었다. '있지 않을까' 하는 생각은 내면에서 '근대문학 이후'의 가능성에 대한 탐구의 시급성과 결합하면서 차츰 강한 당위성을 띠게 되었다.

그러나 드라마, 영화, 만화·애니메이션, 쇼 오락 프로그램 등과 문학을 가로지르면서 이론적인 논의를 진행하는 것은 매우 어려운 일이다. 각각의 분과가 아직 체계적인 이론을 확립하지 못한 것도 있다. 그런 의미에서라도 각각의 분과를 일단 하나의 차원으로 환원할 필요가 있었다. 거창한 것 같지만, 사실은 각각의 분과를 한데 묶어서 논의하는 것에 지나지 않는다. 작품의 스토리를 소개하여 스포일러가 된 경우도 없지 않으나 주로 세계관이나 설정, 캐릭터를 중심으로 논의를 전개했다.

이 책은 주로 한국의 대중문화 콘텐츠와 만화·애니메이션을 포함한 일본의 문화 콘텐츠를 제재로 삼았다. 경우에 따라서는 소설을 거론하기도 했다. 순전히 나의 취미나 취향에 따른 것이다. 전자는 최근 대중서사 연구자나 사회학 전공자들에 의해 많은 논의가 이루어지고 있다. 그에 비해 후자는 소비는 많이 되고 있지만 전문가에 의한 연구는 그에 미치지 못하는 것 같다. 그나마 미야자키 하야오宮崎

駿 등 일부 인기 작가의 작품에만 관심이 편중되고 있는 점은 아쉬운 대목이다.

이쪽 분야의 저술은 새로운 작품들이 매우 빨리, 매우 대량으로 쏟아져 나오는 데에 따른 난점이 있다. 개별 작품을 스토리 중심으로 분석하는 방법에는 한계가 있다. 모든 작품을 분석할 수는 없기 때문이다. 그래서 여러 작품에 반복하여 나타나는 패턴들에 주목하여 논의를 하고자 노력했다. 개별적인 작품을 다루더라도 여러 작품에 걸쳐 반복하여 나타나는 것의 일례임을 독자들이 알아주었으면 좋겠다.

이 책에서 나는 '콘텐츠의 사회학'을 표방했다. 사회학을 알봐서 그런 것은 전혀 아니다. 이 책은 통계 자료나 도표를 활용하지도 않는다. 나는 그저 문학 연구자일 뿐이다. 다른 무엇을 참칭하지 않았다. 문학 연구자로서 나는 문학이 자신을 산출한 사회와 긴밀한 상호 작용을 한다고 믿는 편이다. 문학 이외의 콘텐츠에 대해서도 비슷한 생각을 하고 있다. 궁극적으로 말하고 싶은 것은 콘텐츠 자체라기보다는 콘텐츠를 통해서 본 '사회'다. 그렇게 함으로써 콘텐츠를 문학과 같은 반열에 놓고 읽는 것이 가능해지리라고 생각했다. 나는 여전히 문학의 편에 서서 그 외연을 넓히기 위해 문학 건너편에 있는 여타의 콘텐츠들을 흘끔흘끔 넘보고 있는지도 모르겠다. '사회학'을 들먹인 이유는 그런 소박한 의미에서였음을 독자들이 양해해 주리라 믿는다.

한편으로는 이 책이 문화 콘텐츠에 대한 상식적인 설명만으로 채워져 있으리라는 선입견을 주고 싶지 않았다. 이 책의 기술에 사용된 언어는 상식적인 수준에 머물지만은 않는다. 상식적인 수준의 언어로는 콘텐츠에 개입한 사회의 이면을 파헤칠 수 없다. 그렇다고 책의 내용이 어렵지는 않을 것이다. 일본 쪽의 콘텐츠들이 조금 생소하다고 느낄 수도 있지만, 책에서 다룬 콘텐츠들을 찾아가면서 본다면 이해가 더욱 풍부해질 것이다.

이 책의 말미에는 책에서 다룬 주요 콘텐츠들의 목록과 그 해제가 있으니 참고해 주시면 좋겠다. 이 해제는 최신 정보를 모두 포함하고 있지는 않으며, 어쩌면 착오가 있을 수도 있다. 그것은 전적으로 저자의 게으름 탓이다.

이 책의 밑그림은 성균관대학교 비교문화협동과정에 개설한 강의 '현대일본문화콘텐츠산업'에서 출발한 것이다. 강의 개설에 도움을 주신 성균관대학교 국어국문학과의 황호덕 교수님께 심심한 감사의 인사를 올린다. 2013년과 2014년 강의에서 한일 문화콘텐츠를 함께 공부한 성균관대학교의 학생들에게도 고마운 마음을 전하고 싶다. 생각해 보면 그 시간들은 오타쿠끼리의 즐거운 존재 확인의 시간이었다.

언제나 학문적 자극과 영감을 주시는 성공회대학교 임규찬 교수님, 성균관대학교 정우택, 천정환 교수님, 광운대학교 고명철 교수님과 제주대학교 국어국문학과의 모든 교수님들께도 사의를 표하고 싶다.

이 책의 일부는 〈문장 웹진〉 2013년 10월호부터 2014년 3월호에 걸쳐 연재된 에세이를 다소 수정한 것임을 밝혀 둔다. 사실 이 연재 때부터 책의 출판이 기획된 것이다. 연재와 출판을 제안해 주신 김근, 이영주 두 벗이 없었더라면 이 책은 세상에 나올 수 없었을 것이다. 이렇게 서로 손발을 맞춰 보는 것도 마음 따뜻한 추억이 되지 않을까 싶다. 선뜻 출판을 맡아 주신 서랍의날씨 박세현 사장님께도 감사의 인사를 올린다.

2015년 8월
제주도에서

이야기론

이 야 기 의 구 조

특정한 문화권, 혹은 인류 보편의 영역에 있어서 민담은 어떤 공통적인 구조를 취하고 있다. 예를 들어 남편이 죽은 아내를 찾기 위해 죽음의 세계로 떠난다는 이야기는 그리스에도, 일본에도 있다. 여기에서 일단 이야기의 '보편성'이 '구조'의 층위에서 성립한다는 가설을 세울 수 있을 것이다.

이야기에 있어서 구조의 중요성은 '번역'을 떠올리면 더 절실한 문제가 된다. 오쓰카 에이지大塚英志는 일본의 서브컬처나 문학의 세계화에 대해 가라타니 고진柄谷行人의 언설을 빌려 다음과 같이 말한다.

📺 일본 애니메이션도, 무라카미 하루키村上春樹나 요시모토 바나나吉本ばなな도, 그들이 용이하게 세계화한 것은 거기에 구조 밖에 없기 때문이라고 하는 가라타니의 지적은 수고 없이 해외에 전할 수 있는 것은 '구조' 부분밖에 없다고 하는 것이기도 하다. '구조' 이외의 것이 전해질 수 없는 것은 아니지만, 그것은 터

무늬없이 성가신 디스커뮤니케이션을 타고 넘어가야지 가능한 일이다. 간단하게 전해지는 것은 '구조'뿐이다. 그러니까 세계에 전해진 표현 등은 대개 구조에 특화된 표현이다.*

일본의 서브컬처나 무라카미 하루키, 요시모토 바나나 등의 문학이 세계화된 이유는, 다른 요인도 없지 않겠지만, 일단 구조적으로 알기 쉽기 때문이다. 노골적으로 말하면 세계화된 콘텐츠들은 독자들에게 익숙한 구조, 빤한 구조를 취하고 있어서 보다 용이하게 수용되었다는 것이다.

'한류'로 표현되곤 하는 한국의 아이돌 음악이 '후크송'이라는 다소 단순한 구조를 취하고 있는 것도 이러한 맥락에서 보면 이해가 쉬워진다. Mnet 등 음악 방송을 통해 소개된 아이돌들의 성장기〈열혈남아〉2008, 〈Win〉2013 등는 왕의 미션을 받들어 시련으로 점철된 모험을 거치며 영웅이 되는 기사의 이야기 구조를 벤치마킹한 것이다. 기획사 사장이 주는 미션, 월말 평가, 소중한 멤버의 퇴출이나 탈퇴, 피나는 노력, 라이벌과의 대결, 실력자의 인정, 팬들의 인정 등으로 이어지는 이야기 구조는 매번 반복되지만, 나름대로 흡인력이 있다.

드라마의 경우도 대동소이하다. 줄거리를 대강 알지만 〈허준〉은 리메이크 되어도 시청자들이 다시 본다. 이병훈 PD의 사극들은 〈대장금〉MBC, 2003~2004이든 〈허준〉MBC, 1999~2000이든 비슷한 구

---

* 大塚英志, 《物語論で読む村上春樹と宮崎駿─構造しかない日本》, 角川書店, 2009, 13쪽.

조를 띤 이야기들이다. 시청자들은 식상하다고 욕을 하면서도 결국은 그 뻔한 이야기를 본다. 디테일이 중요한 것이 아니라, 이야기의 구조 자체가 시청자들에게 매력이 있는 것이다.

이쯤 되면 수용자들을 끌어들이는 이야기의 패턴에는 어떤 것들이 있을지 궁금해진다. 조금 한심한 말이지만, 우리가 살고 있는 고도 자본주의 사회에서 이야기가 단순해지고 골조만 남은 형태로 변화해 가는 것은 이미 큰 흐름이 되고 있다.

문학사와 데이터베이스

이나바 신이치로稻葉振一郎는 전근대와 근대, 포스트모던에 있어서 이야기의 양상을 각각 '데이터베이스=이야기', '데이터베이스 없는 이야기현실', '데이터베이스≠이야기'로 정리한 바 있다.《モダンのクールダウン―片隅の啓蒙》 물론 이것은 아즈마 히로키의 '데이터베이스 소비론'을 염두에 둔 도식이다.

'데이터베이스≠이야기'를 다른 말로 표현하면 '큰 비非이야기로서의 데이터베이스'라고도 할 수 있다. 데이터베이스가 이야기의 형태가 아닌 다른 요소들의 축적으로 존재한다는 것이다. 아즈마 히로키가 여기서 가장 주목한 것은 '캐릭터'지만, 데이터베이스에는 '캐릭터'만 존재하지는 않을 것이다. 또한 이야기가 전혀 존재하지 않는 것도 아니라고 보아야 한다. 그럼에도 이야기

아닌 것이 데이터베이스에서 큰 비중을 차지한다고 볼 수 있기 때문에 데이터베이스를 '비이야기들의 축적'으로 설명한 것이다.

근대까지는 이야기=소설가 현실을 재현한다고 여겨졌고, 이야기는 시간축을 따라 선형적인 양상을 띤다는 것이 일반적인 관념이었다. 포스트모던에서 이야기는 더 이상 현실을 재현한 것으로서의 선형적인 양태를 띤 채 출현하지만은 않는다. 설사 선형적인 형식을 통해 출현하더라도 이야기는 포스트모던적인 소비자들에 의해 비선형적으로 소비되기 십상이다. 드라마를 줄거리 중심이 아니라 캐릭터 중심으로 소비하는 시청자들을 떠올리면 이해에 도움이 될 것이다.

드라마 〈별에서 온 그대〉SBS, 2013~2014를 보고 시청자들은 '천송이'전지현 분나 '도민준'김수현 분에 열광한다. 딱히 스토리라인을 정확히 알지 못하더라도 시청자들은 캐릭터 자체의 매력에 흠뻑 빠진다. 심지어 〈별에서 온 그대〉라는 작품의 외부에서도 캐릭터들은 건재를 과시한다. 캐릭터들은 같은 방송사의 〈런닝맨〉이라는 예능 프로그램의 패러디에도 등장하며, 시청자들은 이것을 자연스러운 일로 받아들인다. '작품에서 독립한' 캐릭터들의 집합을 가령 '데이터베이스'의 한 종류라고 부를 수 있는 것이다.

여기서 주목해야 할 것은 바로 '데이터베이스'라는 용어 자체인지도 모른다. 이나바 신이치로는 전근대 이야기의 양상을 '데이터베이스=이야기'라고 정리했지만, 어디까지나 편의적인 설명에 지나지 않는다. 전근대의 '이야기'는 공동체의 기억을 담지한 미디어다. 전근대의 이야기꾼은 "옛날 옛날에~"로 시작하는 이야기 속에서 공동체의 기억을 자기 것으로 전유하며 후대에 전달하는 신성한 임무에 복무한다. 이러한 '이야기들'을 어떤 대학에서 나름대로의 기준에 따라 분류하여 데이터베이스를 구축한다고 해도, 전근대에 있어서 이야기의 양상을 '데이터베이스=이야기'라고 정리할 수는 없다. 전근대인에게 그 이야기들은 '데이터'와 같은 수준으로 환원할 수 없는 것이기 때문이다.

근대에 있어서 문제가 되는 것은 '그렇다면 문학사는 데이터베이스인가' 하는 점이다. 문학의 역사가 축적되는 과정에서 이 의문은 자연스럽게 제기된다. 근대의 이야기—소설는 주지하다시피 작가라는 특별한 개인의 특별한 경험, 특별한 사건을 다룬다. 문학사는 특별한 이야기들의 집적이다. 가령 우리나라를 예로 들면, 1920년대의 문학사와 1990년대의 문학사는 부피 면에서부터 상당한 차이가 있다. 그럼 특별한 작품들을 다량 집적한 1990년대의 문학사는 데이터베이스일까.

물론 데이터베이스처럼 문학사를 정리·구축할 수도 있다. 그러나 근대 작가가 문학사를 곁눈질하면서 자기 작품을 쓴다고 한다면, 데이터베이스를 활용하는 식의 태도는 아닐 것이다. 근대 작가는 현실과 대결하기 위해 문학사를 참조한다. 그들은 어디까지나 현실을 재현한다고 주장한다. 문학사를 어떤 데이터베이스, 혹은 데이터의 차원에서 참조할 때 비로소 아즈마 히로키가 말하는 '포스트모던적' 현상이라고 할 수 있다. 그때의 문학사는 그때에만 분명히 데이터베이스다. 요컨대 데이터베이스라는 문제 설정은 수용자의 '태도'에 매우 큰 영향을 받는다는 것이다.

드라마의 첫 회만을 보고 줄거리의 흐름을 예측하고, 여러 드라마 속 주인공들의 유형을 분류하면서 드라마를 시청하고, 영화의 관습에 '익숙해져서' 특정한 장면 뒤에 일어날 사건을 알아맞힌다면, 이미 그는 드라마나 영화의 콘텐츠를 데이터베이스에 의거하여 소비하고 있는 셈이 된다. 아즈마 히로키는 그렇게 하지 않았지만, 그의 데이터베이스에 대한 세계관을 창작자 측에 적용해 보면, 백일장에 간 학생이 불행한 가족사를 늘어놓으며 심사 위원들의 감성에 호소하는 것과 같은 태도로 나타나게 된다.

이때 학생은 한국 문학사 안의 불행한 가족사를 '현실'이 아니라 '데이터'로 손쉽게 치환하여 활용한 것이 된다. 2000년대 이후 한국시가 양적으로 팽창했음에도 기억에 남을 만한 작품을 내놓지 못한 이유 역시, 2000년대의 젊은 시인들이 경험의 얕음을 캐릭터나 외래어, 혹은 세계관의 데이터베이스로 커버해 왔기 때문은 아닌지 생각해 볼 시점에 우리는 이르렀다.

리얼리즘, SF, 판타지의 허구

리얼리즘을 설명하며 흔히 '재현'이라는 말을 자주 한다. 원본으로서의 세계를 작품 안에 다시 나타나게 하는 것이 바로 '재현'이라고 하면 이해가 빠르다. 아무튼 독자들은 리얼리즘이라고 하면 흔히 사실 그대로라고 믿어 버리는 경향이 있다. 어떤 시청자들은 드라마의 악역과 진짜 악인을 혼동하곤 한다. 리얼리즘 작품에 그려진 현실은 엄연히 '허구'다. '허구'라는 점에 있어서는 리얼리즘이나 SF, 판타지가 모두 마찬가지다. 그러나 리얼리즘이나 SF, 판타지에 그려진 '허구'가 반드시 동일하다고는 할 수 없다. 이나바 신이치로는 리얼리즘의 허구에 대해 다음과 같이 설명하고 있다.

🔊 '리얼리즘'의 작품 세계에서는 우선 무엇보다 현실 세계와 같은 물리 법칙이 지배하고 있다. 그것만이 아니라 무대가 되고 있는 곳도 지구다. 지구가 지나온 역사도 최소한 인류 등장 이전의 지질학적·고생물학적 질서에 대해서는 현실 세계와 완전히 일치한다. 그리고 인류사의 질서 면에서도 매크로 레벨에서는 현실 세계와 다름이 없다. 간단히 말하면 "공공 세계의 역사에 있어서는 현실 세계와 다른 것이 없다."고 하는 것이 '리얼리즘'의 작품 세계다. '리얼리즘'의 허구는 공공 세계의 레벨에서가 아니라, 그 그늘의 로컬한 사적 세계 가운데서 숨을 쉰다. 등장하는 허구의 현실 세계에는 부재하는 등장인물은 기본적으로는 이름 없는 사인私人이고, 공공 세계에서 역사에 이름을 남길 것 같은 저명인으로서 활약하는 것은 아니다.*

* 稲葉振一郎, 《モダンのクールダウン―片隅の啓蒙》, NTT出版, 2006, 54쪽.

콘텐츠의 사회학

물론 이나바 신이치로는 '역사 소설'과 같은 유보 사항에 대해서도 언급하고 있지만, 인용한 부분만으로도 리얼리즘의 허구에 대한 개괄적인 의미는 파악할 수 있을 것이다. 리얼리즘 작품은 현실에서 사소한 부분만 어긋나는 세계를 무대로 하며, 일반적으로 '세계 그 자체'를 그리기보다 세계 중의 개별 사건들을 다룬다. 리얼리즘 허구에 나타나는 '세계'는 현실과는 사소한 부분에서만 차이가 있어서 크게 부각되지 않는다. 부각될 필요도 없다.

〈응답하라 1994〉tvN, 2013에 등장하는 '서울 쌍둥이'가 현실에서는 'LG 트윈스'라는 야구단이지만, 그러한 차이 때문에 이 드라마를 판타지로 부르는 사람은 아마 없을 것이다. 시청자들은 야구구단의 이름이 다르고 현실에는 없는 코치나 선수의 이름이 나오더라도, 드라마의 배경이 '현실의 1994년'이라는 것을 어느 정도는 '양해'하고 넘어간다.

반면 SF 작품은 현실과는 다른 이질적인 세계를 그린다. 세계자체에 관심을 둔다고 해도 좋다. 예를 들어 〈로보캅Robocop〉폴 버호벤Paul Verhoeven 감독, 1987은 기계에 인간의 기억을 다운로딩 할 수 있게 된 '근미래의 세계'를 묘사한 작품이다. 이 영화가 관객들에게 받아들여지기 위해서는 일단 관객들이 '근미래의 세계'라는 설정을 수용하지 않으면 안 된다. 보는 사람들에게는 〈응답하라 1994〉의 설정을 받아들이기보다 〈로보캅〉의 설정을 받아들이기가 훨씬 번거로운 일이다. 사이보그 경찰이 도심의 스카이라인에 나타나 악당들을 물리치는 세계에 대해 어떤 사람들은 황당한 이야기라며 거부 반응을 보일 수도 있다. SF의 저변이 리얼리즘에 비해 넓지 않은 이유이다.

판타지는 SF보다 더 이질적인 세계를 그린다. SF 작가들은 비록 허구일지라도 언젠가 미래에 실현될 수도 있는 세계를 그려야 한 다는 점에 은근히 구애를 받는다. 그러나 판타지 작가들은 그러 한 제약을 전혀 느끼지 않는다. 그들은 마술사와 요정들, 숲 속의 괴물들이 우글거리는 공상의 세계를 형상화한다.

물론 판타지에도 현실처럼 보이는 허구-1차 세계-와 현실과는 전혀 다른 '이세계異世界'-2차 세계-를 오가는 것이 있고, 온전히 2 차 세계로만 이루어진 것도 있다. 〈해리 포터Harry Potter〉조앤 K. 롤링Joan K. Rowling 원작, 2001~2011 시리즈가 전자에 해당하는 판타지라면, 〈반지 의 제왕The Lord of the Rings〉J. R. R. 톨킨Tolkien 원작, 2001~2014 시리즈는 후자 에 해당하는 판타지다. 어느 쪽이나 판타지의 세계에 진입하기 위 해서는 해당 판타지가 구축하고 있는 '세계'에 대한 이해가 필요 하다. 리얼리즘 작품에 그려진 세계는 별다른 선행 학습 없이도 우리가 잘 이해하지만, 판타지에 그려진 세계에서는 자칫 한눈을 팔면 이해하기 힘든 부분이 생긴다.

아무튼 SF와 판타지는 리얼리즘에 비해 '세계'에 대해 자주 언 급한다. 그것은 빈번하게 알레고리가 되기도 한다. 특히 문학 작 품의 독해에 익숙한 사람일수록 SF와 판타지의 '세계'를 우리가 살고 있는 현실의 축도로 파악하고자 한다. 낯선 것을 익숙한 것 으로 치환하여 이해하고자 하는 인간의 자연스러운 심리에서 기인하는지도 모르나, 이는 SF·판타지를 향유하는 방법의 일부분이지 전부라고는 할 수 없다. SF·판타지에서 반드시 교훈을 찾아내야 할 의무가 향유자들에게 있는 것은 아니다.

이나바 신이치로는 SF·판타지의 약진이 리얼리즘을 기반으로 하는 주류 문학에 '우화의 부흥'이라는 충격을 주고 있다고 진단한다. SF·판타지의 장치들이 리얼리즘 기반 작품의 향유자들에게도 점점 익숙해지고 있다는 설명이다. 그것은 한국문학계에서도 정도의 차이는 있지만, 그대로 들어맞는 설명으로 여겨진다.*

음모론, 알레고리, 문학의 사명

우리는 우리를 둘러싼 세계에 대해 자주 의문을 품는다. 세계는 표층과 심층으로 나뉘며, 우리가 일상에서 접하는 표면적인 부분은 비본질적이라고 치부해 버린다. 사건이나 현상에는 이면이 있기 마련이며, 언제나 중요하고 본질적인 것은 감춰져 있다고 믿는 경향이 있다. 이러한 태도는 구조주의적 태도와도 이어져 있는 것이지만, 한편으로는 '음모론'과도 이어져 있다.

앞으로 점점 더 '음모론'이 위력을 떨치는 시대가 될 수밖에 없는 것은 아닐까. 그것이야말로 정보 사회의 이면을 떠올리게 한

---

* 개인적으로는 《총통각하》2012의 배명훈이나 《개그맨》2011의 김성중을 염두에 두고 하는 말이다.

다.《음모론의 시대》에서 전상진은 세상이 점점 불확실해지고 불안정·불안전해짐에 따라 음모론의 시대가 도래하고 있다고 지적한다. 불가해한 세계의 '의미'를 밝혀 줌으로써 음모론은 모종의 불안을 제거하는 기능을 한다. "음모론은 적, 곧 음모 집단을 발명 또는 발견하여 민중에게 희망을 제시한다. 민중은 증오할 것을 얻음으로써 자신을 탓하거나-무엇보다-권력자를 비판하지 않게 된다."고 말하면서도 전상진은 음모론의 비판적 기능을 다음과 같이 긍정한다.

> 🐷 불신하지 않으면서 의문을 제기할 수 있어야 공공 영역은 조작과 정당화의 전쟁터나 극단적인 루머와 음모론의 놀이터가 아니라, 생산적인 긴장과 경쟁의 장이 될 수 있다. 물론 제기된 의문에 일일이 답하는 것은 피곤한 일이며 많은 비용을 요구하는 일이다. 그러나 의혹이나 비판을 억제하는 것은 더 큰 비용과 대가를 초래한다. 민주주의에 해롭기 때문이다.*

그러나 의혹 제기가 곧장 음모론으로 이어지는 것은 아닐지도 모른다. 전상진은 음모론을 포괄적인 개념으로 상정하고 있으며, 무엇보다도 정보 사회의 속성을 변인으로 충분히 고려하고 있지는 않는 것 같다. 음모론이 비판적 기능을 하기에는 그것의 생성

---

* 전상진, 《음모론의 시대》, 문학과지성사, 2014, 222쪽.

콘텐츠의 사회학

과 확장, 확산의 속도가 지나치게 빨라진 시대에 우리는 살고 있다. 설사 어떤 비판적 기능을 떠안고 출현한다고 해도 그렇게 불확실성이 높은, 안정성이 없는 '이야기'가 민주주의에 큰 도움이 되지는 않을 것이다. 《음모론의 시대》에도 나와 있듯이, 음모론은 그 자체가 음모라는 상대측의 공격에 지극히 취약하다.

정가에도, 증권가에도 '찌라시'가 돈다. 미국은 우방국을 도·감청함으로써 오히려 동맹국들을 도울 수 있다는 논리를 편다.* 정보가 양적으로 팽창함에 따라 그 진위를 가리기는 점점 더 어려워지고 있다. 한편 진위를 가리기 힘든 정보에 누구나 손쉽게 접근할 수 있으며, 그 정보를 재생산·재발신할 수 있게 되었다. 인터넷에 대해 호의적으로 생각한 사람들은 이와 같은 '통제 불가능성'을 긍정적으로 해석해 왔지만, 과연 그러한 낙관론이 언제까지 통용될지 의문이다.

웹에서 유통되는 정보를 통제하기란 불가능할지 몰라도 정보교란은 누구나 할 수 있다. 국정원 직원이나 군 사이버사령부의 군인들이-조직적이든 개인적이든-웹상에서 특정 대선 후보를 비방했다면, 그들이 비방 글들을 '몇 개'나 작성했는지 따질 일이 아니다. 그들은 대선 정국을 '통제'하려고 한 것이 아니라, '교란'하려고 한 것이다. 정보의 양은 중요하지 않다. 아주 작은 의심만으

---

* 2013년 6월, 전 미국 중앙정보국CIA 직원 에드워드 스노든Edward Snowden이 미국 국가안보국NSA의 감시 프로젝트 '프리즘'에 대해 폭로했다. 스노든이 폭로한 파일에 의하면 우리나라는 미국의 우방국들 중 가장 극심한 감시 대상국이었다.

로도 인간관계는 쉽게 뒤틀려 버린다.

일견 '음모론'도 현실에 대한 관심처럼 보이지만, 사람들이 믿고 싶은 것만을 계속 믿게 만든다는 점에서 리얼리즘적이라기보다 反리얼리즘적이다. 세계에 대한 알레고리도 현실에 대한 관심에서 촉발된 것일까. 물론 그렇다. 그러나 많은 경우 세계에 대한 알레고리 역시 반리얼리즘적이다. 세계를 잘 파악하지 못하면 살면서 불이익을 당할 수도 있다는 불안을 '음모론'의 소비자들이 항상 느끼고 있듯이, 세계에 대한 알레고리의 독자들도 세계를 알아야 한다는 모종의 강박에서 자유롭지 않다.

알레고리는 세계를 극도로 단순한 것으로 환원한다. 때로 알레고리가 세계의 치부를 일목요연하게 드러내기도 하지만, 실제의 세계는 알레고리로 그려진 세계보다는 훨씬 복잡하다. 알레고리를 좋아하는 독자들은 알레고리에 그려진 세계를 간단하게 세계의 진면목이라고 믿어 버리는 경향이 있다. 그렇게 함으로써 세계의 비밀을 알아낸 것처럼 만족스러워한다. 하지만 그들이 본 것은 세계의 '일면'에 지나지 않는다.

독자들이 순문학에 기대하는 역할은 바로 세계를 알기 쉽게 그려서 보여 주는 것이다. 독자들은 실상 소비적인 대중문화에 휩싸여 있으면서도 문학에서만큼은 '현실'을 찾으려고 한다. '현실'을 보여 주는 것은 문학의 사명이라기보다는 저널리즘의 임무인지도 모른다. 예를 들어 '조두순 사건'과 같은 일이 벌어지는 것은 개인 윤리의 문제인가 사회 구조적인 문제인가 따지는 것은 저널리즘의 임무다. 물론 문학이 그런 사회적 현안을 다루지 말아야 한다는 말은 아니지만, 문학의 사명은 현실을 그렇게 알기 쉽게 그리는 데 있지 않다.

진보 단체에 가담하는 작가만 현실에 관심이 있다든지, 각종 성명서에 동참하지 않은 시인은 현실에 관심이 없다든지 하며 독자들은 SNS에서 알기 쉬운 이야기들을 하곤 한다. 그렇게 알기 쉬운 것이라면 참 좋겠지만, 우리가 살아가는 세계는 그리 단순하지만은 않다.

아 버 지 의 서 사 가 아 닌 '나'의 서 사

에피소드 4~6의 〈스타워즈Star Wars〉1977~1983 시리즈는 결국 스카이워커라는 주인공이 아버지인 다스 베이더를 이기고 어른이 되는 이야기다. 이처럼 아버지 살해를 통해-실제로 스카이워커가 다스 베이더를 죽이는 것으로 되어 있지는 않지만-주인공의 성장을 그리는 서사를 '스타워즈형 서사'라 부르기로 한다.

스타워즈형 서사는 정신분석학에서 말하는 '오이디푸스 콤플렉스'와 관련이 있다. 오이디푸스에 관해서는 따로 설명이 필요 없을 것이다. 간단히 말해 모든 아들은 아버지의 법을 극복하지 않고는 어른이 될 수 없다는 주장이다. 오이디푸스 콤플렉스는 상당히 보편적인 이야기로 여겨진다.

한국 영화 〈혈의 누〉김대승 감독, 2005도 오이디푸스 콤플렉스와 관련이 있다. 하지현. 〈관계의 재구성〉 제지업을 기반으로 성장한 외딴 섬에서 일어나는 연쇄 살인 사건을 수사하던 수사관 '원규'차승원 분는 사건의 핵심에 다가가면서 자신이 군자의 표본으로 삼았던 아버지가 사실은 위선자라는 사실을 깨닫게 된다.

여성이 주인공이긴 하지만, 일본 애니메이션 〈블러드-C BLOOD -C〉미즈시마 쓰토무水島努 감독, 2011에서 주인공 '사야'라는 소녀는 자신이 살고 있는 마을이 하나의 세트고, 아버지는 친부가 아니라 일종의 배역이라는 사실을 깨닫는다. 사야는 가짜 아버지를 베고 '진실한 나'를 되찾기 위해 도쿄로 달려간다. 역시 아버지 살해는 사회 통념상 불편한 이야기니까 〈블러드-C〉에서는 아버지를 '기이奇異'나 괴물과 같은 것으로 설정하고 있다. 어쨌든 아버지를 베지 않고는, 아버지에 대해 환멸을 느끼지 않고는 '진실한 나'를 찾을 수 없다.*

무라카미 하루키의 《1Q84》라는 장편 소설은 여성을 주인공으로 하는, 스타워즈형 서사의 변종이다. 작가는 짝수 장과 홀수 장으로 서사를 분할하여 전개해 나가다가 마지막에 두 서사를 합치는 특유의 장 전개 방식을 취하고 있다. 두 개의 장은 현실의 공간과 가상의 공간으로 분할된다. 잔혹한 사건, 다시 말해 '아버지 살해'나 '근친상간' 같은 사건들은 가상의 공간에서 일어난 일로 치

* 〈신이 없는 일요일神様のいない日曜日〉구마사와 유지態澤結嗣 감독, 2013의 주인공 '아이'도 아버지 '험프니 험버트'를 매장하고 세계 구원을 위한 여행에 나선다. 단, 이 경우 '아이'와 '험프니 험버트'가 대립적인 관계에 있는 것은 아니다. 오히려 '아이'의 여행이 성장을 추동한다. 그녀는 자신의 인큐베이터였던 고향 '죽음의 계곡'을 떠나기로 결심함으로써 성장의 첫발을 내딛는다.

콘
텐
츠
의

사
회
학

부한다. '후카에리'라고 하는 여고생과 그녀의 아버지인 교주의 성교를 '관념'이나 '상징적인 것'으로 무해화無害化하는가 하면, 주인공 '아오마메'의 교주아버지적 존재 살인 역시 1984년의 사건이 아닌 1Q84년의 사건으로 기술한다. 끔찍한 일들의 안전판으로 '가상의 공간'이 활용되는 것이다.

이러한 구조가 문제가 되는 것은 가상의 공간에서 벌어진 '아버지 살해'가 성장이나 자아실현에 기여하는 일생일대의 소설적 사건이라고 할 수 있는가 하는 회의 때문이다.大塚英志, 《サブカルチャー文学論》 주인공이 성장하기 위해서는 꿈이나 환상에서가 아니라 현실 세계에서 아버지를 뛰어넘어야 하는 것이다.

누구에게나 아버지는 한때의 우상이다. 어린 시절에는 아버지를 큰 산과 같은 정신적 지주로 여기고 존경한다. 그게 아니라면 아버지는 절대적인 힘으로 가족 안에서 군림하는 존재일 수도 있다. 어느 쪽이든 아버지를 넘어서지 못하면 어른이 되지 못한다. '아버지 살해'라고 해도 이미 아버지가 '고인故人'인 경우도 있다. 고인이 된 아버지를 배반하고 극복하지 않으면 어른이 될 수 없다. 박정희도, 김대중도, 노무현도 아버지인 자신을 베고 극복하는 아들과 딸을 기다리고 있는지도 모른다.

'스타워즈형 서사'가 한편에서는 매우 쉽게 성립해 버려서 문제고, 다른 한편에서는 머나먼 과제처럼 여겨져서 문제다. 요즘 십대나 이십대가 자기보다 나이 많은 사람들을 싸잡아 '꼰대'라고 부르곤 한다. 왠지 아버지 세대와 맞서 싸우기보다는 싸움을 회피하면서 우월감을 맛보려는 것 같아 못마땅할 때가 많다. 그러한 스탠스는 '가상의' 살부殺父, '가상의' 성장에 자족하는 데 지나지 않는다. "너희가 집권했을 때도 이런 일이 있었다."고 하면서 서로 자기 합리화를 하는 정치인들도 많다. 너희가 그랬으니까 나도 그래도 된다는 식의 말투는 초등학생 수준으로밖에는 안 들린다. 걸핏 하면 산업화와 민주화가 나오고, 세상을 떠난 대통령들이 구원 투수로 등장한다. 어른이 되기 위해서는 자기 '서사'가 있어야 한다. 아버지의 '서사'가 아니라.

세계의 위기와 세카이계 소설

지난 세기말의 종말 문학 부흥에 대해 존 조지프 애덤스John Joseph Adams는 다음과 같은 해석을 시도한 바 있다.

📺 적어도 내게 그 이유는 분명하다. 종말 문학이 모험에 대한 우리의 기호, 즉 새로운 발견이 가져다주는 전율 및 뉴프런티어에의 갈망을 실현해 주기 때문이다. 그뿐 아니라, 과거의 빚을 청산하여 새 출발을 가능케 해주며, 또한 지금 우리가 알고 있는 바를 조금 더 빨리 알았을 경우 세상이 어떻게 달라졌을지를 보여 주기도 한다.*

콘텐츠의 사회학

이 선집의 편집자인 존 조지프 애덤스는 종말 문학을 상당히 효용론적인 시각에서 바라보고 있다는 것을 알게 된다. 심지어 그는 다른 작가의 말을 인용하여, 세계 종말에 임하여 인간은 자신이 가장 마지막까지 살아남기를 원한다고 주장하고 있다.

개인적인 체험을 말하는 것이 허용된다면, 나는 영화 〈피크닉 Picnic〉이와이 슌지岩井俊二 감독, 1996을 보고 종말에 대해 다시 생각하게 되었다고 고백하고 싶다. 영화의 주인공은 독일 관념 철학에나 어울릴 법한 "내가 죽으면 세계도 끝"이라는 대사를 남기고 권총 자살을 한다. '적어도 내게' 종말 서사는《종말 문학 걸작선》편집자가 생각하는 것보다는 훨씬 개인적인 성격을 띤다.

'세카이계セカイ系'라고 하는 일본 서브컬처의 한 분파도 세계의 위기를 다룬다는 점에서 종말 문학과 친족 관계에 있다. '세카이계 상상력'이란 "한마디로 주인공과 연애 상대의 작은 감정적인 인간 관계'너와 나'를 사회와 국가 같은 중간항의 묘사를 넣지 않고 '세계의 위기'나 '세계의 종말'이라는 거대한 존재론적 문제에 직결시키는 상상력"을 의미한다.아즈마 히로키, 《게임적 리얼리즘의 탄생》

〈영원한 팔월, 어린 신의 세계〉《문장 웹진》, 2013년 10월호에서 황인찬은 '세카이계'에 대해 논하면서 "갑자기 비대해진 자아를 추스르지" 못한 소년 소녀가 "세계를 받아들이는 방식 자체를 서사화한 것"이라고 지적했다. 나름 일리가 있다는 생각을 했다. 그러나 독자

---

* 존 조지프 애덤스 엮음, 《종말 문학 걸작선 1》, 황금가지, 2011, 9쪽.

측에서 보면 "왜 십대들의 연애에 '세계의 위기'니, '종말'이니 하는 이야기가 끼어드는 거지?" 하는 의문이 완전히 해소된 것은 아니다. 가령 세카이계 소설이 출현하기 전에도 십대들은 비대해진 자아 때문에 나름대로 괴로웠다. 그래서 '교육 제도'를 문제 삼는다든지 하는 방식으로 대응을 했는데, 세카이계 이후의 서사는 더 거창한 문제를 손쉽게 연애와 결부시키고 있는 셈이다.

세카이계 서사를 이해하기 위해서는 프로이트의 〈편집증 환자 슈레버〉1911를 먼저 읽는 것도 한 방법이다. 독일에서 고검장을 지낸 슈레버 씨는 세계의 종말이 임박했으며, 때가 되면 자신이 신에 의해 여성으로 화하여 세계의 위기를 극복하리라고 생각했다. 프로이트는 '세계의 종말'이라는 망상을 리비도의 회수로 설명한 바 있다. 쉽게 말해 '세계의 종말'이나 '위기'는 사랑의 대상을 상실한 자가 겪는 정신적 곤경, 정신적 폐허 상태와 비슷하다는 것이다.

한참 연애 감정에 사로잡혀 있는 사람에게 세계는 아름답기 그지없지만, 실연한 사람에게 세계는 그저 잿빛 공간에 지나지 않는다. '스즈미야 하루히'가 우울해지면 세계에 위기가 찾아오는 것에도 다 이유가 있다.다니카와 나가루谷川流, 《스즈미야 하루히의 우울凉宮ハルヒの憂鬱》 세계의 종말이 있고 나서 우울이 있는 것이 아니라, 우울함이 세계의 종말을 선도하는 구조다. 바로 이 점이 세카이계 소설을 규정하는 핵심이 아닐까.

세카이계의 출현이 '거대 서사의 몰락' 이후의 공허에서 기인한 것이라면, 아직 우리는 이 공허 속에 있다. 인터넷에 접속한 채 웹

스페이스를 전전하는 사람들이 자주 느끼는 고립감을 떠올려 볼 수도 있다. 문득 가상 현실에서 현실 세계로 돌아왔을 때, 주위엔 아무도 없고 나만이 섬처럼 떠 있음을 깨닫는다. 다카하시 신高橋しん 원작의 애니메이션〈최종병기 그녀最終兵器彼女〉가세 미쓰코加瀨充子 감독, 2002 에서 평범한 여고생인 '치세'가 병기가 되어 하늘로 날아오를 때 내는 '슈-웅' 하는 소리는 한없이 외롭게 들린다. 오늘도 '치세'는 홀로 정체 미상의 적기들과 외롭게 싸우고 있구나!

뭔가 전망 없는 세계에서 우리는 날마다 싸우면서 살고 있다. 세계의 종말에 대해 생각하면 왠지 쓸쓸해지지만, 한편으로는 우리가 느끼는 삶의 부하負荷가 정말 이 정도인가 되묻게 되는 것은 어쩔 수 없다.

희미해지는 신체

근대문학을 규정하는 도식 중에서 비교적 초기의 모델로 우리는 '자아-사회'라고 하는 두 개의 축을 손쉽게 떠올린다. 근대라는 것 자체가 '개인'의 인권을 차츰 신장시켜 가는 과정이라고 한다면, 근대문학이 '자아'에 대해 관심을 기울여 온 것도 용이하게 이해된다. 근대문학사를 근대적 자아의 발전과 확립의 과정으로 이해하는 관점이 널리 받아들여지는 이유도 바로 그 때문이다.

주지하는 바와 같이 '자아-사회'의 도식은 '신체-도시'의 도식으로 대체된다. 새로운 도식 속에서 문학 작품은 '도시'라는 텍스트의 메타텍스트로서의 의미를 지니게 된다. 문학 연구에서 '자아'의 특권적 지위는 점차 약화된다. '도시'의 영향은 이제 '신체'에 각인되어 부각된다. 그런데 우리가 살고 있는 시대는 '신체-도시'의 도식이 점점 유효성을 상실해 가는 시기다. 신체에 대한 감각이 점차 약해진다는 것이 아마도 시대적 흐름의 전형적인 증상일 것이다.

쓰카모토 신야塚本晋也 감독의 〈코토코Kotoko〉2011에 나오는 '자해'의 코드 역시 옅어져 가는 신체 감각을 전경에 내세운 경우다. '코토코'코코Cocco 분라는 여성은 사람들의 선과 악, 양면성을 동시에 보는 해리 장애를 겪고 있는 인물이다. 그녀는 어느 쪽이 현실이고 어느 쪽이 환상인지 분간하지 못한다. 결국 자신이 보고 있는 것이 현실인지 환각인지 판단할 수 없어서 '자해'를 통해, 그 '통각'을 통해 자기 존재의 현실성을 확인하는 수밖에 없다. 쓰카모토 신야의 작품으로는 드물게 상당히 현실적인 설정이다.

이에 비해 김성중의 단편 〈허공의 아이들〉개그맨은 오히려 판타지적인 설정을 취하고 있다. 어느 날 세계의 모든 사람들이 사라져 버린다. 같은 동네에 사는 사춘기 소년과 소녀만이 사라지지 않고 황량한 세계의 잔존자殘存者가 된다. 사람들이 사라져 버린 세계는 조금씩 허공으로 떠오른다. 소년과 소녀는 서로 의지하면서 허공으로 떠오르는 세계에서 살아간다. 그러다 소녀마저 소멸한다. 소년만 홀로 남겨진다. 작가는 '죽는다'는 말 대신 '소멸한다'를 취한다. 시체는 남지 않는다. 다만 사라질 뿐이다.

〈허공의 아이들〉에서 소녀는 퍼즐을 맞추며 소일한다. 복잡한 퍼즐이 완성되고 소녀는 소멸한다. 마치 소녀의 소멸이 퍼즐과 관계있다는 듯이 소년은 소녀가 맞춰 놓은 퍼즐을 허공에 쏟아 버린다. 완성된 퍼즐은 흡사 소녀가 이 세계에서 다른 세계로 다운로드가 완료되었다는 표시처럼 보인다.

전혀 다른 세계관이지만, 육체는 죽고 정신은 로봇에 다운로드되어 영원히 살아간다는 설정이 등장하는 요시무라 요루吉村夜의 라이트노벨《사일런트 러버즈サイレント·ラヴァーズ》2007도 있다.《사일런트 러버즈》에 등장하는 디아블로에는 상대의 에너지를 빨아들이는 전투 기술이 있거니와, 에너지 드레인drain의 결과로 상대편 악인들의 정신도 디아블로 기체 내로 흡입된다. 디아블로의 기체 내부에는 여러 사람의 정신이 공존하는 새로운 공간이 만들어진다. 재미있는 설정이다.

이유 없이 사람들이 사라진다는 점에 있어서 〈허공의 아이들〉은 브래드 앤더슨Brad Anderson 감독의 할리우드 영화 〈베니싱Vanishing〉2011과도 친연성이 있다. 물론 〈베니싱〉이 훨씬 기괴하지만 말이다. 〈베니싱〉에는 사람들이 사라진 지점에 옷가지들이 그대로 폭삭 주저앉아 있는 장면이 자주 등장한다.

〈허공의 아이들〉은 그에 비하면 잔잔한 성장 소설의 느낌이지만, 성장 소설이라기보다 역시 도시 소설이라고 하는 편이 더 낫다. 웹에 익숙해진 현대인들에게 〈허공의 아이들〉과 같은 도시적 감수성은 전혀 낯설지 않다. 우리 현대인들은 저마다 자기만의

'섬-우주'에서 세계의 마지막 잔존자가 되어 '관계'와 '소통'을 열
망한다. 웹에 접속하는 순간, 신체에 대한 감각은 둔해지고 정신
은 웹의 황량한 사이버 공간을 헤매고 다닌다.

연대기에 대한 유혹—응답하라, 리즈 시절

몇 년 전 〈무릎팍 도사〉MBC에 황석영이 나오는 장면을 본 적이 있
다. 그는 자신의 인생 역정을 소개하면서 여러 역사적인 사건들을
열거했다. 그중에-굳이 말하지 않더라도 황석영이 우리 근현대사
의 중요한 장면 속에 있었다는 것은 주지의 사실임에도-자신과는
별로 상관이 없는 '천안문 사태1989'나 'LA 흑인 폭동1992'도 있었다.
　역사적인 사건과 결부될 때 우리의 인생은 조금 더 가치 있어
보인다. 1988년에 태어난 사람들은 자기소개서에 '서울 올림픽'이
일어난 해에 태어났다고 쓰곤 한다. 어떤 관여를 하지 않았더라도
사람들은 자신들의 평범한 삶을 역사적 사건과 결부시켜 이야기
하길 좋아한다. 역사적 사건들과 결부시킴으로써 자신의 삶을 조
금 특별한 것으로 상상할 수 있기 때문이다. 이러한 태도를 '연대
기에 대한 유혹'이라고 이름 붙여도 좋을 듯하다. 무라카미 하루키
도 '연대기' 방식을 꽤나 선호하는 편에 속한다.《노르웨이의 숲ノル
ウェイの森》1987은 전공투 세대의 기억을 담고 있는 것으로 유명하다.
　《서브컬처 문학론サブカルチャー文学論》2007에서 오쓰카 에이지는 연

대기 방식에 비판적인 입장을 취한 바 있다. 요컨대 무라카미 하루키의 소설에는 '체험'이 들어 있어야 할 부분에 '정보'만이 아로새겨져 있다는 것이다. 음식에 대한 묘사에서도 무라카미 하루키는 '레시피'만을 보여 줄 뿐 음식을 둘러싼 인물들의 체험, 이를테면 배고픔이나 굶주림에 대해서는 쓰지 않는다고 오쓰카 에이지는 지적한다. 구체적인 연대, 구체적인 숫자가 자주 등장하기 때문에 《노르웨이의 숲》을 읽는 독자들은 나름의 연대기를 작성하고 싶어지지만, 그것은 체험이 아니라 거대한 정보의 집적에 지나지 않는다는 것이다. 오쓰카 에이지는 연대기에 대한 유혹을 〈건담〉에서 〈에반게리온〉으로 이어지는 서브컬처의 연대기와 관련이 있다고 본다.

연대기를 논하면서 빼놓을 수 없는 것이 〈응답하라 1994〉다. 전작인 〈응답하라 1997〉tvN, 2012에 이어 특정한 연도의 이야기를 담고 있다. 드라마의 남자 캐릭터들은 이름이 아니라 별명으로 불리며, 각자 고향의 사투리로 말한다. 전체 드라마는 남자 캐릭터들 중에서 하숙집 딸의 남편은 누구인가 하는 수수께끼를 축으로 전개된다. 일종의 RPGRole Playing Game 기반의 미소녀 연애 시뮬레이션처럼 보이는 구조다. RPG에 대해서는 본서 〈TRPG의 작법〉 참조

〈응답하라 1994〉에는 당시 유행하던 대중음악, TV 드라마, 영화, 스포츠 등이 마치 주인공처럼 등장한다. 고증이 상당히 엄격했다는 풍문이다. 반면 체험이라고 할 만한 요소들은 매우 얕은 수준에서만 포함되어 있다. 솔직히 말하면 진부한 서사다. 그러나 오히려 진부함이 시청자들을 불러 모은 것도 사실이다.

시청자들은 서사의 빈틈을 자신들이 이미 잘 알고 있는 대중음악 등의 정보로 채우며, 웹 공간에서 드라마의 고증을 문제 삼거나 하면서 새삼 자기만의 연대기를 작성해 보곤 한다. 서태지와 연세대 농구부가 가장 빛났던 시기에 자신의 청춘을 포개 보면서, 서태지나 연세대 농구부가 아닌 자신의 청춘에 '모에萌え'하는 형국이다. 바로 그때 1994년의 대중음악들이 BGM으로 깔린다. 시청자들은 자신들의 삶이 한 편의 뮤직비디오처럼 주마등같이 뇌리를 스치는 경험을 하는지도 모른다. 이러한 경험은 〈건담〉이나 〈에반게리온〉 팬들이 콘텐츠의 연대기를 작성하면서 노는 양상을 방불케 한다.

사람들은 누구나 자신이 특별한 존재이고, 자신의 삶이 특별하기를 희망한다. 연대기를 촉발하는 콘텐츠들이 언제나 일정한 성과를 거두는 비결은 바로 그러한 보편적인 희망에 호소하는 데서 찾을 수 있다. 민초들이 자신들의 사소한 일상을 가치 있는 것으로 믿고 살아가기 위해서는 연대기의 상상력도 필요할지 모른다. 그런 의미에서는 엔터테인먼트 영역에서 탄생한 〈응답하라〉 시리즈와 같은 콘텐츠에 오쓰카 에이지의 무라카미 하루키에 대한 비판과 같은 무게의 비판을 가할 수는 없을 것이다. 그래도 우리의 삶이 특별해지는 것은 단지 엔터테인먼트에 둘러싸인 채 우주 대스타를 추억하는 정도로 가능한 일이 아니라, 어떤 '행위'의 적분에 의해서만 가능하다는 정도의 말은 덧붙여 두고 싶다.

여러분의 일상은 안녕들 하십니까

야마우치 야스노부山內泰延의 개그 만화《남자고교생의 일상男子
高校生の日常》2010~2012을 보다가 혼자 웃는 나를 발견한다. 만화에 등
장하는 남자 고교생들의 일상은 매우 흔해서 딱히 콘텐츠로 만들
가치가 있는지 의문이 들 정도다. 대표적인 근대 서사 양식인 소
설은 서술할 만한 가치가 있는 '사건'을 다룬다. 일생에 있어 딱
한 번만 일어날 듯한 사건을 다룬다는 것이 근대 소설의 일반적
인 이미지라고 생각한다. 그런 맥락에서《남자고교생의 일상》은
근대 서사로서는 낙제에 해당하는지도 모른다. 만화에 무엇을 기
대하는가라고 반문이 돌아올 분위기지만, 만화라고 하더라도 뭔
가 당혹스럽다. '일상물'이라기보다는 트리비얼리즘trivialism도 정도
가 있다는 식으로 빈정거려 주고 싶다.

소위 '일상물'로 불리는 서사가 일본에서는 '세카이계' 이후에 각
광을 받고 있다. 그렇다면 이야기의 소비자들이 허황된 이야기에
질린 나머지 지극히 '리얼'한 세계로 퇴피하고 있는 것일까. 그렇
다고 해도 부자연스럽다. '리얼'도 정도가 있다. 솔직히 '일상물의
유행'이라는 담론에 대해 나는 정치한 설명을 할 자신은 없다. '일
상물'이라고 할 만한 작품들을 별로 읽거나 보거나 하지 않았기
때문이다.《남자고교생의 일상》은 예외적인 경우라고 할 수 있다.

〈꽃보다 할배〉tvN, 2013~2015나 〈꽃보다 누나〉tvN, 2013~2014와 같은
포맷의 예능 프로그램도 '일상물'이라고 부를 수 있을까. 리얼리

티 예능 프로그램이라고 해도 무언가 게임적인 요소가 끼어 있기 마련인데, 최근의 흐름은 그런 장치마저도 최소화되고 있는 것처럼 보인다. 〈꽃보다 누나〉의 경우 '여정'만이 있을 뿐 서사적 장치가 눈에 잘 띄지 않는다. 그보다도 여행 자체가 일상과는 다르다고 딴죽을 거는 분들도 있지 않을까 싶다. 어쩌면 그 말대로인지 모르겠다. 그렇다고는 해도 이런 포맷이 예전의 예능 프로그램들과는 달리 지극히 소소한 이야깃거리만을 주고 있다는 것은 부인할 수 없다.

야마우치 야스노부의 만화도, 〈꽃보다 누나〉도 지나치게 평화롭다. '판타지에서 리얼리즘으로'라는 미학적 흐름에 있어서의 궤도 수정이 아니라, 지금의 '일상물'은 어쩌면 '평화로운 일상'이 실제로는 존재하지 않는다는 사정과 무관하지 않은 것처럼 보인다. 그러니까 '판타지'는 세카이계의 몰락과 함께 끝난 것이 아니라, 어떤 의미에서는 계속되고 있는 것이다.

실제로는 평화로운 일상은 없다. 베이비붐 세대가 퇴직을 하고 유럽 여행을 간다는 것은 어디까지나 희망 사항이다. 여행지에서는 테러도 없고, 금융 위기도 없고, 인종 차별도 없다고 그려지지만 역시 실제의 일상이라고는 할 수 없다. 실제의 일상은 대지진으로 훼손되어 버렸다. 원전 사고로 일상은 오염되었다.

우리나라에서는 대선을 전후로 많은 일들이 벌어졌다. 종합 편성 채널들은 대선과 국정원, 북한과 관련된 자극적인 '속보'들을 계속 내보낸다. 과잉 공급된 정보가 범람하고, 사람들은 진위를 알 수 없는 정보들 앞에서 혼란을 겪는다. 대선 공약이 보란 듯이

콘텐츠의 사회학

폐기된다. 수많은 철도 노동자들이 직위 해제 통보를 받는다. 모두가 극도로 예민해져 있다. 어떤 대학생이 '안녕들 하십니까'라고 사람들에게 안부를 묻는다. 우정이나 신의가 사라진 세계에서 《남자고교생의 일상》은 더 이상 일상적이지 않다. 우리들의 일상은 안녕하지 않다.

미 스 터 리 의 계 보

'계보'라고 하면 역사적 기원과 분기分岐, 하위 범주의 계승 및 발전 등을 다루고 있으리라는 기대를 하게 된다. 마쓰모토 세이초松本淸張의 《미스터리의 계보ミステリ一の系譜》1971는 논픽션으로, 위와 같은 의미에서의 계보에 대해서는 전혀 언급되어 있지 않다. 계보와는 관련 없는 글에 계보라는 말을 고집스럽게 쓰고 있는 점이 미스터리다. 그런데 계보라는 말에 현혹된 나머지 중요한 것을 놓치고 있다는 기분이 들지 않는 것도 아니다. 가령 이것은 미스터리일까. 미스터리라는 말은 일반적으로 널리 쓰는 말이지만, 정작 개념을 따지고 보면 논란의 여지가 많다.

대형 서점의 미스터리 코너에 가면 코난 도일Conan Doyle의 《셜록 홈스Sherlock Holmes》 전집, 토머스 해리스Thomas Harris의 《양들의 침묵 The silence of the lambs》, 제프 린제이Jeff Lindsay의 《친절한 킬러 덱스터 Dexter by design》, 히가시노 게이고東野圭吾의 《용의자 X의 헌신容疑者Xの

獻身》등이 함께 진열되어 있다. 물론 서점에 따라서는 일본 소설을 따로 분류하기도 하는데, 아마도 그것이 일반적인 경우일 것이다. 일본 소설의 하위 범주로 미스터리를 두는 경우는 이례적이며, 대체로는 작가별로 진열하는 것이 상례다.

미스터리라고 하면 아무래도 코난 도일이 가장 먼저 떠오르지만, 요즘 한국의 젊은 층에서는 《명탐정 코난名探偵コナン》이나 《소년탐정 김전일金田一少年の事件簿》을 떠올리는 사람도 적지 않다. 〈특수사건 전담반 TEN〉OCN, 2011~2012은 확실히 미스터리라는 느낌이 강하지만, 〈뱀파이어 검사〉OCN, 2011는 어떨까. 미스터리라는 느낌이 전혀 없지는 않지만, '뱀파이어'라는 판타지적 요소가 강한 인상을 남기는 것이 사실이다.

미스터리는 미스터리를 전문으로 하는 작가들에 의해 창작되는 것이 보통이지만, 미스터리 작가가 미스터리 이외의 양식을 창작해서 성공하는 경우도 있고, 그 반대의 경우도 있다. 따라서 미스터리를 작가별로 구획하는 것은 완전한 해결책이 될 수 없다. 일본에서만 통용되는 용어인 '본격本格'과 '신본격新本格'과 같은 수식어가 개입되면 사정은 더 복잡해진다. 그러한 용어는 이론상의 구분이라고는 할 수 없고, 다분히 편의적인 구분에 지나지 않는다. 본격과 신본격에 본질적인 차이가 있는 것은 아니다. '신본격'이라는 말은 아야쓰지 유키토綾辻行人의 《수차관의 살인水車館の殺人》1988 띠지에 사용된 카피로, 주로 고단샤講談社 계열의 미스터리 작품에 붙여 쓰고 있다.

미스터리는 추리물을 중심으로 하고 있고, 어느 부분에서는 호러와 섞여 있으며, 꾸준히 판타지와 장르 믹스를 시도해 온 양식이다. 주인공을 누구로 하느냐에 따라 미스터리는 탐정물, 형사물 검사물, 살인마물, 일반인물 등으로 나뉜다. 살인마가 탐정이나 형사, 일반인인 경우도 있다. '일반인물'이라는 범주 명칭은 다소 덜 정리된 느낌이지만, 그럼에도 시도해 볼 만한 분류법이라고 생각한다. 초능력자나 뱀파이어 등은 하위 범주 중 반드시 어느 하나로 분류할 수 있으므로 독립된 범주로 상정하지 않았다. 과학 수사반과 같은 수사팀 중심의 시리즈는 형사물의 변주다. 또한 범죄의 성격에 따라서 개인파 미스터리와 사회파 미스터리를 구분하는 방법도 있다.

우리나라에서는 오랫동안 미스터리가 유력한 장르로 인정되지 못했다. 미스터리는 대중문학에 속한다고 순문학계에서 배척해 온 것이 사실이다. 일본의 사정과는 다르게 우리나라에서는 대중문학의 입지가 매우 좁았다. 게다가 '탐정'이라는 직업이 우리나라에 없다는 점도 미스터리가 발전하지 못한 하나의 요인이었다고 여겨진다.

미스터리 시장이 눈에 띄게 성장한 것은 일본의 미스터리 소설, 미스터리 만화, 미스터리 애니메이션 등의 유입과 미국의 과학 수사물을 중심으로 한 미스터리 드라마의 유입이 결정적인 요인이다. 사실 미스터리가 유력한 장르로 떠오른 것은 아주 최근의 일이다. 일본 소설의 수입에서도 미스터리는 상대적으로 늦은 편이다.

OCN에서 〈신의 퀴즈〉가 방영된 시기가 2010년이다. 〈신의 퀴즈〉, 〈뱀파이어 검사〉, 〈특수사건 전담반 TEN〉이 모두 시즌제를 도입하면서 나름대로 좋은 평판을 얻으며 성공했다는 것은 우리나라 미스터리의 역사에서도 의미 있는 대목이다.

OCN의 미스터리 시리즈들이 잘 만들어졌다는 것은 부인하기 어렵다. 소위 말하는 발단의 불가사의함, 중간의 서스펜스, 결말의 반전 등이 모두 갖추어져 있다. 주인공을 중심으로 여성 보조자, 베테랑과 신참 형사의 조화로운 캐릭터 배치도 자리를 잡았다고 보인다. 그럼에도 OCN의 미스터리 시리즈들은 온 가족이 보기에는 다소 엽기적인 데가 있다. OCN만 그런 것은 아니다. 미국 드라마 중에는 더 심한 화면도 많다. 피가 튀고 뇌수가 흘러내린다. 그러고 보면 〈수사반장〉MBC, 1971~1989이 그리워지기도 한다. 〈수사반장〉은 강력 범죄 일변도는 아니었다. 오히려 생계형 범죄를 많이 다루었다.

《미스터리의 계보》의 한국어판 해설에서 조영일은 추리소설의 재미로 '오락으로서의 살인'이라는 말을 하고 있다.〈범죄에 접근하는 두 가지 방법〉 확실히 최근 미스터리의 추세는 '오락으로서의 살인'이라는 말로 표현할 수 있을지 모른다. 딱히 이 말을 도덕적인 비난의 뜻을 담아 쓰고 있는 것은 아니다. 그래도 〈수사반장〉의 재미는 '오락으로서의 살인'과는 매우 다른 것이었다는 생각만은 금할 길 없다. 그 시절 범죄에 대해 사람들은 아직 죄는 미워해도 사람은 미워하지 않는다는 식의 휴머니즘적 자세를 취하였다. 감옥은 범죄자를 '교화'하여 사회로 되돌려 보내는 곳으로 그려졌다.

〈수사반장〉에서는 출소는 했지만 사회에 받아들여지지 못해 다시 범죄를 저지르는 에피소드도 자주 등장했다. 공공성을 염두에 둔 에피소드라고도 하겠다. OCN 미스터리 시리즈들에 비해 〈수사반장〉은 적당주의적인 휴머니즘이라고 비판을 받을 소지도 있다. 그러나 도저히 사회로 돌아올 수 없는 엽기적인 죄, 사회에서 '격리' 하거나 '소거'하지 않을 수 없는 죄에 대한 지나친 묘사들을 보면서 개인적으로는 〈수사반장〉의 인간미에 향수를 품게 된다. 물론 이런 적당주의자는 미스터리의 진짜 팬은 될 수 없는지도 모르지만!

《미스터리의 계보》에서 마쓰모토 세이초는 실제의 살인 사건에 대한 경찰 조서, 검찰 신문 등을 꼼꼼하게 살펴보고 있다. 그중에서도 개인적으로는 〈두 명의 진범〉이 논픽션으로도, 미스터리 서사로도 완결성이 있다고 여겨진다. 의붓딸을 죽여 인육을 먹은 '아키코'라는 여성의 케이스를 다룬 〈전골을 먹는 여자〉는 사건 자체로는 흥미로운 부분이 있지만, '추리'라고 할 만한 부분은 거의 개입될 여지가 없는 기록이라는 점에서 미스터리라기보다는 단순한 범죄 서사로 읽힌다. 불과 한 시간 동안 서른두 명의 마을 사람을 죽인 '무쓰오'라는 청년의 케이스를 다룬 〈어둠 속을 내달리는 엽총〉은 사건 자체가 자극적일 뿐만 아니라 범죄 현장의 묘사에 긴박감이 느껴지지만, 역시 결말이 정해진 상태에서의 전개라는 점에서 의외성이 없는 범죄 서사로 읽힌다. 〈두 명의 진범〉은 스즈가모리에서 있었던 풍속 여성 살인 사건을 다루고 있다. 마쓰모토 세이초는 경찰이 이 사건을 급하게 마무리하기 위해 증거를 조작했음을 논리적으로 추리해 낸다.

경찰이나 검찰, 그리고 독자의 지혜를 훌쩍 넘어섰을 때 미스터리는 비로소 추앙을 받는다. 그런 한편으로는 마쓰모토 세이초만큼 꼼꼼하게 자료를 수집하고 검토하는 미스터리 작가가 요즘에는 드물지 않나 싶다.

양관의 기괴함

'나카무라 세이지'라고 하는 건축가-물론 가상의 인물이지만-에 의해 만들어진 서양식 건물들에 얽힌 음울하고 기괴한 살인 사건들을 다룬 이른바 '관館' 시리즈라는 작품이 있다. 아야쓰지 유키토 작품!《십각관의 살인十角館の殺人》1987,《수차관의 살인》1988,《미로관의 살인迷路館の殺人》1988 등을 시작으로 하여 2015년 7월 현재 아홉 편이 출간되어 있다.《수차관의 살인》띠지에 '신본격'이라는 카피가 사용되었다는 것은 앞에서도 잠깐 언급한 바 있다. 신본격 미스터리의 중심에 서 있는 연작이 바로 '관' 시리즈이다.

'관' 시리즈는 많은 작가들에게 영감을 준 것으로도 널리 알려져 있다.《공의 경계空の境界》나〈진월담 월희真月譚 月姫〉사쿠라비 가쓰시桜美かつし 감독. 2003 등으로 유명해진 나스 기노코奈須きのこ는 어느 인터뷰에서 다음과 같이 말했다.

🐾 나스 기노코(이하 '나스') : 그렇습니다. 아야쓰지 유키토의《십각관의 살인》. 거기에는 문자 매체이기에 가능한 재미가 가득했습니다. 호들갑스럽지만 낙뢰와도 같은 충격을 받았습니다. "아, 이런 솜씨가 있구나." 했죠. 그때부터는 미친 듯이 신본격으로 노선이 우지끈 바뀌어 버렸죠. 그야말로 산더미 같은 신본격을 마구 읽어서 "전기와 신본격의 재미를 융합하자." 해서 나온 것이《공의 경계》입니다.

– 신본격의 어디가 그렇게 재밌었습니까? 그때까지 나스 씨에게는 미스터리의 소양이 없었나요?

나스 : 전혀 없었습니다. 읽어 볼 생각도 하지 않았습니다. 읽은《십각관의 살인》도 문고판으로, "표지 디자인과 제목 넣는 게 꽤 멋진데." 하고 생각한 것이 첫 인상이었죠. 그래서 2~3페이지 읽어 보니까 보통으로 술술 문장이 읽혔어요. "왠지 내가 품어 왔던 미스터리의 이미지와는 다르네. 이대로 읽어 볼까." 하고 읽기 시작하니까 엄청 재밌었습니다. 앞에서도 말했듯이 문자인 것을 역이용해서 인간 상상력의 사각을 집요하게 파고들어 간다고 할까.

– 독자의 상상력에 맡긴다는 것이 오히려 재밌는 부분이라는 말이군요.

나스 : 그럼에도 처음에는 개개의 파트가 뿔뿔이 흩어져 있다가 마지막에 합쳐지는 감각이 "아, 이건 퍼즐이다."라는 느낌이었죠. 이야기로도 재밌고, 또 퍼즐로도 재밌고. 이건 최강인

데, 하고 생각했죠. 사실은 오락으로서 만화랄까 애니메이션, 영화에 이기고 싶다면 여기를 끝까지 천착하자, 끝까지 천착하면 돌파구가 분명히 보일 것이라고 당시에는 생각했습니다.

– 환언하면 본격 미스터리의 기술적인 부분에 빠졌군요?

나스 : 그렇습니다. 그리고 단순히 아야쓰지 씨의 '관' 시리즈가 좋았던 거죠. 미스터리라고 하기보다는 '관'에 빠졌습니다.

– '관'에 빠졌다?

나스 : 양관이 매우 좋았고, 그러니까 트릭보다도 분위기가 좋아서 견딜 수 없었어요. 사실대로 말하자면 '관' 시리즈보다도 《키리고에 저택 살인사건霧越邸殺人事件》쪽이 개인적으로는 최고였다고 생각합니다. "뭐랄까 행복한 이야기다. 나도 이런 저택에서 살고 싶다!" 하는 느낌.

– '관' 마니아네요. 웃음

나스 : 그야말로 "여기서 헤매고 싶어! 그리고 살해당하고 싶어!" 웃음

– 표현은 어렵습니다만, 좀 이그조틱한 세계관이랄까, 독특한 분위기네요.

나스 : 묘하게 현실적이지만 결코 존재할 수 없는 것. 그런 위화감이라고 할까 기괴감이 참을 수 없이 멋져요. 말하자면, 이것도 전기물인 거 아냐, 하는 느낌이었죠.*

---

* 岩谷徹 外, 《ゲームの流儀》, 太田出版, 2012, 405~406쪽(초출 : 미야 쇼타로宮昌太郎와의 인터뷰, 《컨티뉴コンティニュ−》 제37호, 2007년 12월).

〈모순나선矛盾螺旋〉〈공의 경계〉에 나오는 '엔조 도모에'의 맨션에는 아야쓰지 유키토의 '관' 시리즈에서 받은 영향이 짙게 배어 있다. 건물 중앙에 엘리베이터가 있는 10층짜리 원형 구조인 맨션에는 사실 '나선형의 계단'을 위아래로 움직일 수 있는 장치가 감춰져 있다. 계단을 조작함으로써 건물의 남북이 바뀌고 교묘하게 집의 호수를 착각하게 만드는 구조다. '엔조 도모에'는 이 이상한 맨션에서 '어머니'를 살해하고 도망치지만, 끔찍한 사건은 미디어를 통해 보도되지 않는다.

'엔조 도모에'가 사라진 '도모에'의 집에서는 여전히 살해가 있던 날의 풍경이 반복된다. 그러니까 육친 간의 살육이 있었던 날이 반복된다. 그것은 일종의 시뮬레이션이었으며, '엔조 도모에'조차 실제의 그가 아니라 살아 있는 인형에 지나지 않았다는 설정이다. '엔조 도모에'의 맨션에서는 아야쓰지 유키토의 '수차관'처럼 자주 '부웅' 하는 기괴한 소리가 들린다. 나선형의 계단이, 혹은 비밀 기관이 움직이는 소리다. 양관이 인간의 운명을 파괴하고, 인간성의 잔해를 자체의 양분으로 사용하는 듯한 기괴함이 느껴진다.

'관' 시리즈는 이누도 잇신犬童—心 감독의 〈메종 드 히미코La Maison De Himiko〉2005에도 영향을 준 것으로 알려져 있다. 성소수자 할아버지들의 집인 '히미코의 집'은 하얀 양관이지만, 그렇다고 기괴한 느낌을 주지는 않는다. 비밀 기관이 설치되어 있지도 않다. 그러나 이 양관에는 늙은 성소수자들이 가족들과 본의 아니게 헤어져 서로 외면한 채 죽어 가는 음울함이 어느 한편엔가 깔려 있다.

영화의 마지막 장면에는 건물의 하얀 외벽에 '기시모토 하루히코'오다기리 죠オダギリジョ- 분가 '사오리'시바사키 고우柴咲コウ 분에게 보내는 메시지가 낙서 형식으로 제시된다. 동네 아이들이 성소수자들에 대한 악담을 적는 것과 같은 방식이다. 물론 외벽이 더럽혀져야 도색 업체에서 일하는 '사오리'가 '메종 드 히미코'에 올 것이다.* 사실 그보다는 성소수자들의 음울한 운명이 도사리고 있는 양관의 외벽을 훼손하는 방식이야말로, 아야쓰지 유키토의 괴물적인 양관을 '만화적으로' 훼손하는 방식이야말로 운명과 맞서려는 자들이 취할 법한 포즈라는 생각도 불현듯 든다.

소 년 명 탐 정 , 현 대 의 영 웅

1992년《주간 소년 매거진週刊少年マガジン》에 〈소년탐정 김전일〉이 연재되기 시작하여 대중적인 인기를 얻자, 1994년《주간 소년 선데이週刊少年サンデ-》에서도 아오야마 고쇼青山剛昌의 〈명탐정 코난〉으로 맞불을 놓는다. 그 이래로 '긴다이치金田-'와 '코난'은 소년 명탐정계의 우이를 다투어 오고 있다. 우이를 다툰다고 했지만, 개인적

---

* 〈메종 드 히미코〉는 '하루히코'와 '사오리'의 사랑이 확인되는 것으로 끝난다. '사오리'의 입장에서는 아버지의 연인이었던 사람이고, '하루히코'의 입장에서는 연인의 딸이었던 사람이다. 세간의 가치관으로는 좀처럼 받아들이기 어려운 설정이지만, 영화에서는 경쾌하게 넘어가고 있다. 이 영화에는 오자키 기요히코尾崎紀世彦의 대표곡 〈다시 만날 날까지また逢う日まで〉가 삽입되어 있는데, 가사를 음미하면 '하루히코'와 '사오리'의 사랑을 확인할 수 있다. 방에 틀어박혀 마음에 귀를 기울이면 사랑인지 아닌지 알 수 있을 것이라는 낭만적인 내용이다.

으로는 '코난'이 훨씬 사랑스러운 캐릭터라고 생각한다. 지나치게 사랑스러운 것이 아닌가 싶기도 하다.

'긴다이치'와 '코난'이 명탐정이라고는 하지만, 어른의 눈으로 보면 '명탐정 코스프레'처럼 보이는 면도 있다. 텔레비전 애니메이션 〈소년탐정 김전일 스페셜 – 오페라 극장 최후의 살인金田一少年の事件簿スペシャル – オペラ座館・最後の殺人〉이토 나오유키伊藤尚往 감독, 2007을 예로 들어 보자. 이 애니메이션은 〈오페라의 유령〉이라는 오페라를 모티프로 활용하고 있다.

애니메이션의 초반부에 오페라 극장의 별관인 탑의 계단에 켜 놓은 촛불이 3층부터 차례로 꺼지는 일이 발생한다. 사람들은 모두 유령의 짓이라고 하면서 겁에 질린다. '긴다이치'는 탑에서 풍선과 압정을 발견하고는 공기보다 무거운 기체인 드라이아이스를 활용한 트릭임을 밝혀낸다. 풍선이 압정에 터지면서 풍선 안의 드라이아이스가 계단을 타고 흘러내려 촛불이 3층부터 차례로 꺼졌다는 추리다. 이 추리는 어딘가 관념적이다. 풍선 하나를 채울 정도의 적은 드라이아이스로 3층부터 1층까지의 촛불이 순차적으로 꺼질 수 있는지 잘 모르겠다. 계단은 그 정도로 좁지 않다.

범인으로 등장한 '고즈키 레오나'는 동료인 '에몬 이즈미'가 무대에서 리허설을 하는 동안 거대한 샹들리에를 떨어뜨려 살해한다. 샹들리에를 매단 철선을 이리저리 연장하여 관객석에서 끊을 수 있도록 조작한 다음, 펜치 같은 도구로 관객석에서 직접 철선을 자른 것이다. 그때 '레오나'의 근처에는 동료들이 있었다. 거대한 샹들리에를 지탱할 만큼 견고한 철선을 연약한 여성이 동료들에게 들키지 않고 작은 펜치 정도로 순조롭게 자를 수 있었으리라고는 믿어지지 않는다. 샹들리에를 선 하나에 고정하지도 않겠지만, 그렇다고 해도 그 정도의 철선을 끊으려면 제대로 된 절단기를 사용하지 않으면 안 되었을 것이다. 그럼에도 '긴다이치'는 "수수께끼는 모두 풀렸다!"라는 유행어를 망설이지 않고 남발한다.

'긴다이치'와 딱 비슷한 수준으로 '코난' 역시 적당주의적인 면이 있다. 〈명탐정 코난-시한장치의 마천루名探偵コナン: 時計じかけの摩天楼〉고다마 겐지児玉兼嗣 감독, 1997에서 '코난'은 노골적으로 "운에 맡겨 볼까." 하는 식의 말을 하기도 한다. '코난'이 범인의 시재에서 발견한 기폭 장치라는 복선이 없었던 것은 아니지만, 그래도 운이 좋았다는 말밖에는 할 수 없다. 이 에피소드에는 여러 종류의 폭탄 장치가 나오는데, 건축 설계자인 범인이 어떻게 다양한 폭탄 장치를 만들었는지, 또 언제 그것들을 설치했는지에 대한 속 시원한 설명은 어디에서도 찾아지지 않는다.

그래도 '코난'은 귀여운 수준이다. '긴다이치'는 결정적일 때 '명탐정이었던 할아버지의 이름'을 건다. 진지해질 수밖에 없지만, 진짜 미스터리가 아니다. 앞서 말한 대로 미스터리의 코스프레일 뿐이다. 코스프레인데 진지하다. 반면 '코난'은 드러내 놓고 '007'적이라고 할까. 완구 출시를 예상케 하는 만화적 아이템들을 활용하고, '모리 고고로 탐정'으로 대변되는 어른들을 익살맞은 표정으로 비웃으면서 암약한다. 코스프레답다.

'코난' 시리즈에는 한자漢字 풀이 같은 수수께끼가 자주 등장하는데, '코난'의 미스터리는 딱 그 정도의 긴장감을 유발한다. 신문의 십자 낱말 풀이 같다. 그러한 가벼움을 무기로 하고 있는지도 모른다. 도시에서 아무리 큰 소동이 일어나도 사건과 관련이 없는 사람들이 죽거나 크게 다치지는 않는다.

귀엽고 사랑스러운 '코난'이 20년째 성장을 멈추고 있다는 것은 만화 캐릭터라고는 해도 기묘한 느낌이다. 아니, 오히려 만화 캐릭터이기 때문에 더 기묘하다고 해야 할 것이다. '코난'은 이제 만화 캐릭터에 그치는 것이 아니라, 《명탐정 코난》의 팬들에게는 거의 일상이 되어 버렸다. '코난' 캐릭터는 도심 곳곳에서 어렵지 않게 보인다.

'코난'은 오늘도 누군가에게 도전장을 받고 사건의 수수께끼를 풀고 있을지 모른다. 어쩌면 그야말로 '현대의 영웅'이 아닐까. 영웅이 신이나 왕의 의뢰를 받아 임무를 수행하듯이 명탐정이야말로 누군가의 의뢰에 따라 움직이며 사건을 아무 의혹 없이 해결하기 때문이다. 게다가 명탐정은 죽지 않는다. 그것을 장장 20년간이나 되풀이해 온 것이다.

미스터리의 죽음

〈너의 목소리가 들려〉SBS, 2013는 중간에 표절 시비가 있었다. 살인 사건의 용의자로 쌍둥이 형제가 지목된 가운데, 쌍둥이 형제 중 어느 쪽이 진범인지, 혹은 공범인지 아닌지의 여부를 두고 법정 다툼이 벌어진다는 에피소드가 문제시되었다. 한국추리작가협회에서는 도진기의 단편 〈악마의 증명〉(한국 추리 스릴러 단편선 4)에 대한 표절이라고 주장했다.

표절인지 아닌지에는 별로 관심이 없다. 다만 '쌍둥이'를 용의선상에 올려놓는 설정이 과연 한 추리 소설 작가의 전유물이 될지에 대해서는 다소 회의적인 생각을 하고 있다. 미스터리에서 '쌍둥이'는 단순한 캐릭터가 아니다. '밀실'이나 '다잉 메시지dying message', 혹은 '머리 없는 시체'처럼 정형화된 트릭의 하나라고 여겨지는 면이 있다.

미스터리는 전 세계적으로 남작濫作되고 있으며, 장르적 관습이 고착화했다. 상투적이라는 것을 알면서도 미스터리 소비자들은 이런 관습을 기대하면서 미스터리를 소비한다. "곧 돌아올게." 라고 말하면서 집 밖으로 나가는 캐릭터는 으레 죽으리라는 것을 미스터리 소비자들은 이미 알고 있다. 알면서도 누군가 그런 대사를 해주기를 기다린다. 누군가 미스터리의 캐릭터가 내가 알고 있고 곧 어떤 캐릭터에 의해 발설되리라고 '예언한' 대사를 해주었을 때, 비로소 미스터리 소비자인 '나'는 '명탐정', 혹은 '추리 소설 작가'에 비견할 만한 '영웅'이 된다.

히가시노 게이고의 '덴카이치 다이고로' 시리즈는 미스터리의 정형화, 패턴화를 다루고 있는 메타 미스터리 장르이다. 이 소설에

콘텐츠의 사회학

서 소설 속 캐릭터인 '오가와라 반조' 경감은 미스터리의 규칙이라고 할 패턴들을 야유하고 있다. 미스터리 소설의 캐릭터가 미스터리 소설을, 미스터리 소설가를 비웃는다니 해학적이다.

🎴 내가 덴카이치 시리즈의 조연을 맡은 지 어느덧 수년째. 그동안 쓰라린 일이 수도 없이 많았지만, 요즘에는 골칫거리 중 하나가 밀실 트릭이다. 이런 패턴의 사건이 발생하면 솔직히 마음이 무거워진다.

"아, 또 밀실 트릭인가."

한마디로 지겹다. 요즘에도 과연 이런 패턴의 사건을 반기는 독자가 있을까 싶은데도 몇 건 중 하나꼴은 반드시 이런 트릭이 나온다.

(중략)

똑같은 마술을 몇 번이고, 몇 번이고, 몇 번이고 보는 기분이다. 굳이 다른 점을 찾자면 마술의 속임수를 공개하는 방식 정도랄까. 하지만 공개 방식이 아무리 달라도 감동은 받지 않는다. 미녀를 공중에 떠우는 마술은 비록 속이는 데 사용된 기술이 다를지라도 거듭되면 관중이 지루해한다.

그런데도 '밀실'은 반성도 없이 나오고 또 나온다. 도대체 왜 그럴까. 독자 여러분에게 물어보고 싶다.

"여러분, 정말로 밀실 살인 사건이 재미있습니까?"*

'밀실'은 외부 침입이 불가능한 상황, 범행 현장의 폐쇄성을 가리키는 용어다. 상식적으로는 범인조차 범행을 하고 도망칠 수 없는 구도다. 그러나 범인은 보이지 않는다. '밀실'은 그 자체로 이미 어의 모순에 불과하다. 어의 모순을 '발단의 불가사의성'으로 미스터리 팬들은 받아들인다. 미스터리 팬들은 '밀실 살인 사건'이 재미있어서 '밀실 살인 사건'을 다룬 작품을 보는 것이 아니다. 그들은 사건에 숨어 있는 트릭이 궁금하고, 용의자를 예측하는 것 자체의 재미에 빠져 있다. 그들은 나름대로 상투적인 이야기를 놓고-이미 소설과는 별개라고도 할 만한-자기만의 게임을 하고 있다. 따라서 '오가와라' 경감의 "여러분, 정말로 밀실 살인 사건이 재미있습니까?"라는 말은 별 의미가 없는 질문에 지나지 않는다.

히가시노 게이고에게는 미스터리에 대한 이 정도의 식견도 없을까. 그렇지는 않을 것이다. 소설의 흐름과는 별개로 미스터리의 규칙을 확인하고, 또 수수께끼를 푸는 재미를 느끼는 미스터리 팬들은 미스터리를 '내려다보면서' 미스터리를 소비하는 것이다. 소설의 흐름을 따라 진지하게 소설을 읽는 그룹이 있는가 하면, 작가와 소설을 비웃으면서 자신의 우월성을 입증하고 싶은 그룹도 있다. 결국은 《용의자 X의 헌신》을 읽는 사람들 중에 《명탐정의 규칙名探偵のオキテ》을 읽는 사람도 있는 것이다. 단지 추리의 과정이 중요한지, 범인을 알아맞히는 예측이 더 중요한지의 정도가 다를

---

* 히가시노 게이고, 《명탐정의 규칙》, 재인, 2010, 24~25쪽.

뿐이다.《명탐정의 규칙》이 '추리의 과정'을 거의 생략하고 발단과 결론만으로 구성된 체제를 취하고 있는 것은 눈여겨볼 만하다.

한편 미스터리라는 장르가 이처럼 몇 개의 타입으로 고착화했다고 해 버리면 미스터리의 미래는 지극히 어두울 것이다. 장르에 관습이 생기고, 소비자들이 관습에 대해 이미 잘 알고 있다는 것은 신진 작가에게는 매우 불리한 조건이다. 이래서는 독자층을 확대할 가망이 없다.

온다 리쿠恩田陸의《호텔 정원에서 생긴 일中庭の出来事》2003~2004은 소위 명탐정도 등장하지 않고, 범인을 찾는 추리의 통쾌함도 없다. 하지만 연극과 소설의 장르 믹스, 현실과 허구의 혼재, 고백과 거짓 고백의 교차 등을 통해 미스터리의 새로운 영역을 보여 준 작품이다. 건물 내 정원에서 돌연사한 소녀에 대한 세 목격자의 각기 다른 진술, 사건을 모티프로 하여 작품을 쓰려는 각본가, 호텔 정원에서 각본가가 음독에 의해 죽는 사건, 용의자로 지목된 세 여배우의 각본과도 같은 증언, 버려진 역사驛舍를 개조한 극장을 찾아간 두 남자의 사연 등이 각각의 이야기를 반영하면서 착란을 일으키는 구조는 심히 복잡하다. 어디까지가 극중극이고 어디까지가 극 중 현실인지 구분하기 어렵다. 셰익스피어가 자주 언급되고 있지만, 이오네스코의 부조리에 더 가까워 보인다. 이 작품은 휴대 전화 소설로 연재되었는데, 미디어의 새로움이 소설 형식의 새로움으로 이어지고 있는 점도 주목할 부분이다.

미스터리는 장르 관습에 충실하면서 기존의 팬층을 더욱 결집

시키는 한편 인접 장르로 흘러들고, 반대로 인접 영역을 흡수하면서 전혀 이질적인 장르가 되어 팬층을 확대하는 면도 있다. 장르의 층위가 아니라면 미스터리는 더욱 광범위하게 퍼져 있다고 말해도 좋다. 상업성이 있는 요소로 널리 받아들여지고 있는 것이다.

분기형 서사와
평행 세계

이야기의 고정성을 거스르다―분기형 서사의 욕망

선형성은 근대 서사의 한 특징이다. 책의 문자열을 좌우로 잡아당기면 긴 선분 형태가 된다. 인간이 자기의 일생을 하나의 선분으로 상상하는 것도 여기에서 단초를 찾을 수 있다. 우리의 인생에는 여러 가지 일들이 일어나겠지만, 결국 '우리 자신'의 이야기, 하나의 줄거리로 수렴되는 것이리라.

분기형 서사는 선형성을 극복한 서사다. 소위 '선택지'가 있는 게임 서사가 바로 여기에 해당한다. 대표적인 것으로는 미소녀 연애 시뮬레이션이하 '미연시'을 들 수 있다. 미연시라는 명명에서 짐작하듯이 이 부류의 게임 서사 안의 선택지들은 다소 가벼운 문제들에 대한 선택들로 채워진다. '예/아니요'의 선택에 따라 '다른' 이야기가 발생한다.

《게임적 리얼리즘의 탄생ゲーム的リアリズムの誕生》에서 아즈마 히로키는 미연시를 중심으로 한 분기형 서사에 상당히 큰 의미를 부여한 바 있다. 정확하게는 분기형의 게임 서사와 기본적으로는 선형성을 탈피할 수 없는 소설의 상호 영향에 방점을 찍었다. 그는 '소

설 같은소설같이 읽는 게임'과 '게임 같은 소설'을 논한다. 실제로 그는 《퀀텀 패밀리즈ㄲ퀀ㅌꟼ ㄲꝉㅣ리-ㅈ》라는 '게임 같은 소설'을 쓰기도 했다. 게임 같다고 했지만 종이책이 선택지에 따라 두 개 이상의 이야기를 활성화할 수 있는 것은 아니다.

게임 같은 소설은 '타임슬립time slip'이나 '평행 세계'와 같은 판타지의 의장들을 수용함으로써 이야기의 고정성에 반기를 든다. 아즈마 히로키는 이야기의 고정성에 반기를 든 소설 같은 게임, 게임 같은 소설에서 '새로운 실존주의의 가능성'을 발견해 낸다. 그는 아무래도 무라카미 하루키 소설의 뇌내 세계(세계의 끝과 하드보일드 원더랜드世界の終りとハードボイルド・ワンダーランド)나 평행 세계(1Q84)와 엔터테인먼트 영역의 분기형 서사를 봉합하여 새로운 일본문학사를 쓰고자 하는 욕망이 있는 듯하다.

어떤 이유에선가 둘로 나뉘어 버린 세계 A와 세계 B 사이에서 인간은 오직 하나의 세계만을 선택할 수 있다. 선택되지 않은 세계는 사라져 버린다는 의미이다. 이렇게 되면 벌써 '연애의 매너'와 같은 가벼운 미연시적 상황과는 매우 다른 이야기가 되어 버린다. 아즈마 히로키는 발터 벤야민Walter Benjamin 같은 말투로 그것은 이미 '선택'의 문제가 아니라 '결단'의 문제라고 지적하며, 결단의 상황은 분명히 실존주의적인 것이라고 주장한다. 딴은 타임슬립이나 평행 세계를 곧이곧대로 믿는다면 실존의 문제라고 할 수 있을지도 모른다. 그러나 타임슬립이나 평행 세계와 같은 판타지의 의장들을 거둬 내고 보더라도, 사실 이야기의 고정성, 혹은 선형성이 도전받고 있는 상황 자체가 어떤 의미에서는 실존의 문제를 제기하는 것은 아닐까 하고 진지하게 생각하게 된다.

우리의 정체성은 현실과 웹 사이에서 흔들리고 있다. 또한 신자유주의는 우리를 끝없이 선택과 결단의 상황으로 내몬 다음, 선택과 결단에 대한 책임을 지라고 강요하고 있다. 우리는 정보 환경의 변화나 자본주의의 고도화에 이미 익숙해져 있으며, 계속 길들여지는 중이다. 선형성을 거부하는 서사의 유행은 이제 더 이상 낯선 풍경이 아니다.

비극적 상황의 반복적인 재현을 그린 〈해를 품은 달〉MBC, 2012, 천사의 도움으로 매번 죽음에서 되살아난다는 설정의 〈빠담빠담〉JTBC, 2011~2012, 첫사랑이 다른 남자와 결혼하는 것을 막기 위해 타임슬립 하는 주인공의 이야기인 〈프러포즈 대작전〉TV조선, 2012, 자신의 불행한 미래를 수정하기 위해 현재로 타임슬립 한 여자의 이야기를 그린 〈미래의 선택〉KBS2, 2013 등은 인생의 일회성, 이야기의 고정성을 거스르는 서사 구조를 취하고 있다. 타임슬립이나 평행 세계, 게임의 리셋 장치와 같은 가제트gadget는 웹 환경이나 신자유주의의 풍경들과 함께 이미 인공 환경화하고 있다. 불과 1, 2년 사이에 게임적인 서사나 그 가제트들에 대한 시청자들의 위화감이 줄어들고 있는 것은 우연이 아니다.

'편지'의 은유

《게임적 리얼리즘의 탄생》의 실천 편이라고 할 만한《퀀텀 패밀리즈》는 아즈마 히로키의 첫 장편 소설이다. 이 소설은 평행 세계와 타임슬립이라는 SF적 의장을 활용하고 있다. 앞에서 밝힌 바와 같이 '게임 같은 소설'이다.

《퀀텀 패밀리즈》의 체제에서 주목되는 것은 도입부다. 도입부에서 아즈마 히로키는 '이야기 밖'이라는 제목 아래에 세 개의 자료를 제시하고 있다. 핵심 사건인 '아시후네 유키토'의 테러 미수 사건에 관한 웹사이트의 기록, '아시후네 유키토'의 부인인 '오시마 유리카'에 대한 위키피디아 기록, '아시후네 유키토'가 웹에서 자신의 사상을 드러낸 페이지의 기록 등을 발췌한 것들이다. 모두 웹페이지에 기입된 메시지라는 점이 주목된다.

아즈마 히로키는 테러 미수 사건이라는 '고정된 이야기'와 거기에서 끊임없이 파생되는 '유동하는 이야기', 혹은 '고정된 이야기'를 내포한 '어떤 잠재적인 가능성에 머물러 있는 이야기' 등을 인과적으로 엮지 않은 채 늘어놓는 방식을 취한다. SF적 의장들이 작동을 하기 전에 이미 '평행 세계'는 인터넷으로 활성화되어 버린다. 인터넷은 이미 '평행 세계'다! 그리 놀랄 만한 일도 아니다. 아주 흔한 일에 불과하다.

현실에서 일어난 사건은 굳이 인터넷이 아니더라도 여러 미디어를 거치면서 '평행 세계'를 유발한다. 예를 들어 '채동욱 혼외 자녀 문제'나 '이석기 내란 음모 사건' 등은 여러 시사 프로그램에서 각계의 패널들이 나와서 자기 나름대로의 해석을 덧붙이면서 점점 '다른' 사건'들'이 되어 간다. 복수의 사건들이 노이즈로서 실현된 사건에 개입하고, 실현된 사건의 고정성에 위협을 가한다.

《퀀텀 패밀리즈》에서 아즈마 히로키는 평행 세계의 노이즈가 이메일을 통해 배달된다는 설정을 취하고 있다. 그것은 어느 면에서 보나 스팸메일처럼 보인다. 혹은 휴대폰을 통해 다른 세계의 '아들'이 '내'게 연락을 한다. 어느 면에서 보나 장난 전화처럼 들린다. 그런 일은 실제로는 일어날 수 없는 일이기 때문이다. 그럼에도-평행 세계에서 이메일이 온다든지, 휴대폰이 걸려 온다든지 하는 일이 일어날 수 없음에도-이메일 배달 사고나 잘못 걸려 온 전화의 가능성은 여전히 유효하다.

여기서 중요한 것은 실현 가능한지의 여부가 아니라, '통신 실패에 대한 비유', 혹은 '배달 사고 가능성에 대한 비유' 자체다. 인간의 커뮤니케이션은 '언어'라는 미디어를 통해 이루어지는 한 언제나 실패의 가능성을 안고 있다. 내 마음을 타인에게 전하기란 언제나 그 자체로 불가능성을 품고 있다. 다음은《퀀텀 패밀리즈》에 나오는 '오시마 유리카'의 고백이다.

> 📻 나는 그때 아버지에게 보낼 편지를 우체통에 넣고 싶었어요. 그건 유치원에서 아버지의 날에 만든 편지였죠. 어머니가 겉봉에 주소를 써 줘서 아버지와 산책하는 길에 가까운 우체통

에 넣으려고 했던 거예요. 그렇지만 아버지는 그런 사실을 몰랐죠. 아버지한테는 비밀로 했기 때문이에요. 그래서 난 우체통에 도달할 수 없었죠. 아버지와 함께 달리는 내내 나는 줄곧 아버지에게 보낼 편지를 조그만 가방 위로 붙잡고 있었어요. 그렇지만 그 말을 할 순 없었죠. 왜 그걸 잊어버렸을까. 나는 달리는 우체통을 붙잡고 싶었던 게 아니에요. 아버지 얘기를 믿었던 것도 아니죠. 난 그저 아버지에게 편지를 보내고 싶었고, 그렇지만 그걸 보낼 수 없었기 때문에, 그래서 그게 화가 나서 울었던 거예요.[*]

편지는 언제나 반드시 수신인에게 배달되는 것은 아니다. 편지가 수신인에게 배달된다고 하더라도, '배달 사고의 가능성'을 내포한 채 배달된다. 편지가 수신인에게 배달되지 않을 수도 있었는데 결과적으로는 배달되었다는 '사실'과 편지가 수신인에게 배달되었지만 확률적으로 배달되지 않을 수도 있었다고 하는 '가능성' 사이에, 그 균열에 우리는 처해 있는지도 모른다.

'오시마 유리카'는 아버지에게 편지를 보낼 수도 있었지만, 결국에는 보내지 못했다. 보내지 못했지만, 보낼 수도 있었다는 가능성을 내포하고 있었다. 그 가능성 때문에 괴로울 수도 있다. 어찌 됐든 '오시마 유리카'가 '오시마 유리카'인 이상 편지를 보내지

---

[*] 아즈마 히로키, 《퀀텀 패밀리즈》, 자음과모음, 2011, 354~355쪽.

못했다는 것은 결정되어 있다.

간혹 우리는 지금의 직업이 아니었다면 무슨 일을 했을까 하는 질문을 받게 된다. 지금의 배우자가 아니었다면 어떻게 되었을까? 다른 대학에 갔더라면 뭔가 달라졌을까 하는 궁리도 가끔 할 때가 있다. 우리는 가능성으로만 남은 일들을 인생의 그늘에 들여놓고 살아간다. 지금의 직업은 다른 직업을 선택했을 수도 있는 '나'의 삶을 희생한 대가로 갖게 된 것이다. 희생된 또 다른 '나'를 위해서라도 지금의 직업을 갖게 된 '나'는 지금의 '나'에 충실해야만 하는지도 모른다.

이것은 무슨 결정론과는 전혀 다른 삶의 태도다. 숙명적으로 '가수'가 되었다거나, '시인'이 되었다거나 하면서 스스로를 신비화해도 전혀 멋있어 보이지 않는다. 무엇보다 그렇게 삶을 고정적인 것으로 상상할 수 있던 시절은 끝났다. 그렇더라도, 그러니까 유동하는 삶에서 흔들리더라도, 실현되지 못한 채 가능성으로만 남아 우리 삶의 그늘 속으로 잠겨 버린 우리 자신을 배반해서는 안 되지 않을까 하는 생각을 해본다.

게 임 서 사 , 실 존 문 학 의 가 능 성

선택지가 거의 없는 '선형성을 띤' 게임 서사라고 해도 게임은 리셋 장치가 있어서 삶의 일회성, 혹은 죽음의 일회성을 교란한다고 받아들여진다. 게임에 몰입한 10대들이 쉽게 자살을 결정한다고 믿는 사회 일각의 선입견도 이 리셋 장치에 근거를 두고 있다는 것은 주지의 사실이다. 이러한 생명 경시는 자주 게임 서사를 진지하지 못한 것으로 평가 절하하는 근거가 되어 왔다.

《게임적 리얼리즘의 탄생》에서 아즈마 히로키는 리셋 장치에 기반을 두고 있는 게임 서사라도 '실존문학'으로서의 가능성이 있다는 주장을 했다. 여기서는 〈옥탑방 왕세자〉SBS, 2012라는 드라마를 예로 들어 보아도 나쁘지 않을 것 같다.

〈옥탑방 왕세자〉는 조선 시대의 왕세자 '이각'박유천 분이라는 캐릭터가 세자빈의 죽음에 얽힌 미스터리를 추적하다가 타임슬립에 휘말려 300년 후의 서울에 떨어진다는 설정으로 시작한다. '이각'은 서울에서 300년 전 인물들의 환생으로 여겨지는 캐릭터들과 조우하면서, 세자빈 사건의 실체를 파악하고 다시 자신이 살던 시대로 돌아가기 위해서는, '지금 이곳'에서 300년 전의 세자빈 살인 사건을 재현해야 한다는 것을 깨닫는다. 그러기 위해서 '이각'은 세자빈과 닮은 '지금 이곳'의 캐릭터인 '홍세나'정유미 분와 혼인을 하기로 하고 일을 추진한다. 그 과정에서 300년 전 세자빈과의 혼인에 음모가 있었다는 사실을 알게 되고, '홍세나'와의 약혼을 파기한다. 그다음 300년 전 모종의 음모에 의해 세자빈이 되지 못했던 '부용'의 환생이라고 여겨지는 '지금 이곳'의 '박하'한지민 분와 '이각'이 여러 가지 역경을 넘어서면서 300년 전 이루지 못한 사랑을 이루어 가는 과정이 그려진다.

〈옥탑방 왕세자〉가 왜 게임 서사인가 의아해하는 독자들이 있을지도 모르겠다. 이 드라마는 '홍세나'와 '박하'라는 두 여성을 남성 플레이어가 공략하는 미소녀 게임의 구조를 답습하고 있다. 플레이어는 세자빈의 죽음을 둘러싼 미스터리를 해결하기 위해 처음에는 '홍세나'에게 접근하는 시행착오와 리셋을 반복하고, 차츰 '홍세나'가 아니라 '박하'가 '진정한 사랑'이라는 것을 깨닫게 된다. 사랑을 지키기 위해 선택지가 있는 이야기를 따라가면서 계속 플레이를 하는 것이다.

리얼리즘 전통에 익숙한 독자들에게 〈옥탑방 왕세자〉의 기괴한 설정이나 우스꽝스러운 에피소드들은 개연성이 없고 매우 경박한 이야기로 받아들여질 수도 있다. 〈옥탑방 왕세자〉는 그저 경박한 젊은이들만의 허섭스레기 같은 서브컬처에 그치는 것이 아니다. '이각'과 '박하'의 사랑이 이루어지고 300년 전의 미스터리가 해명된다고 해서 끝나는 서사가 아니다. 오히려 이제는 끝이라고 생각한 순간에 마지막 갈등, 마지막 선택지가 활성화된다. '박하'와의 사랑을 지켜 낸 '이각'이 자신이 왔던 300년 전의 조선으로 돌아갈지, 아니면 사랑하는 '박하'가 있는 '지금 이곳'에 머물지 하는 문제가 바로 그것이다.

조선으로 돌아가는 것을 선택하면 사랑하는 '박하'가 있는 세계를 포기해야 하고, '박하'를 선택하면 왕세자로서의 책무와 고향으로 돌아가고 싶어 하는 동료들의 기대를 저버리게 된다. 어느 쪽을 선택하든 다른 쪽의 세계를 희생해야 한다는 딜레마가 '이각'

을 기다리고 있다. 실제로는 '이각'에게 어떤 선택이나 결단의 기회가 주어진다기보다는 불가항력적인 '현상'에 의해 '이각'이 다시 조선 시대로 되돌아간다는 설정이었지만, 마지막 회까지 본 시청자들은 분명히 이 이야기가 '이각'의 결단을 서사의 중심축으로 하고 있다는 점을 느꼈을 것이다.

'이각'의 딜레마는 물론 '이각'을 시점 캐릭터로 선택한 플레이어 자신의 딜레마이기도 하다. 게임을 계속 플레이하기를 선택하여 이야기의 세계에 머물까, 아니면 플레이를 멈추고 일상의 세계로 돌아갈까 하는 딜레마가 플레이어 자신을 기다리고 있는 것이다.

사후적으로 재구성되는 역사―백 노즐과 제일 얼터너티브

분기형 서사가 하이퍼텍스트, 혹은 테크노텍스트의 환경에 이르러서야 가능해진 형태라는 점은 분명하다. 그러나 전통적인 서사들 가운데 분기형 서사를 만들어 내고 추동하는 어떤 욕망을 탐색하는 일이 전혀 의미가 없다고는 할 수 없다.

분기형 서사를 만들어 내고 추동하는 것은 '만약에 이랬다면' 하는 가정법이다. 회한 섞인 가정법이지만, 어디까지나 한번 일어난 일은 돌이킬 수 없다는 불가역성, 운명성을 시인하고 받아들인 가운데 덧없이 토해 내는 탄식과 같다고 하겠다. 분기형 서사는 가정법을 탄식에 그치는 것이 아니라 그대로 실현시켜 버리는 양식이다. 그것은 운명과 맞선다는 대결 의식의 소산이라고 하겠다.

잘못된 선택으로 일그러져 버린 운명을 바로잡기란 그리 간단치 않다. 엔터테인먼트 서사로 구현된 분기형 서사들이-비슷한 사건의 반복이라는 형태든, 노골적인 타임슬립의 형태든 간에-경쟁적으로 그리고 있는 것은 운명을 바로잡는다든지 운명을 극복한다든지 하는 일의 어려움, 거의 불가능하게 보일 만큼의 어려움이다. 물론 그럼에도 난관을 어떻게든 헤쳐 나가면서 운명이 변경되는 것을 엔터테인먼트 서사들은 거의 상투적으로 보여 주려고 한다. 또는 운명을 뛰어넘는 것도 이미 운명이라는 결론도 있을 것이다.

상투성에 대해 할 말이 전혀 없지는 않지만, 그보다 운명의 불가역성을 분기형 서사들이 어떻게 그리는지를 말하는 것이 더 긴요한 일로 여겨진다. '서사적 장치'들에는 다양한 양상이 있겠지만, 우선 떠오르는 것은 두 가지 정도다. 두 가지 장치는 니시오 이신西尾維新의 '헛소리戲言' 연작의 세계관이기도 하다. 물론 '헛소리' 연작은 분기형 서사라기보다 메타 서사다. 그러나 엔터테인먼트의 영역에서 드라마화한 분기형 서사들이 대개 두 장치에 빚지고 있다는 것은 두말할 필요가 없다. 그것은 바로 '백 노즐back nozzle'과 '제일 얼터너티브jail alternative'다.

간단히 말해 백 노즐은 '일어나야 할 일은 반드시 일어난다'이다. 어떻게 해서 피했다고 하더라도 언젠가 어디에선가 그 일은 반드시 일어나게 되어 있다. 운명을 선택할 수 있다는 사상을 완전히 배제하는 장치다. 제일 얼터너티브는 "모든 일에는 '대체'가

준비되어 있어서 누군가 하지 않더라도 다른 누군가가 그 일을 하게 되어 있다"이다. 西尾維新,《ザレゴトディクショナル─戯言シリーズ用語辞典》

미래에서 누군가 현재로 와서 어떤 사건에 개입해도 궁극적으로는 미래가 바뀌지 않는다. 일어날 일은 반드시 일어난다. 내가 지금 누군가의 목숨을 어떤 마수로부터 구한다고 해도, 다른 누군가는 반드시 그 마수에 의해 희생당한다. 결과적으로 새로운 희생에도 불구하고 미래의 불행은 어김없이 찾아온다.

'헛소리' 시리즈에서 백 노즐과 제일 얼터너티브는 '여우 남자'로 불리는 '사이토 다카시'의 세계관이다. 이야기의 전개는 어김없이 두 장치에 의해 실로 '적당하게' 이루어진다. 어쩌면 적당성이야말로 니시오 이신의 전위성을 드러내는 부분인지도 모르지만, 운명의 불가역성을 인정하는 것이 작가가 뜻한 바는 아닐 것이다. 오히려 백 노즐과 제일 얼터너티브라는 운명주의적·허무주의적 사상의 격파야말로 '헛소리꾼', 혹은 작가 자신의 소명이었다고 하지 않을 수 없다.

언제나 운명은 사후적으로만 승인된다. 역사학도를 내레이터로 내세운 김연수의 어떤 단편에는 이런 내레이션이 나온다. "개인의 것이든 집단의 것이든, 모든 역사란 일어날 만하니까 일어난 일들의 연속체를 뜻한다고 나는 생각한다. 다시 말해 일단 어떤 일이 일어나면 저마다 반드시 일어날 만한 일이었다는 증명서가 자동적으로 첨부된다." 〈그건 새였을까, 네즈미〉 언제나 역사는 사후적으로 재구성된다.

현재의 '나'를 있게 한 '나의 시간'들은 현재의 '나'의 위치에서 볼 때는 항상 필연적으로 보인다. 하지만 과거의 어느 지점에 서 있던 '나'에게 현재의 '나'는 지극히 우연적인 존재일 뿐이다. '나'는 과거의 어느 지점에서 보면 '이렇게 되지 않았을 수도 있지만 이렇게 된 나'일 뿐이다. 일어날 만한 일이 일어난다고 해도 어디까지나 사후적인 설명에 지나지 않는다.

백 노즐도, 제일 얼터너티브도, 운명론도 우연성을 긍정하는 입장에서 보면 편의주의적인 설명으로 들린다. 백 노즐도, 제일 얼터너티브도, 운명론도 믿지 않고 '나'의 우연성을 긍정할 때, 그리고 '다른 나'가 아니라 '이 나'를 긍정할 때 삶은 계속 이어져 나가는 것이 아닐까. 운명론이 아니라 '다른 나'에 대한 가능성을 품은 불안하기 짝이 없는 '이 나'일 때라야 비로소 현재의 '나'를 제대로 긍정할 수 있는 것은 아닐까. 논의가 이런 데까지 이르면 진짜 실존의 문제가 되어 버리지만 말이다.

신카이 마코토의 호소력

일본 애니메이션이 2000년대에 거둔 성과 중에서 신카이 마코토新海誠 감독의 출현은 도저히 빼놓을 수 없는 부분이다. 2010년대에 오면 그 의미가 상당히 퇴색해 버린 감이 없지 않지만, 〈별의 목소리ほしのこえ〉2002, 〈구름의 저편, 약속의 장소雲のむこう、約束の場所〉2004,

콘텐츠의 사회학

〈초속 5센티미터秒速5センチメートル〉2007로 이어진 그의 2000년대 작품들은 분명히 기념비적인 작품들이었다. 그의 이질성이랄까 획기성에 대해 아즈마 히로키는 신카이 마코토, 만화가 니시지마 다이스케西島大介와 가진 어느 좌담에서 다음과 같이 설명했다.

🎦 아즈마 히로키 : 〈별의 목소리〉를 처음 보았을 때, 저는 이제까지와는 전혀 다른 것이 나왔다고 생각했습니다. 이것은 동영상이 아니고, 말을 바꾼 것뿐이지만, 정지 화면이 가끔 움직이는 화집畵集 같다고 느꼈습니다. 한 장의 그림이 막대한 인적 자원으로 이어져 25분이 되었다고 하는 느낌이라고나 할까. 그러니까 〈킹 게이너OVERMANキングゲイナー〉와 〈별의 목소리〉에서 그림 한 장만을 취해서 비교했을 때, 〈별의 목소리〉 쪽이 더 보기 좋다는 것은 당연한 일인지도 모르겠습니다.

이렇게 말하면 또 인터넷에서 "원래 애니메이션은 정지 화면의 연속이다, 당치 않은 소리를 한다."라면서 말꼬리를 물고 늘어지겠지만, 제가 여기에서 하고 싶은 말은 〈별의 목소리〉는 종래의 애니메이션보다 게임의 오프닝이나 매드 무비MAD Movie에 가깝다는 것입니다. 실제로 저는 〈별의 목소리〉 직후에 신카이 씨가 작업한 〈Wind〉의 오프닝을 보았습니다만, '〈별의 목소리〉라고 하는 건 이거였어.'라고 생각했습니다. 미소녀 게임은 요컨대 한 장의 그림에 텍스트와 음악을 넣은 전자적인 그림 연극 같은 것이지요. 그리고 미소녀 게임의 오프닝은 거기에서 좋은 느낌의 그림을 뽑아내서 템포 좋게 짜 맞춰 나간다는 논리로만 들어집니다. 그렇겠거니, 하고 생각합니다.

요컨대 〈별의 목소리〉는 한 개의 완성된 작품이 아니라, 오히려 거대한 미소녀 게임의 오프닝이나 예고편과 같은 것이라는 인상을 받았습니다. 그러니까 이야기나 설정이 그 가운데서 완결되어 있지 않더라도 전혀 신경이 쓰이지 않습니다.*

같은 좌담에서 신카이 마코토도 대체로 수긍하고 있다. 애초에 그는 일본의 게임 제작사 팔콤Falcom에서 PC 게임 〈영웅전설 가가브 트릴로지英雄伝説ガガーブトリロジー〉, 〈Ys II Eternal〉 등의 오프닝 무비를 제작한 경력이 있다. 그렇다고는 해도 〈별의 목소리〉는 '게임의 오프닝'이라든지, 정지 화면의 패닝panning으로 보인다든지 하는 기술적인 부분에서만 돋보이는 것이 아니다. 거기에는 남녀 간의 연애 감정을 세계의 위기에 바로 연계시키는 세카이계 상상력의 서사적 매력이나, '휴대 전화 메일'이라는 미디어의 새로움을 시대적 아이콘으로 응결시킨 사회의식의 예리함이 곁들여져 있다. 상대에게 마음을 전하는 미디어로서 편지나 문자 메시지나 이메일 따위가, 혹은 더욱 본질적으로는 언어 자체가 얼마나 취약한가 하는 철학적인 주제도 만만한 것이 아님은 물론이다.

〈구름의 저편, 약속의 장소〉에서 새삼 느꼈는데, 신카이 마코토

---

* 東浩紀 編, 《コンテンツの思想》, 青土社, 2007, 22~23쪽.

에게는 미지의 것과의 조우에 대한 외경畏敬도 있다. 가령 평행 세계를 감지하고, 평행 세계의 문을 여는 장치로 활용하기 위해 '유니온'-소비에트 연방을 염두에 둔 국명-이 '에조'에 세운 탑에 주인공 '히로키'가 근접 비행하는 장면이 그렇다.

🎬 거기에 탑이 있었다.

나는 날고 있었다.

스틱을 왼쪽으로 눕혀 탑 주위를 선회했다. 몇 번이나 몇 번이나. 벨라실라가 탑 그늘에 들어가자 새카맣게 어두워진다. 그 대신 탑은 선명한 거울이 되어 하얀 구름과 하얀 벨라실라를 비추었다. 햇빛 아래로 나갔다. 탑은 새하얘진다. 콕핏 안에도 빛이 가득 차서 새하얘졌다. 내 의식도 하얗게 타오른다. 계속 선회했다. 탑 주위를 끊임없이 휘돈다. 천천히, 어둠. 거울. 이윽고 천천히 빛…, 그리고 어둠.

나선을 그리듯이 조금씩 올라갔다. 휘돌면서 거울에 비친 자신의 모습을 보고 있었다. 한계 고도까지 다다랐지만 탑은 아직 이어지고 있었다. 벨라실라는 상방 시야가 좋지 않아 기수를 세우곤 해서 위쪽이 잘 보이도록 손썼다. 탑의 정상은 보이지 않았다. 하늘을 향해 멀리멀리 이어지고 있었다. 가늘어지며 흐릿해져 이윽고 소실점이 되었다.

줄곧 이렇게 탑 주위를 맴돌고 싶다고 생각했다. 영원히 질리지 않을 것 같았다.

타쿠야에게도 보여 주고 싶었다.

…사유리에게도.*

'에조'에 세워진 탑은 실제로 어떤 기능을 하는지와는 별개로 중학생인 '히로키' 등에게는 동경의 대상이다. '히로키'와 '타쿠야'는 손수 만들어 '벨라실라'라 명명한 비행기를 타고 국경 너머 적국에 세워진 탑을 향해 간다. 비행 경험이 없는 고등학생이 비행기를 몰아 적국으로 월경을 감행한다는 설정의 황당함을 문제 삼는 것은 큰 의미가 없다. '사유리'는 왜 탑의 장치와 연동하여 특수한 기면증에 빠져서 평행 세계의 꿈을 꾸는가 하는 정당한 질문도 사실 애니메이션 감상에 있어서는 본질적인 부분이 아닐지도 모른다. 그저 '사유리'의 할아버지가 설계한 탑이라는 설정으로 납득한 채 서사를 따라가기만 하면 된다. 탑이 거기에 있다. '히로키'가 모는 '벨라실라'는 어느새 탑에 이르러 주변을 선회한다. 그리고 '히로키'는 '사유리'와 동조하여 그녀가 보는 평행 세계의 꿈을 보게 된다.

이와 비슷한 장면이 〈별의 목소리〉에도 나온다. 외계 생명체 '타르시안'과 접촉한 '나가미네'는 '노보루'가 있는 지구의 환영을 본다. 목소리가 없는 '타르시안'은 그런 방식으로 지구인과 커뮤니케이션을 시도하는지도 모른다.

---

* 신카이 마코토 원작, 가노우 아라타加納新太 글, 《구름의 저편, 약속의 장소 II》, 대원씨아이, 2008, 198쪽.

〈별의 목소리〉에서 '타르시안'은 좀 볼품없이 그려져 있다. 디테일의 결여라고 할 만한 타르시안의 추상적인 외관과 〈구름의 저편, 약속의 장소〉의 탑이 어딘지 닮아 있다는 생각이 들었다. 그것들은 일종의 '거울'로, 보는 사람들의 마음을 비춘다는 공통점이 있다.

여담이지만, 〈별의 목소리〉를 노벨라이즈novelize한 고단샤의 표지 디자인2005년 판보다는 대원씨아이의 디자인2009년 한국어판이 신카이 마코토의 신비주의적 비전을 잘 살린 게 아닌가 싶다. 대원씨아이판《별의 목소리》의 표지는 푸른빛을 띤 은색으로, 희미하게나마 보는 사람의 모습을 반영한다. 얼굴이 적나라하게 비치지 않아 아주 마음에 든다.

별것 아닌 이야기일 수도 있지만, 신카이 마코토의 대중성에 대해서는 또 다른 요소도 고려해야 한다. 그에게는 정념에 직접 호소하는 무언가 '육체적인 것'이 있다. 처음에 나는 배경 음악을 깐 채오 분 남짓이나 이어지는 특유의 엔딩에서 답을 찾으려고 했다. 그것은 그것대로 그만의 고유성이 되고 있는 것이 분명하다. 〈언어의 정원言の葉の庭〉2013에 이르러서는 왠지 지겹게 느껴질 정도로 이제 관객들에게는 익숙한 방식이 되어 버렸다. 심하게 말하면 타성에 젖어 있다고까지 말할 수 있다.

개인적으로는 그의 목소리가 좋다. 자신이 만든 애니메이션에, 그것도 주인공 역의 성우로 참여한다는 것은 여간한 자신감이 아니다. 〈별의 목소리〉에서 성우로서 그가 '속삭이듯 들려주는' 내레이션은 관객들을 집중하게 한다. 그는 아주 작은 목소리로 사건의 경위를 들려준다. 사랑의 만료에 대해 담담하게 고백한다. 거의 시적이다. 그 음성은 무기질의 도시를 연상케 한다. 삶은 계속된다. 첫사랑의 '그녀'들은 어딘가로 사라지고, 우리는 날씨가 있는 세계에 그대로 남겨진다.

어 떤 평 행 세 계

〈구름의 저편, 약속의 장소〉는 그 자체로 평행 세계를 배경으로 하고 있다. 주인공들의 이야기가 전개되는 곳은 우리가 살고 있는 현실 세계와 아주 많이 닮았지만, 몇 군데인가는 다른 부분도 있다. '애니메이션이니까 당연하잖아' 하고 생각하는 분들도 있을 것이다. 물론 그렇다. 그러나 애니메이션과 같은 허구라도 자신은 관객들이 발을 딛고 사는 현실을 배경으로 하고 있다고 주장하는 경우도 상당히 많다.

신카이 마코토의 〈초속 5센티미터〉는 어떨까. 어느 대학에서 〈초속 5센티미터〉로 강의를 진행한 적이 있다. 발표를 맡은 학생이 인터넷에 떠도는 담론을 참고하여 이 애니메이션의 설정을 문제 삼았다. 애니메이션에 묘사된 도쿄 전철의 티켓 발매기가 시대적 배경과 맞지 않다는 주장이었다. 상당히 세세한 부분까지 살폈다는 느낌은 들지만, 사실 타당하지 않은 문제 제기이다. 문제로 성립하지 않는다.

콘텐츠의 사회학

〈초속 5센티미터〉중간에는 하늘에 지구처럼 보이는 거대한 달이 떠 있는 장면이 삽입되어 있다. 이 장면이야말로 도쿄 전철의 티켓 발매기보다 훨씬 의미심장하다. 〈초속 5센티미터〉는 지극히 평범한 학생 시대의 연애를 다루고 있어서 현실 세계를 배경으로 한 작품이라고 생각하기 쉽다. 하지만 밤하늘에 거대한 달이 뜨는, 우리가 살고 있는 세계와는 완전히 다른, 또 다른 평행 세계를 배경으로 하고 있다. 따라서 평행 세계에서의 전철 티켓 발매기 모양이 이 세계와 다르다고 해서 딱히 문제가 될 이유는 없다.

〈구름의 저편, 약속의 장소〉의 설정은 매우 흥미롭다. 그 세계에서는 제2차 세계 대전의 결과로 일본 국토가 분단되어 있다. 혼슈는 일본이지만, 홋카이도는 유니온이라는 적성국에 편입되어 '에조'라고 불린다는 설정이다. 한반도의 상황에 대한 언급이 등장하는 것은 아니지만, 일본이 분단되었다면 아마도 한반도의 상황은 다소 달랐으리라고 여겨진다. 분단국가에 살고 있어선지 가벼운 마음으로 볼 수만은 없다.

일찍이 일본의 법학자 오다카 도모오尾高朝雄는 세계 대전의 결과로 일본이 분단될 수도 있었다는 지적을 한 바 있다.

🎙 일본의 포츠담 선언 수락을 최종적으로 결정한 어전회의는 8월 9일 밤이었다. 만약 그것이 히로시마에 원자폭탄이 떨어진 8월 6일이었다면 소련은 참전의 기회를 잃었고 조선의 38도선 분할의 비극은 일어나지 않았을 것이다. 그 반대로 8월 9일 밤

의 회의에서 초토결전焦土決戰 강경론이 승리를 얻었다면 적군赤軍의 기갑 부대는 조선으로 남하하고, 미군은 인명의 손상을 피해서 상륙 작전을 감행하지 않는 사이에 소련이 남사할린, 북해도 오쿠우奧羽까지 진출하여, 결국 일본은 미소에 의해 분단되었을 것이다. 실로 8월 9일 밤의 천황의 항복결정은 일본을 이 운명에서 구한 대신 조선이 일본을 대신해서 둘로 분단되는 결과를 가져왔다.*

오다카 도모오의 지적이 〈구름의 저편, 약속의 장소〉의 세계 설정에 어떠한 참고가 되었는지는 잘 모르겠다. 역사에서 '만약'이라는 가정은 언제나 다소 허망함을 남긴다. 결과론적으로 한반도가 분단되었다. 이 분단은 아무리 봐도 비정상적이었다. 대전 이후 일본군의 무장 해제를 명목으로 미소 양군이 한반도에 진주했다. 38도선이 그어졌다. 우리나라는 패전국도 아닌데 분단되었다. 유럽에서는 패전국인 독일이 동서로 갈렸지만, 동북아시아에서는 일본이 아니라 우리가 남북으로 분단된 것이다. 미소 양군의 진주로 두 개의 정부가 구성되고 나중에는 전쟁까지 하게 된다. 그다음은 모두가 아는 바와 같이 휴전선이 만들어지고 분단이 고착화하여 오늘날에 이르고 있다.

우리나라가 왕조 질서에서 벗어나 근대화의 길을 걷는 과정에

---

* 강만길, 《통일운동시대의 역사인식》 증보판, 서해문집, 2008, 452쪽에서 재인용함.

서 일제의 국권 침탈은 결정적인 계기가 되었다. 일제의 침략이 없었더라면 조선 왕조는 조금 더 이어졌을 것이다. 그러다가 결국은 내발적인 요인에 의해 국민국가의 길로 나아가지 않을 수 없었을 것이다. 그랬더라면 분단도, 군사 독재도, 레드 콤플렉스도 이 땅에는 없었을지 모른다.

이러한 가정에 매달려 봐야 앞서 밝힌 대로 허망한 이야기일 뿐이다. 어찌 됐든 우리는 일제의 침략에 의해 비정상적인 근대화의 길을 걷게 되었고, 매우 부당하게 외세에 의해 분단국가의 가시밭길을 가게 되었다. 분단된 한반도의 주민들은 '분단'이라는 불행에서 누구도 자유로울 수 없다. 지금은 이 점을 바로 인식하는 것이 무엇보다도 긴요한 과제다.

캐릭터

캐릭터의 조형

19세기 리얼리즘 소설에서 캐릭터는 호적부와 대결하는 양상을 띠었다. 말하자면 출생부터 임종 순간까지의 세세한 기록에 의해 캐릭터는 생명을 부여받았다. 소위 있음직한 인물을 그렸던 것이다. 물론 19세기적인 장편 소설의 스케일을 전제로 한 이야기다.

20세기에는 전세기에 비해 캐릭터의 '심리'가 중요시되었다. 굳이 호적부와 경쟁하는 인물을 그릴 필요는 없었다. 전 생애, 혹은 몇 대에 걸친 이야기를 다루는 장편 소설의 시간은 극단적으로는 몇 시간이나 하루 정도로 축소되었다. 물리적인 시간이 아니라 심리적인 시간이 소설을 지배했다.

대략적인 이야기밖에는 안 되겠지만, 19세기 리얼리즘 소설이 '성격'의 '형성'에 무게를 두었다면, 20세기 모더니즘 소설은 '의식'의 '변화'에 초점을 두었다. 캐릭터에 대한 논의는 대개 평면성을 띠는 인물인지, 입체성을 띠는 인물인지를 중심으로 이루어져 왔다. 평면적인 인물보다 입체적인 인물이 더 우월하다는 비교는 아닐 것이다. 그러한 비교는 구체적인 맥락 속에서 이루어지지 않는 한 의미가 없다. 실제로는 '고전 소설의 평면적인 인물, 근대 소설의 입체적인 인물'이라는 구도의 설명이 있고, 이러한 설명을 수용하는 사람들 중에는 중세보다 근대가 더 진일보한 것이니까 평면적인 인물보다는 입체적인 인물이 더 바람직하다는 잘못된 추론을 하는 사람도 적지 않다.

2000년대에 접어들며 서사에서 캐릭터의 중요성은 더 점증하고 있다. 근대 서사가 스토리를 중심으로 수용되었다면, 그것과는 확연히 다른 수용 방식이 활성화되고 있는 것이다. 그러니까 이런 것이다. 한 편의 영화나 드라마를 보고 줄거리를 친구들과 공유하는 즐거움은 우리가 익히 아는 것이다. 그런데 언제부터인가 줄거리를 공유한다기보다 캐릭터의 조형이나 특정한 대사를 공유하는 형태의 즐거움이 커졌다. 스토리의 매력도 중요하지만, 캐릭터의 매력이 선행하는 추세다.

예를 들어 시트콤이 대표적이다. 시트콤은 각각의 에피소드를 불연속적으로 배치하는 형식으로 구성되어 있다. 하나의 강력한 플롯에 의해 사건이 진행되는 방식이 아니다. 따라서 시트콤 시청자들은 한 에피소드의 줄거리를 알 수는 있지만, 시트콤 전체의 줄거리를 요약하는 데는 곤란함을 느낀다. 줄거리를 요약하지 않는 대신, 시트콤의 시청자들은 캐릭터가 주는 재미에 따라 계속 볼지를 결정한다.

캐릭터의 조형 방식에 있어서 시트콤은 매회마다 캐릭터와 관련된 데이터들을 '쌓아 가는' 방식이다. 줄거리는 연속성이 약해

콘텐츠의 사회학

보이지만, 캐릭터는 연속성을 띤다. 캐릭터의 대사 하나, 몸짓 하나가 반복됨에 따라 캐릭터가 '형성'된다. 시트콤의 재미는 스토리의 특이성에도 있겠지만, 그보다는 캐릭터 형성을 지켜보는 재미가 더 크다. 시청자들은 캐릭터 형성의 재미를 캐릭터의 '두뇌 구조도'로 만들면서 배가한다. '캐릭터의 뇌 구조도'가 존재하는 드라마, 시트콤 등은 역으로 스토리보다는 캐릭터 중심으로 소비되고 있다는 사실을 짐작하게 한다.

대사나 몸짓으로만 캐릭터의 조형이 이루어지는 것은 아니다. 캐릭터는 일차적으로는 외형에 의해 조형된다. 근대 소설에서도 캐릭터의 외양 묘사는 필수적이라고는 못 해도 기본적이라고는 할 수 있다. 만화나 애니메이션의 캐릭터들은 외양에 거의 제한이 없다. 있다면 검열에 의한 제한이겠지만, 기본적으로 TV 드라마보다는 훨씬 자유롭다.

TV 드라마나 영화에서 캐릭터의 외양은 배우의 마스크에 의해 좌우된다. 배우는 그 배우만의 마스크를 지닌다. 반면 만화나 애니메이션의 캐릭터들은 각자의 고유성이 마스크만으로 결정되지는 않는다. 만화나 애니메이션의 캐릭터들은 점, 선, 색채의 조합에 의해 만들어지고, 그 조합에는 엄연히 한계가 있다. 이 만화의 캐릭터와 저 만화의 캐릭터가 서로 다른 캐릭터임에도 비슷하게 보일 수도 있다. 만화가들은 캐릭터의 외형적 개성에 매우 신경을 쓰지 않을 수 없다.

우리나라 드라마 중에서 〈보고 싶다〉MBC, 2012~2013의 '강형준'유승호_屁은 주역이면서도 몸이 불편하다는-다리를 전다는-외형 설정에 의해 조형된 캐릭터다. 조역이 아니라 주역이면서도 이러한 설정을 취한 예는 매우 드물다. 특히 '강형준'의 '단장_{短杖}'은 인상 깊은 설정이다. 배우의 마스크에만 의존하지 않고 소도구를 활용하여 캐릭터의 개성을 부각한 사례다.

'단장'을 든 캐릭터로 문득 도보소 야나_{柩やな} 만화《흑집사_{黑執事}》2006~현의 주인공 '시엘 펜텀하이브'가 떠오른다. '시엘 펜텀하이브'는 '안대'를 하고 있다. '안대'를 한 오른쪽 눈에는 악마와의 계약을 상징하는 '펜타클'이 새겨져 있다. '안대'를 했다거나 '한쪽 팔'이 저주에 의해 이형_{異形}으로 변형되었다거나 하는 설정은 호시노 가쓰라_{星野桂} 만화《디그레이맨_{D.Gray-man}》2004~2009에도 나왔던 설정이다. 이러한 만화적 의장들이 '강형준'을 신호탄으로 드라마 캐릭터에도 더 녹아든다면 재미있을 것이다.

신조 가즈마의 캐릭터 분류

《라이트노벨 '초'입문_{ライトノベル'超'入門}》2006에서 신조 가즈마_{新城カ}_{ズマ}는 만화, 애니메이션, 게임 등에 등장하는 캐릭터의 유형을 해설한 바 있다. 이 분류는 신조 가즈마 스스로도 인정하고 있듯이 남성의 시각에 지나치게 치우쳐 있다. 여성 캐릭터 위주의 해설이라는 말이다. 게다가 분류의 기준이 자의적인 면도 지적해 두

어야겠다. 예를 들어 외형에 의한 범주와 성격에 의한 범주 등이 마구 섞여 있다. 그럼에도 현재 대중문화 콘텐츠에 등장하는 캐릭터들의 유형을 이해하는 데 참고가 된다. 이만큼 상세한 분류를 다시 찾아보기는 어렵다. 다소 길지만, 일단 검토해 둘 만한 자료여서 소개해 본다.

🎀 안경잡이 여자 : 안경을 낀 여자. 일찍이 '안경을 벗으면 미인'이라고 하는 만화나 애니메이션의 약속이 있었지만, 본래의 '안경잡이 여자'는 끼고 있을 때야말로 미인이고, 안경을 벗으면 의미가 없어진다. 심지어 소녀가 걸칠 필요도 없이 안경 자체를 애호하는 강자도 있다. 예) 아마노 히카루⟨기동전함 나데시코⟩, 사오토메 하루나⟨마법 선생 네기마⟩, 이홍란⟨사쿠라 대전⟩, 기사라기 미오 ⟨두근두근 메모리얼⟩, 호시나 도모코⟨To Heart⟩

여동생 : 같은 부모님에게서 태어난 연하의 여자. 부모님의 재혼이나 양자 제도에 의해 새롭게 가족이 된 연하의 여자도 포함. 에로 게임에서는 육친 간의 성교 묘사가 NG로 되어 있지만, '의리로 맺어진'이라는 수식어가 붙는다면 가능하다. 예) 도라미짱⟨도라에몽⟩, 와카마쓰 미유키⟨미유키⟩, 노노무라 아미⟨크림 레몬⟩, 하쓰시마 안주⟨초연⟩, 가나⟨가나⟩

위원장 : 위원회의 장. 주로 공부를 잘하고 성실함. 안경이라는 특성이 있음. 예) 요미코 리드맨⟨R·O·D⟩, 아카자와 기요미⟨페토페토 씨⟩, 하가세 사토미⟨마법선생 네기마⟩, 하세가와 소라⟨아아, 여신님⟩,

마리에〈시스터 프린세스〉

거유巨乳 : 큰 젖가슴. 또한 그러한 젖가슴을 지닌 여성. 일찍이 C컵 및 그 이상을 가리켰지만, 최근에는 D컵 이상으로 인플레이션이 일어나고 있다. 예) 가가미 하루에〈패밀리즈 전사 프린〉, 덴도 루슈나〈그라나다〉, 모리건〈뱀파이어〉, 시라누이 마이〈아랑전설〉, 백사의 나가〈슬레이어즈 스페셜〉, 히나타 아키〈케로로 중사〉, 신조 사오리〈시즈쿠〉

빈유貧乳 : 작은 젖가슴. 또한 그러한 젖가슴을 지닌 여성. '비非' 거유로 정의하면 A 및 B컵에 해당한다. 다만 실제로는 컵의 사이즈로만 젖가슴을 분류하는 것은 불가능하다. '컵의 형태' 등 다른 부분에도 중요한 요소가 있어서, 어느 쪽이든 남성 독자·관객의 머릿속에서만 주로 유효한 분류법이라고 할 수 있다. 예) 미야케 시노부〈시끌별 녀석들〉, 거유 헌터〈거유 헌터〉, 아이하라 미즈호〈시즈쿠〉, 아마노 미시오〈Kanon〉

전투미소녀 : 전투나 격투를 생업, 또는 주된 활동 영역으로 하는 여성 캐릭터의 총칭. 여전사, 여장교 등을 포함한다. 예) 치세〈최종병기 그녀〉, 라리 빈센트〈건 스미스 캣츠〉, 듀난 넛츠〈애플 시드〉, 춘리〈스트리트 파이터〉, 샤나〈작안의 샤나〉

인조소녀 : 인간에 의해 개조·제조된 여성형 생물, 반半생물, 또는 인공물의 총칭. 여자 사이보그, 로봇 딸, 의수義手 소녀, 메탈릭 소녀 등 여러 변주가 있다. 예) 피노코〈블랙잭〉, 003〈사이보그 009〉, 마루치〈To Heart〉, 모에미짱 1호〈로봇 누이〉, 싱쿠〈로젠 메이든〉

포니테일 : 조랑말의 꼬리처럼 하나로 묶은 머리카락을 뒤로,

콘텐츠의 사회학

또는 밑으로 늘어뜨린 모양. 또한 그러한 머리 모양을 한 여성.

예) 하루카〈시스터 프린세스〉, 상고〈이누야샤〉, 아오야마 모토코〈러브 히나〉

신구지 사쿠라〈사쿠라 대전〉, 미쓰루기 료코〈사무라이걸 리얼바웃 하이스쿨〉

갈래머리 : 좌우로 딴 머리카락을 옆으로, 또는 아래로 길게 늘
어뜨린 모양. 또는 그러한 머리 모양을 한 사람. 본래는 두 개의
꼬리를 가지고 물구나무를 서서 이동하는 고대 괴수의 호칭. 구
동의 먹이로, 먹으면 새우 맛이 난다. 쓰부라야 프로덕션 제작
의 특촬 히어로물 〈돌아온 울트라맨〉에 등장. 예) 쓰키노 우사
기〈미소녀전사 세일러문〉, 가노 료코〈하급생〉, 다이쿠지 아유〈네가 바라는 영원〉

메이드ㄨㅣㅏㅣㅏ : 신문이나 서적에서의 정확한 표기는 '**ㄨ-ㅏㅣㅏ**'다. '허
당'과의 친화성이 높다. 조연 취급이 많고, 주역으로서의 메이
드가 오랫동안 대망되었지만, 근년에 이르러서야 마침내 실현
되어 일부 마니아층을 열광시켰다. 일본에서 메이드가 확산된
것은 1975년 공개된 프랑스 영화 〈O양의 이야기〉에 등장하는
프랑스인 메이드부터였다. 그 후 어덜트 게임 등에 등장하게 되
었고, 현재에는 메이드 카페나 메이드 주점, 파견 메이드, 메이
드 미용실, 메이드 마사지 등 일대 메이드 산업이 구축되고 있
다. 예) 안도 마호로〈마호로매틱〉, 에마〈에마〉, 로베르타〈블랙 라군〉, 마
리엘〈하나우쿄 메이드대〉, 사와타리 이즈미〈이분이 나의 주인님〉, 고토노미
야 유키〈스이게쓰〉, 재투성이 배키〈소공녀 세라〉

고양이 귀 : 고양이 귀, 또는 그것을 흉내 낸 여성용의 머리 장
식. 1970년대 말부터 급속하게 만화나 애니메이션 등에서 확산

되었다. 코스프레의 소도구로 많이 사용되었다. 장착한혹은 자라난 경우 말할 때 어미가 '~냥', '~냐옹', '냥~' 등이 되기도 한다. '고양이 귀 메이드' 등 많은 복합 형태가 있다. 예) 치비네코⟨목화나라의 별⟩, 디지캐럿⟨디·지·캐럿⟩, 모모미야 이치고⟨도쿄 뮤뮤뮤⟩

쓴데레 : '쓴쓴 데레데레'의 약어. 연애 관계가 되기 이전, 또는 여러 사람들과 함께 있는 상황에서는 새침하지만, 연인 사이가 되거나 두 사람만 있게 되면 급하게 다정해지는 타입의 여성 캐릭터다. 인터넷 게시판의 하나인 '아야시이 월드수상한 세계'에서 사용된 것이 효시가 되었다. 그 이후 다른 인터넷 게시판인 '2ch'에서 정착·확산되었다. 예) 레이어 공주⟨스타워즈⟩, 소류 아스카 랑그레이⟨신세기 에반게리온⟩, 다이쿠지 아유⟨네가 바라는 영원⟩

연상의 누나 : 자신보다 일찍 태어난 여성을 사모·동경·애정·애욕 등의 대상으로 할 때 쓰이는 통칭·애칭. 혈연관계가 필수 조건은 아니므로 주의가 필요. '누나', '누님', '누이' 등 표기하는 방식에 따라 각각 뉘앙스가 달라 더 주의가 필요하다. 예) 세이라, 마틸다 아잔, 기시리아 자비, 에마이상 ⟨기동전사 건담⟩, 레코아, 하만이상 ⟨기동전사Z 건담⟩

엘프 : 옛날이야기나 민화에 등장하는 소요정. 또는 성인 게임의 메이커. 또는 이스즈 사社의 소형 트럭. 또는 프랑스의 석유 회사. 또는 미국에서 활동하고 있는 환경 보호 단체. 또는 한국 아이돌 유닛. 당나귀 같은 긴 귀를 가진 미남자·미소녀라고 하는 엘프상을 확정한 것은 이즈부치 유타카가 그린 ⟨로도스도

전기)의 디들릿에서였다. 예) 디들릿(로도스도 전기), 아르웬, 갈라
드리엘이상(반지의 제왕)

로리 : 어원은 '로리타 콤플렉스'의 약어인 '로리콘'. 애정·성욕의
대상이 되는 소녀, 또는 그러한 대상을 좋아하는 지주로 성인 남성를
가리킨다. 예) 치비우사(미소녀전사 세일러문), 아유카와 아리사(흑묘관)

고즈로리 : 모노톤을 기조로 프릴이나 레이스 등을 과도하게 단
의장. 또 그러한 의장을 선호하는 여성. 고딕 로리타Gothic Lolita의
약어. 예) 빅토리카(GOSICK)

허당とじっ子 : 얼빠진 여성. 요리, 세탁, 청소 등의 집안일, 또는
스포츠 경기에서 보행까지의 운동 일반에 있어서 귀여운 실수
를 반복하고, 그 때문에 오히려 행복한 결말에 이른다. 주요 캐
릭터라면 감춰진 재능이나 운명, 비상한 힘을 가지고 있는 경
우도 많고, 그것이 발현되는 순간은 소년 주인공이 거대 로봇에 처음으로 탑
승하는 에피소드에 필적할 정도로 작극상의 초점이 된다. 주로 남성 독자
나 관객의 사랑을 받는 대상이지만, 예전에는 소녀만화의 주
인공으로도 많이 등장했다. 예) 쓰키노 우사기(미소녀전사 세일러문),
오카 메구미(에이스를 노려라), 신데렐라(신데렐라), 에오윈(반지의 제왕)

단발머리 : 짧게 잘라 가지런한 머리 모양. 또 그러한 머리 모
양을 한 여성. 건강하고 활동적이고 남성적이고 스포츠를 즐
기는 여성 캐릭터를 나타내는 기호로 주로 사용되었지만, 최
근에는 다른 유형도 나타나고 있다. '긴 머리'의 대극. 예) 미즈
노 아미(미소녀전사 세일러문)

아가씨 : 다른 사람의 딸에 대한 존경어. 주로 자산가의 딸로 고생을 모르고 자란 여성. 수식어 '제멋대로인', '거만한' 등과 친화성이 높다. 덧붙여서 귀족 등의 경우는 '공주님'을 쓰는 것이 맞다. 예) 나비부인〈에이스를 노려라!〉, 라비니아 허버트, 세라 크루이상〈소공녀 세라〉, 유키히로 아야카〈마법선생 네기마!〉

보쿠녀ボク女 : 자신을 '나ボク'로 부르는 여성. 주로 남성 독자나 관객에게 사랑을 받는 대상이 되지만, 전에는 소녀만화에 많이 나왔다. 쇼와 초기에 일세를 풍미한 '남장 미인' 가와시마 요시코가 실생활에서도 '보쿠'를 많이 사용한 것으로 알려져 있다. 예) 미자와 치토세〈Natural-몸도 마음도-〉

오레녀オレ女 : 자신을 '나オレ'라고 부르는 여성. 주로 남성 독자나 관객에게 사랑받는 대상이 된다. 예) 후지나미 류노스케〈시끌별 녀석들〉

애꾸눈 소녀 : 애꾸눈 소녀. 어떤 사정으로 한쪽 눈이 먼 소녀. 안대나 붕대를 쓰는 경우도 있다. 근년에는 안대나 붕대를 사용하는 것만으로도 유형에 포함시킨다. 예) 아야나미 레이〈신세기 에반게리온〉, 바라 스이쇼〈로젠 메이든〉

휠체어 아가씨 : 휠체어를 상용하는 소녀. 대개 병약하거나 소극적임. '아가씨'와의 친화성이 높음. 예) 가자하나 마시로〈마이 히메〉, 가키쓰바타 기요미〈다소가레〉, 클라라 제제만〈알프스 소녀 하이디〉

쇼타콘ショタコン : 1980년대부터 널리 알려지기 시작한 유형으로, 반바지가 어울리는 소년을 애호하는 것, 또는 그러한 사람.

주로 여성이었지만, 1990년대 이후로는 남성도 적잖이 있다고 함. 쇼타의 어원은 요코야마 미쓰테루 만화 《철인 28호》, 또는 리메이크 애니메이션 〈태양의 사자 철인 28호〉의 주인공인 가네다 쇼타로라는 것이 유력한 설이다. 예) 루세 렌렌(바스타드!!)

전파계 : 일반 상식에서 크게 벗어난 지리멸렬, 또는 일관성 있는 보통 사람들이라면 할 수 없는 사고나 행동을 하는 캐릭터. 주로 소녀. 어원은 '우주에서 전파를 수신하고 있다'고 주장하는 망상 유형에서 찾아진다. 예) 도쿠로짱(박살천사 도쿠로짱), 쓰키시마 루리코(시즈쿠)*

아즈마 히로키는 이 유형들이 지나치게 상세하다고 지적한 바 있다. 신조 가즈마는 지금도 새로운 유형들이 만들어지고 있다고 했는데, 그와는 상치되는 의견이다. 아즈마 히로키는 새로운 유형들이 만들어진다기보다 오히려 신조 가즈마가 제시한 유형들이 점점 더 단순화되는 방향으로 캐릭터의 지형이 재편되고 있다고 보았다.

이상의 유형들 중에는 물론 한국의 문화 콘텐츠와 관계가 없어 보이는 것도 있다. '보쿠녀'라든지 '오레녀'의 구분은 우리나라에서는 명칭 그대로 받아들여지기 어려울 것이다. 사실 따지고 보면 우리나라에도 남성어와 여성어가 있고, 남성의 억양으로 남자들이

---

* 新城カズマ, 《ライトノベル'超'入門》, ソフトバンク, 2006, 139~155쪽.

쓸 법한 거친 말을 하는 여성도 있다. 의외로 '보쿠녀'나 '오레녀'에 대응하는 유형이 존재하는 것이 아닌가 하는 느낌이다. '고양이 귀'도 없지 않았나 싶지만, 대중 음악계를 떠올려 보면 '티아라'라는 여성 아이돌 그룹이 '고양이 귀'나 '고양이 발'을 착용하고 활동한 적이 있다. 그렇게 하나씩 따지고 보면 '전투미소녀'나 '인조소녀' 정도가 우리나라에서는 상당히 찾아보기 어려운 유형이 아닐까 싶다.

우리나라에서 가장 빈번하게 볼 수 있는 유형은 '쓴데레'다. 텔레비전 드라마 중에서 트렌디한 것들은 대부분 '쓴데레' 여주인공을 쓰고 있다. 아즈마 히로키가 캐릭터의 유형이 점점 단순해진다고 한 말은 유력한 캐릭터가 대중문화계에서 약진하는 사정을 고려한 것이다.

그렇다고 새로운 캐릭터 유형이 생기지 않은 것은 아니다. 예를 들어 한국 영화 〈오직 그대만〉송일곤 감독, 2011의 '하정화'한효주 분는 앞을 못 본다는 설정이다. 앞을 못 보는 사람이 영화나 드라마에 전혀 안 나왔다고는 할 수 없지만, 주연으로 등장한 것은 〈오직 그대만〉 이전에는 거의 없었다. 노희경 극본의 〈그 겨울 바람이 분다〉SBS, 2013의 '오영'송혜교 분도 앞을 못 본다는 설정을 활용했다. 이러한 유형은 새롭다고 할 수 있다. 신조 가즈마가 염두에 둔 것은 이런 종류의 새로움이었을 것이다.

그렇다고는 해도 역시 앞을 못 본다는 신체적 특징과는 별개로 성격적 특징으로 분류하면 기존의 범주에 수렴될 가능성이 있다.

콘텐츠의 사회학

아즈마 히로키는 그러한 맥락에서 캐릭터의 범주가 단순해지고 있다고 주장하는 것이다. 그러니까 두 사람의 주장이 모순된다고 만 볼 필요는 없다. 중요한 것은 어쩌면 더 단순한 것에 있는지도 모른다. 문화 콘텐츠의 캐릭터들을 신조 가즈마와 같은 방식으로 범주화하는 것이 가능하다는 점은 의미심장하다. 우리가 보고 있는 문화 콘텐츠의 인물들은 어떤 '전형'으로 쉽게 묶여 버린다. 진부하다고 할 수도 있다. 우리는 항상 '독창성'을 칭송하지만, 의외로 익숙하고 진부한 것들을 즐긴다.

가정부 — 캐릭터 1

　전통적으로 '가정부'는 부수적 인물로 취급되어 왔다. 적어도 우리나라에서는 아직도 상황이 바뀌지 않았다. 신조 가즈마가 '메이드'로 분류한 캐릭터 유형은 우리나라의 '가정부'와는 겹치는 부분이 많지 않다. 신조 가즈마의 분류에서 '메이드'는 복장에 대한 성적 판타지를 가장 큰 특징으로 한다.

　한국 영화 〈하녀〉임상수 감독, 2010의 '은이'전도연 분가 굳이 말하자면 신조 가즈마의 '메이드' 유형에 근접해 있다고 여겨진다. '은이'는 신분 계급의 차이를 나타내는 메이드의 검은 유니폼을 착용하고, 일상적인 업무뿐만 아니라 성적으로도 주인 남자 '훈'이정재 분에게 착취당한다. 아니, 애초에 '은이'는 '착취'나 '능욕'으로 받아들이지 않는다. 나중에 '훈'이 그녀에게 '돈'을 주자 비로소 성관계의 의미를 제대로 이해하게 된다. '은이'는 임신을 하고, 주인집 여자들에 의해 강제로 낙태를 하게 된다. '은이'는 복수하기 위해 다시 저택으로 돌아가 주인들이 보는 앞에서 샹들리에에 목을 매어 자살한다. 주인들은 '은이'의 죽음 안에 내재한 분노의 의미를 이해하지 못한다. 그들은 아무 일도 없었다는 듯 살아간다. '은이'의 자살은 빠르게 '소외'된다. 주인집 딸인 '나미'안서현 분만이 허공을 응시한다.

'하녀'라는 전근대적인 말은 이제 쓰이지 않는다. '가정부'도 요즘은 '가사도우미'라는 말로 대체되고 있는 형편이다. '가사도우미'가 '가정부'보다 왜 더 좋은 표현인지는 사실 잘 모르겠다. 그러고 보니 '식모'라는 말도 있었다. 몇몇 예외가 있지만, '식모'라는 말도 이제는 거의 쓰이지 않는다.

〈지붕 뚫고 하이킥〉MBC, 2009~2010에서 '세경'신세경 분은 시청자들에 의해 '가정부'라기보다는 '식모'로 불리곤 했다. '순재네 집'에서 '세경'이 기거하던 방이 떠오른다. 사람이 기거하는 방이 아니라 그저 옷방에 불과했다. 〈감자별 2013QR3〉tvN, 2013~2014의 '길선자'오영실 분는 그보다 못한 '주인집 차고'에 기거한다.

두 시트콤이 〈한 지붕 세 가족〉MBC, 1986~1994처럼 '주거의 문제'를 중심으로 서민들의 삶의 애환을 잘 그려 냈다고는 할 수 없더라도, 오늘날 '주거 난민'의 극단적인 양상을 건드린 것만은 분명하다. '세경'의 경우는 옷방에서 동생과 함께 생활하는 모습에서 시청자들이 페이소스를 느낄 수 있었다. 다만 '길선자'의 경우는 페이소스를 못 만들어 낸 것처럼 보인다. '세경'에게는 가난한 자의 자존심이나 남성들의 보호욕을 자극하는 '캔디' 같은 면이 있는데, '길선자'에게는 그러한 것들이 모두 희화화되어 있다. '차고'에서 사람이 산다는 설정은 사실 공분을 일으킬 만하다. 그럼에도 공분이 일어나지 않는다. 가난한 사람은 '차고'에 살아도 좋다는 것을 공인하는 꼴이 되지 않나 하는 우려가 없지 않다.

〈상속자들〉SBS, 2013에서 입주 가사도우미로 나오는 '박희남'김미경 분은 말을 하지 못한다는 설정이었다. 마치 하위 주체에게는 말할 입이 없다고 하는 포스트콜로니얼리즘post-colonialism의 가르침을 떠올리게 한다. 비록 '가정부'들은 말할 능력이 없다고 하더라도 고용주에 대한 불만을 끊임없이 내면에 쌓아 가고 있다. '가정부'들이 미스터리에 등장하는 빈도가 높은 것은 그 때문인지도 모르겠다.

남장 여인—캐릭터 2

개인적인 술회가 되겠지만, '남장 여인'이라고 하면 여성 국극國劇이 떠오른다. 상당히 짓궂은 연상이다. 그것은 다카하시 마코토高橋真琴의 소녀화라든지, 다카라즈카가극단宝塚歌劇団의 장식적인 외관과는 거리가 있다. 여성 국극의 남장 여인들은 '풍채'가 좋고 판소리로 다져진 걸걸한 목소리를 특징으로 한다. 그런 점에서 여성 국극의 남장 여인들은 '현대판 남장 여인들'과는 전혀 다른 존재들이다. 모르긴 몰라도 '현대판 남장 여인들'의 선조는 일본 소녀만화에 더 가깝지 않을까 싶다.

남장 여인은 국내에서는 2000년대 후반에 들어서서 확실히 각광 받는 캐릭터가 되고 있다. 이선미 원작의 〈커피 프린스 1호점〉MBC, 2007의 '고은찬'윤은혜 분, 홍정은·홍미란 극본의 〈미남이시네요〉SBS, 2009의 '고미남'박신혜 분, 정은궐 원작·김태희 극본의 〈성균관 스캔들〉KBS2, 2010의 '김윤희'박민영 분, 나카조 히사야中条比紗也 원작의 〈아름다운 그대에게〉SBS, 2012의 '구재희'설리 분, 윤영미 극본의 〈잘 키운 딸 하나〉SBS, 2013~2014의 '장하나'박한별 분 등이 그 예다.

남장 여인들은 한결같이 예쁘다. 여성적인 면을 '비밀'로 간직하고 있다는 점은 캐릭터로서 큰 장점이다. 비밀을 간직한 채 그들은 남성 동무들 사이로 잠입한다. 심지어 우정을 나누는 사이로 발전하기도 한다. 모든 경우에 해당하지는 않지만, 남장 여인이라는 캐릭터는 '역逆하렘물'을 선도하는 캐릭터이기도 하다. 남장 여인이 나오면 모두는 아니어도 '역하렘물'일 가능성이 높은 것이다. 그들은 금녀의 구역에 들어가고, 남자 주인공들의 사랑을 독차지한다. 심지어 정체가 드러나기도 전에 사랑은 시작된다. 남자 주인공들은 그 감정이 우정인지 연정인지 혼란에 빠진다. 그러다가 여자라는 사실이 밝혀지면 우여곡절 끝에 '안심하고' 사랑에 빠진다.

유니섹스의 사회상과 남장 여인이라는 캐릭터는 전혀 관계가 없지만은 않다. 2000년대 중반 이후 '초식계'나 '초식남'이라는 신조어의 유행을 떠올려 보아도 좋을 것이다. 남장 여인이라는 캐릭터는 매우 유서 깊지만, 실제로 남녀의 외관이 거의 비슷해진 시점에서 설득력이 더 높아진 캐릭터라고 말할 수 없을까. 소영현은 최근의 남장 여인 캐릭터가 남녀의 사회적 경계를 가로지르는 전복적 상상력의 소산이라기보다는 유니섹스 코드에 기대고 있다고 설명한다.(프랑켄슈타인 프로젝트) 학교가 배경이든 연예계가 배경이든 이미 스타로 자리매김한 남성 그룹이 존재하고, 여기에 남장 여인이 끼어드는 구조라는 것이다. 이때 남장 여인은 남성 그룹 곁에서 '단 하나의 팬'이 된다.

남장 여인의 사회적인 함의는 물론 거기서 그치지 않는다. 여성들이 남장을 하게 되는 배경에는 남자의 '의상'이 사회적으로 유리하다는 점도 있다. 가령 역사극에서 여성들이 먼 길을 떠날 때 흔히 남장을 하는데, 여성이 혼자 여행하기에 위험한 시대상을 보여 주는 장치이다. 이런 부류에 가장 가까운 캐릭터는 〈잘 키운 딸 하나〉의 '장하나'다. 그녀는 아들이 가업을 이어야 한다는 전근대적인 가풍으로 인해 남장을 하게 된다.

남장 여인만으로는 20~30대 여성 시청자들을 끌어들이는 데 한계가 있을지도 모른다. 요즘 20~30대 여성 시청자들은 '남장'이라는 금기에 도전하는 것만으로는 만족하지 않는 경향이 있다. 꽃미남들 사이에 둘러싸이는 것만으로도 아직 부족하다. 젊은 여성 시청자들은 혼자만의 세계에 빠져 있는, 슬럼프에 빠져 있는 남성들을 '죽음의 세계'에서 구해 오기 위해 기꺼이 '남장'을 하고 '죽음의 세계'로 뛰어든다. '금녀의 세계'로 말이다.

'여장 남자'라는 캐릭터가 '남장 여인'에 비해 드문 것은 남자들이 사회적으로 아직 여자들만의 세계로 들어가는 것에 거부감을 느끼고 있다는 증거인지도 모른다. 자칫하면 법적으로도 문제가 되지는 않는가 싶다. 우리나라 드라마에서 '여장 남자'라는 코드는 희소한 편이다. 상업적으로 성공한 경우는 별로 떠오르지 않는다.

반면 일본에서 '여장 남자'는 아주 드문 편이라고 말할 수는 없다. 요시모토 바나나의 단편 〈키친キッチン〉에서 남자 주인공 '유이치'의 어머니 '에리코'는 사실 '유이치'의 아버지다. 성 정체성을 깨닫고 아예 성 전환을 하게 된 케이스다. '에리코'는 할머니를 여의고 졸지에 고아가 되어 함께 살게 된 '미카게'의 상담역을 충실히 해낸다. '에리코'가 '유이치'의 아버지로 남아 있었다면 아마 '미카게'를 자신의 집에 그렇게 편하게 받아 줄 수는 없었을지도 모른다. '여장 남자'는 성적으로 자유로운 양키 문화의 일부로서, 또 한편으로는 여성에게 무해한 존재로서 풍부한 인생 경험을 가진 인물로 자주 그려진다.

마음을 읽는 남자—캐릭터3

사토 마코토佐藤マコト 만화 원작의 〈사토라레サトラレ〉TV아사히, 2002는 소소한 재미를 주는 드라마였다. 플롯이 잘 짜여 있다기보다는 콘셉트가 독특했고, 콘셉트에서 유발되는 개그적인 재미가 있

었다. 생각을 굳이 발설하지 않아도 타인에게 자신의 생각이 바로 전달되어 버리는 인간이 존재한다는 설정이다. 그런 인간을 '사토라레'라고 부른다. 드라마에서는 선천성 뇌 변형에 의한 질병으로 간주된다. 국가에서는 후생성 산하에 '사토라레 대책위원회'를 설치하여 환자들을 관리한다는 설정이었다. 다시 말해 주변 사람들의 배려 속에서 '사토라레'는 자신이 '사토라레'라는 사실을 꿈에도 모른 채 살아간다. '사토라레'의 생각은 주변 사람들에게 여과 없이 전달되고, 그로 인해 불편한 일도 많이 생긴다. 자신만 빼고 주위 사람들은 모두 안다는 정보의 비대칭성은 미국 영화 〈트루먼 쇼The Truman Show〉피터 위어Peter Weir 감독, 1998에서 영향을 받은 것으로 알려져 있다.

드라마 〈사토라레〉에서 사토라레인 '사토미 겐이치' 역은 오다기리 죠가 맡았는데, 제대로 '허당' 연기를 보여 주었다. 임상의 '사토미 겐이치'는 '사토라레'라는 판타지적인 설정을 제거한다고 하더라도 현실에서는 거의 있을 수 없을 만큼 순진하고 착한 남자로 그려져 있다. 직장인 병원에서 사람들이 따돌려도 그는 마음속으로 그들에 대한 신뢰를 재확인한다. 주변 사람들을 두고 가끔 마음속으로 투정도 부리곤 하지만, '사토미 겐이치'는 사악한 마음을 품지 않는다. 다른 사람에게 '마음'이 저절로 읽혀 버린다는 설정은 역설적으로 '마음'이 읽혀도 상관이 없는 존재라는 것이다. 역시 그런 사람은 현실에서는 있을 수 없다.

〈너의 목소리가 들려〉SBS, 2013의 '박수하'이종석 분는 '사토미 겐이치'와는 어떤 의미에서는 정반대의 캐릭터다. '박수하'는 '사토라레'와 반대로 다른 사람의 생각을 읽는 능력의 소유자다. '민준국' 정웅인 분에게 아버지가 살해되는 모습을 무력하게 지켜본 후 다른 사람의 생각을 읽는 능력이 생긴다. 한편 '장혜성'이보영 분은 '박수하'의 아버지가 살해되는 현장을 목격하고 법정에서 '민준국'을 범인으로 지목한다. 그 후 '장혜성'은 국선 변호사가 되고, 고등학생이 된 '박수하'의 힘을 빌려 이런저런 사건들을 해결해 나간다. 두 사람은 점점 가까워져 결국 사랑에 빠진다.

'사토미 겐이치'나 '박수하'는 방향이 정반대지만 '독심술'과 관련된 코드를 공유하고 있다. 상대의 마음을 안다는 것은 참 편리한 일로만 느껴진다. 상대의 마음을 알기 어렵기 때문에 이런 캐릭터들이 매력적으로 보인다. 표리부동表裏不同이 많은 사회인 것이다.

마음을 쉽게 들키는 순진한 남자, 여자의 심리를 잘 이해하고 배려하는 남자! 여성들이 좋아할 남성상이다. 그래서 〈사토라레〉나 〈너의 목소리가 들려〉는 '연애담'으로 귀착한다. 실제로는 '사토라레'라든지, '상대의 마음을 읽는 능력' 따위는 존재하지 않는다. '독심술' 코드가 들어간 캐릭터는 대개 '의처증'이나 '의심이 많아 충신들을 죽이는 왕'과 같은 형태가 되기 십상이다. '박수하'를 〈태조 왕건〉KBS, 2000~2002의 '궁예'김영철 분와 같은 반열에 올려놓으면 아무래도 많은 여성들의 지탄을 받겠지만.

영웅이 된 재벌 2세들—캐릭터 4

《신데렐라》의 주인공은 엄연히 '신데렐라'다. '백마 탄 왕자님' 이 주인공은 아니다. '신데렐라'는 소위 능력 있는 남자를 만나서 사회적 신분 상승에 성공한 여자들을 대변하는 캐릭터로 그동안 많은 인기를 누려 왔다. 다소 속물적인 이야기가 되겠지만, 누구 나 조금씩은 신분 상승 방식에 대한 불순한 환상을 품은 적이 있 을 것이다. 신데렐라 이야기의 승승장구가 그 방증이다.

신데렐라 이야기는 여전히 대중 서사의 인기 있는 레퍼토리다. 그런데 '신데렐라'는 언제부터인가 '백마 탄 왕자님'에게 주인공 자리를 내주고 있다. 신데렐라 이야기에 반드시 재벌 2세가 나오 는 것은 아니고, 재벌 2세가 나온다고 해서 모두 신데렐라 이야 기라고 단정하기란 성급한 일이지만, 그럼에도 신데렐라 이야기 의 새로운 주인공으로 떠오르고 있는 '재벌 2세'라는 캐릭터에 대 해 논해 보고 싶다.

가미오 요코神尾葉子 만화를 원작으로 한〈꽃보다 남자花より男子〉는 이례적으로 한·중·일 삼국에서 모두 드라마로 만들어져 흥행에 성 공한 작품이다. 일본판과 중국판이 해당 국가에서 어떻게 시청자 들에게 수용되었는지는 자세히 모르지만, 우리나라에서〈꽃보다 남자〉KBS2, 2009는 여주인공인 '금잔디'구혜선 분보다 남주인공인 '구준 표'이민호 분에게 시청자들이 더 열광했던 것 같다. '금잔디'는 '민폐' 만 끼치는 가난한 소녀에 지나지 않았다.

'꽃미남'이라는 단어가 큰 거부감 없이 언중에게 받아들여지게 된 것도 〈꽃보다 남자〉의 힘인지 모른다. '꽃미남'은 이후 대중 서사의 핫 트렌드가 되었다. 〈꽃미남 라면가게〉tvN, 2011, 〈닥치고 꽃미남 밴드〉tvN, 2012, 〈이웃집 꽃미남〉tvN, 2013 등으로 이어지는 드라마들이 모두 '꽃미남'이라는 키워드를 제목에 내걸고 있는 것은 흥미롭다.*

천계영 만화를 원작으로 한 〈예쁜 남자〉KBS2, 2013도 '꽃미남'이라는 말만 쓰지 않았을 뿐이지, 같은 계열임을 쉽게 알 수 있다. 〈예쁜 남자〉는 이례적일 만큼 저조한 시청률을 기록하면서 쓸쓸하게 종영했다. 〈예쁜 남자〉의 실패만 보면 '꽃미남'이라는 키워드는 생각보다 대중성이 높지 않을지도 모른다는 해석을 할 수도 있다.

〈꽃보다 남자〉가 동북아시아 삼국에서 모두 주목을 받은 이유는 '꽃미남' 때문이라기보다는 역시 '재벌 2세'라는 설정 덕이 아니었을까. 〈꽃보다 남자〉의 소위 'F4'는 그야말로 전능한 힘을 지닌 영웅들이다. 재계 서열 1위 그룹의 재력, 전직 대통령 가문의 명망, 도예 명가의 문화 자본, 건설 부호이자 폭력 조직을 거느리고 있는 집안의 실행력 앞에서는 어떤 난관도 난관으로 성립하지 않는다.

'F4'의 조합은 외모나 성격 등을 기준으로 여성의 이상형을 넷으로 나눈 것처럼 보인다. 거기에 사회적 힘권력을 재계, 정계, 문화계, 암흑계로 배분해 놓은 조합이다. 이러한 방식은 대중음악계에

---

* 〈꽃미남 라면가게〉의 최고 시청률은 3.54%AGB 닐슨미디어 리서치 제공, 〈닥치고 꽃미남밴드〉의 최고 시청률은 3%TNms 제공, 〈이웃집 꽃미남〉의 최고 시청률은 3.26%TNms 제공였다. 같은 시간대 케이블 방송에서는 비교적 높은 시청률이다.

서 아이돌 그룹을 조합하는 방식과 묘하게 닮아 있다. 아이돌 그룹은 대중들의 서로 다른 이상형을 적절하게 조합하는 방식으로 구성되곤 한다. '아이돌'이 자체로 '숭배'의 대상이듯 재벌의 후계자들도 '영웅'으로 숭배된다. 그들에게는 불가능이 없기 때문이다.

〈꽃보다 남자〉도 〈상속자들〉도 재계 서열 상위인 그룹의 자제들 이야기면서, 그 그룹을 재단으로 하는 고등학교를 배경으로 한 드라마라는 점도 재미있다. 아마도 십대를 주 시청자층으로 설정한 탓이겠지만, 재벌들은 고등학교에만 가면 '호감'이 된다. 현실 세계에서도 '호감'을 주는 재벌이 있었으면 좋으련만, 거의 불가능한 일일 것이다.

아무튼 개인적으로는 '재벌 2세들'이 고등학생으로 나와서 연애하는 이야기는 정말 싫다. 재벌 1세대가 세운 '신화고등학교'니, '제국고등학교'니 하는 학교들은 '계열사'의 축도처럼 보인다. 재벌 1세대들은 2세들을 계열사에 보내서 능력을 시험하곤 하는데, '재벌 2세'들이 고등학교에 간 까닭이 '시험' 때문인지도 모른다. '시험'이란 혹시 누구의 마음을 사로잡는 일 따위가 아니었을까. 선대가 낸 '시험'에 통과해야 '재벌 2세'들은 비로소 '왕관'을 쓰고 '영웅'이 된다.

"왕관을 쓰려는 자, 그 무게를 견뎌라."〈상속자들〉라는 오글거리는 부제를 단 드라마가 시청률 고공 행진을 하는 사회에 우리는 살고 있다. 전근대적인 영웅담이야말로 시청자들이 가장 좋아하는 이야기다.

TRPG의 작법

TRPG란 Table talk Role Playing Game의 약어이다. 웹 기반의 롤 플레잉 게임RPG이 있기 전에 TRPG가 있었다고 생각하면 된다. 용어가 거창해서 어렵게 느껴질지도 모르지만, 사실 TRPG는 어려운 용어가 아니다. 이해를 돕기 위해 '윷놀이'를 예로 들어 보자. '윷놀이'를 하는 사람들이 입을 다문 채 그저 '윷'을 던지기에만 일관한다면 전혀 재미있지 않을 것이다. '윷놀이'를 하는 사람들은 '윷판'을 둘러싸고 앉아서 '말'의 진행과 관련된 기원이나 장난스러운 저주 등을 일삼는다. '말'의 진행과 관련된 전략을 세우기도 하며, 참가자들끼리 연합 전선을 펴기도, 연합을 깨고 배신을 하기도 한다. '윷판'의 재미는 이 '이야기', 윷판을 둘러싼 설왕설래에서 찾을 수 있다.

TRPG 역시 테이블을 위에 '윷판'과 같은 '보드'를 펼쳐 놓고 플레이어들끼리 이런저런 입씨름을 하면서 정해진 룰에 따라 주사위로 '말'을 움직여 자웅을 겨루는 게임이라고 생각하면 이해하기 쉽다. 룰의 재미도 재미지만, 역시 보드를 둘러싼 설왕설래의 재미가 큰 게임이다.

TRPG에서는 게임의 룰보다도 어떤 의미에서 플레이어의 연기력이 더 중요하다. TRPG는 게임의 플랫폼이 완성되었다고 해서 끝난 것이 아니라, 플랫폼 위에 플레이어들의 이야기가 얹어져야 비로소 끝났다고 할 수 있다. 플레이어들이 바뀌면 이야기도 달라진

다. 플레이어가 바뀌지 않아도 게임을 할 때마다 이야기는 달라진다. 하나의 플랫폼 위에 여러 버전의 이야기가 만들어지는 것이다. 《RPG 리플레이 로도스도 전기 Ⅰ ロードス島戦記 Ⅰ RPGリプレイ集》에서 야스다 히토시安田均는 다음과 같은 설명을 하고 있다.

> 🎮 TRPG는 여러 명의 플레이어와 한 명의 게임 마스터가 대화로 진행하는 게임이다. RPG는 플레이어가 판타지나 SF 스토리의 등장인물이 되어 즐기는 게임이므로 게임 마스터가 스토리의 배경이나 설정, 중요한 부분의 플롯을 미리 짜 놓는다.주로 룰을 참고하거나 원작이나 영화, 소설 속 이미지를 발전시켜 만든다. 또 게임 마스터는 TRPG의 룰을 외워야 한다. 플레이어가 등장인물의 입을 빌어 무언가를 요구하면 룰에 따라 주사위를 굴려 판정하기 위해서다.
>
> 이렇듯 플레이어가 등장인물을 연기함으로써 게임이 스토리성을 띠고 진행된다. 전투가 있는가 하면, 덫을 피해 위기를 모면하기도 하고, 생각지도 못하게 이야기가 전개되는 등 생생한 대화로 게임을 진행하므로 더할 나위 없이 재밌다.
>
> 그리고 이 게임은 게임 마스터가 새로운 스토리를 만들 때마다 색다른 즐거움을 맛볼 수 있으며, 플레이어가 연기하는 등장인물은 게임을 거듭하는 동안 버릇이나 개성이 생겨게임 룰에 따라 성장하거나 강해지기도 한다. 자기 분신처럼 느끼게 된다. TRPG가 20세기 후반 게임계의 혁명이라 불리는 이유는 이런 자유로움, 오픈

엔드성끝없이 전개할 수 있음에 있다 해도 과언이 아니다.*

  오쓰카 에이지는 캐릭터 소설을 쓰는 데 있어서 TRPG나 RPG를 한 경험이 많은 도움이 될 수 있다고 지적한다.⟨캐릭터 소설 쓰는 법⟩ TRPG나 RPG를 복기하여 문자로 옮겨 놓으면 그대로 캐릭터 소설이 된다는 것이다. TYPE-MOON 사의 나스 기노코 역시 이십대 중반까지 TRPG에 열중했다고 고백한 바 있다. ⟨던전스 앤 드래곤스Dungeons & Dragons⟩를 기반으로 하여 룰북은 비싸서 사지 못하고 매번 다른 시나리오를 써서 친구들과 함께 TRPG로 밤을 새웠다는 것이다. 당시 나스 기노코의 상황을 조금 엿보면 다음과 같다.

  🎙️ – 당시 시나리오로 어떤 것을 썼습니까?

  나스 : 뭐라고 해도 전기물에 빠져서 ⟨D&D⟩와 전기물이 합체된 것과 같은……. 그래서 이런 부끄러운 이야기로 괜찮은 걸까? 웃음 다음에는 더 "이런 시스템으로 해보고 싶어."라든지, 실험적인 것도 해보고 싶다든지-지금도 그때의 자료가 남아 있어서 다케우치는 "언젠가 이것을 RPG로 해보자."고 변함없는 꿈을 말합니다. 이렇게 말하는 저도 그것이 최종적인 꿈이지만요. 웃음

  – 전기물이라고 하면……?

  나스 : 예를 들면 기쿠치 히데유키菊地秀行의 대표작 격인 텍스

---

* 오쓰카 에이지, 《캐릭터 소설 쓰는 법》, 한국출판마케팅연구소, 2005, 169~170쪽에서 재인용함.

트라고 할까. 밤의 거리를 걷고 있는데-보통의 〈D&D〉라면 오크 따위가 나오는 장면입니다만-길 쪽에서 굉장한 미모의 고블린이 실을 계속 휘둘러 마을 사람들을 살육하면서 온다든가.웃음 그렇게 말하면 플레이어가 "그거 너, 리얼하지 않잖아!"라는 문구가 나옵니다만, "기쿠치 히데유키의 세계라면 그런 발단이라고!" 하고 대응하죠.웃음 그걸로 점점 이상한 방향으로 달려갑니다. 정확히 2000년쯤이었나-그즈음 유행이었던, 뒤죽박죽 절조 없는 판타지였습니다.

- 과연 그렇군요. 기본적으로는 매개 변수가 있으면 거기에 어떤 것을 넣어도 플레이가 가능하다는 것이로군요.

나스 : 그렇죠, 그렇죠. 그래서 점점 "그렇다면 이 이상한 세계관을 더 리얼하게 느끼고 싶어."라고 골몰하기 시작하면 오리지널성이 높아진다는 것이죠.

- 점점 룰도 바꾸고요.

나스 : 어떻게 전기적인 아름다움을 보여 줄까, 시스템을 바꿔 가는 겁니다.웃음 "바보로구나."라든지 말해 가면서 말이에요.*

위 인터뷰는 TRPG 혹은 RPG가 매개 변수에 따라 다양한 변주가 가능한 게임임을 부각하고 있다. 미스터리와도, 판타지와도 쉽게 장르 믹스가 가능하다.

---

* 岩谷徹 外, 《ゲームの流儀》, 太田出版, 2012, 403~404쪽(초출 : 미야 쇼타로와의 인터뷰, 《컨티뉴》 제37호, 2007년 12월).

이것은 단지 일본만의 이야기는 아니다. 게임을 좋아하는 사람들에게만 가까운 이야기도 아니다. 우리나라 주말 예능은 언제부터인가 거의 TRPG를 응용한 프로그램으로 채워지고 있다. 예를 들어 〈무한도전〉MBC이나 〈1박 2일〉KBS2의 프로듀서들은 '게임 마스터'로서 자신이 만든 프로그램에 얼굴을 자주 내비친다. 〈런닝맨〉SBS의 경우는 유재석이 플레이어면서 동시에 게임 마스터의 역할을 분담하기도 한다.

이들 프로그램은 하나의 플랫폼을 출연자들에게 제공할 뿐이다. 대강의 각본은 있지만 언제나 출연자들에 의해 수정되거나 아예 폐기된다. 출연자들은 이제 거의 '캐릭터'와 구분을 할 수 없을 정도가 되었다. 캐릭터가 스토리보다 우선하는 구조다. 〈런닝맨-초능력자〉 특집의 '시간을 거스르는 자', '공간을 지배하는 자' 등 판타지적 의장을 뒤집어쓴 캐릭터들의 추격전은 유치하기는 하지만 TRPG의 묘미를 보여 준다.

어중간한 반영웅들―〈나쁜 녀석들〉

〈나쁜 녀석들〉OCN, 2014은 11부작 미스터리 액션극으로 제법 평판이 좋았다. 거악巨惡을 악惡으로 몰아낸다는 점이 전형적인 반反영웅물의 설정이다. 과잉 수사로 징계를 받고 휴직 중인 형사 '오구탁'김상중 분이 서울 암흑계를 단 25일 만에 평정한 동방파 행동대장

콘텐츠의 사회학

'박웅철'마동석분, 살인 청부업자 '정태수'조동혁분, 천재 사이코패스 연쇄 살인범 '이정문'박해진 분 등 현재 형무소에 복역 중인 팀원들을 소집하여 '더 나쁜 녀석들'과의 전쟁에 나선다. 경감 '유미영'강예원분이 그들을 후방에서 지원한다. 여기까지가 초기 설정값이다. 더불어 각 인물들과 주변 인물들 사이의 이야기가 덧붙여지면서 극이 이어진다. '박웅철'이 몸담았던 조직 동방파의 내분 사태, '정태수'가 몸담았던 살인 청부업자 동료들의 의문사 등 에피소드들이 덧붙으면서 극의 긴장감이 배가된다.

〈나쁜 녀석들〉의 중심 플롯은 '오구탁'과 '화연동 연쇄 살인 사건'의 범인 '이정문' 간의 악연에, 거악이라고 할 특임 검사 '오재원'김태훈 분의 이야기가 복잡하게 얽히면서 형성된다. '이정문'은 자신의 범죄를 정확하게 기억하지 못하거니와, 사실 '화연동 연쇄 살인 사건'은 2010년 '연쇄 살인범 조만식'에 의해 아내를 잃은 검사 '오재원'의 일그러진 복수극에 다름 아니다. '오구탁' 딸의 죽음도 '이정문'의 소행이 아니라 '오재원'의 사주에 의한 결과임이 드러난다.

범죄자들도 희생자 가족인 자신과 마찬가지로 가족을 잃는 슬픔을 맛보아야 한다고 생각한 '오재원'은 희대의 연쇄 살인 사건을 조작하는가 하면, 사건의 진상이 밝혀지는 것을 막기 위해 고위직 경찰을 직접 살해하고, '오구탁' 등의 제거를 위해 몸소 특임 검사를 맡는다. '이정문'은 사이코패스이기는 하지만 연쇄 살인범은 아니었다. 그는 '오재원'의 한낱 장기말에 지나지 않았다. 딸의 죽음으로 이성을 잃은 '오구탁'에 의해 억울하게 누명을 쓰고 무기 징역의 판결을 받은 셈이다.

〈나쁜 녀석들〉의 성공은 캐릭터들의 초기 설정값에 힘입은 바 크다. 티저 영상은 초기 설정값만을 임팩트를 살려 보여 줌으로써 시청자들의 기대치를 끌어올렸다. 캐릭터만 놓고 보면 〈어벤저스 The Avengers〉조스 웨던Joss Whedon 감독, 2012 급이다. 여기에 김상중 등 배우들의 카리스마가 보태지면서 극의 성공을 견인했다.

〈나쁜 녀석들〉이 시청률 면에서 성공했다고는 하지만, 개인적으로는 아쉬움이 많이 남는다. 좋은 캐릭터를 만들어 놓고도 효율적으로 사용하는 데 있어서는 거의 낙제 수준이었다. 거악과의 대결은 거의 '격투기'적인 장면들로 귀착되었다. 격투의 와중에서 '박웅철'도, '정태수'도 변별력 있는 싸움을 보여 주지 못했다. 심지어 '이정문'마저 안쓰럽게도 삼단봉을 들고 격투의 소용돌이 속으로 들어가야 했다.

〈나쁜 녀석들〉은 〈A특공대The A-Team〉NBC, 1983~1987가 될 수도 있었지만 되지는 못했다. 조직 폭력배는 싸움에 능하고, 살인 청부업자는 변장과 잠입과 암살에 능하고, 천재 사이코패스는 전략 면에서 발군의 능력을 보인다는 식의 변별력이 발휘되어야 캐릭터의 역할 분담에서 효율성을 높인다. 거악과의 싸움을 일률적으로 '패싸움'의 양상으로만 몰고 간 〈나쁜 녀석들〉은 섬세함이 다소 부족했다고 지적하지 않을 수 없다.

왜 사람들은 반영웅을 필요로 할까. 우리를 둘러싼 세계가 정의롭지 않기 때문이다. 정의로움만으로는 세계의 부정성을 이길

수 없기 때문이다. 실제로는 그렇지 않다고 해도 사람들이 그렇다고 믿고 있기 때문에 반영웅이 요청되는 것이다. 〈나쁜 녀석들〉의 캐릭터들은 반영웅으로서도 왠지 어중간한 느낌이다. 그들은 경찰의 하부 비밀 조직이라는 한계 내에서 움직인다. A특공대와 같은 도망자 집단은 아닌 것이다. 알고 보면 연쇄 살인범이 아니고, 의리와 우정에 목숨을 걸고, 과거의 죄로 인해 괴로워하는 죄수들에 지나지 않는다.

거악이라고는 해도 '오재원' 일파의 몰락도 아주 통쾌한 느낌은 아니다. 따지고 보면 '오구탁'도, '오재원'도 정도의 차이는 있을지 언정 이성을 잃은 사람들이다. 어떤 의미에서 '오재원'은 가장 크게 망가진 인생이다. 그런 점에서 〈나쁜 녀석들〉의 '거악'은 기대에 못 미친다. 또 다른 악의 힘을 빌려서라도 부숴 버리고 싶은 마음이 드는 사회의 본원적인 악이 척결될 때라야 시청자들은 제대로 된 카타르시스를 느낄 것이다.

피노키오 — 캐릭터 5

〈피노키오〉SBS, 2014~2015는 '피노키오 증후군'이라는 가상의 질병을 중요한 콘셉트로 사용하고 있다. '피노키오 증후군'이란 거짓말을 하면 딸꾹질을 하는 질병이다. 물론 거짓말을 하면 코가 길어지는, 동화 속의 캐릭터 '피노키오'에서 유래한 설정이다. 이탈

리아의 동화에서 나무 인형 '피노키오'는 갖가지 시련을 겪은 뒤에 비로소 인간이 된다.

한국 드라마 〈피노키오〉에서 '최인하'박신혜 분는 '피노키오 증후군'에 걸린 세칭 '피노키오'다. 일찍이 출세에 눈이 먼 어머니에 의해 버려져 아버지와 할아버지 슬하에서 자란 '인하'는 기자의 꿈을 갖고 있지만, 임용 시험에서 '피노키오'라는 이유로 번번이 고배를 마신다. 그럼에도 기자는 진실을 말하는 직업이어서 기자야말로 자신의 천직이라고 피노키오 처녀는 생각한다.

우여곡절 끝에 어머니 '송차옥'진경 분과 같은 방송사의 기자가 된 '인하'는 진실과 사실이 반드시 일치하는 것은 아니며, 사실에 얽매이다 더 많은 진실을 훼손할 수도 있다는 점을 깨닫게 된다. 기자로서 성장한 '인하'는 출세에 눈먼 어머니 '송차옥'과 대립하면서 기자의 윤리를 묻는다. 동화 속 피노키오가 고래의 배 속에 들어갔다가 다시 새로이 태어나듯 '인하'는 기자의 윤리를 지키고 보다 성숙한 인간으로 거듭난다.

〈피노키오〉는 종합 편성 채널이 늘어나고 뉴스 저널리즘의 역할과 기능이 양적으로 확장되는 가운데, 기자 윤리나 보도 윤리를 새삼 묻는다는 점에서 시의성이 있는 작품으로 여겨진다. 캐릭터 면에서도 자신의 신분을 숨긴 채 원수의 딸을 사랑하는 마음으로 번민하는 '기하명·최달포'이종석 분, 저널리즘에 의해 가족이 파탄에 이르자 복수를 위해 살인자가 되었다가 오히려 저널리즘을 통해 의인으로 조명을 받는 '기재명'윤균상 분 등은 돋보이는 설정이었다.

〈피노키오〉는 긴장감의 배분에서는 아쉬움을 남긴다. 아마도 개인 윤리 차원의 악과 사회구조적 거악에 순차적으로 맞서는 기자의 모습을 보여 주기 위한 안배였겠지만, '기재명'의 자수가 지나치게 빨랐다. '기재명'의 자수 이래로 드라마의 긴장감이 현격히 떨어졌다. 사회구조적 거악은 이미 많은 시청자들이 알고 있는 모순이며, 개인 차원의 악은 동정의 여지가 있어서 많은 시청자들이 더 깊은 내막을 알고 싶어 하는 모순이다.

다중 인격—캐릭터 6

성격에 이중성을 띤 인간은 결코 적지 않다. 누구에게나 어느 정도 그러한 면이 있다. 겉으로는 매우 냉정해 보이지만 속으로는 온정적인 사람도 있고, 반대의 경우도 물론 있다. 가족에게는 다정한 조직 폭력배나, 강자에게 약하고 약자에게는 강한 모리배, 상황에 따라 말을 자주 바꾸는 정치인 등에게서도 우리는 어떤 이중성을 느끼곤 한다. '일관성의 손실'을 특징으로 하는 캐릭터도 적지 않다. 대표적으로는 '쓴데레'와 같은 성격을 예로 들 수 있다. 그래도 이 정도로는 아직 병리적이라고까지는 할 수 없다.

'다중 인격'은 '일관성의 손실'이라는 성격적 결함과는 완전히 구분되는 병리적인 현상이다. 정신 장애를 분류하는 목록이라 할 DSM-Ⅳ Diagnostic and Statistical Manual of Mental Disorders-4th edition에서는 '다중 성격 장애'를 '해리성 정체감 장애'라고 하여 다루고 있다. 두 가지 또는 그 이상의 각기 구별되는 정체감이나 성격 상태가 존재하는 경우로, 중요한 개인 정보를 회상할 수 없는 증상이 매우 광범위하게 나타나서 일상적인 망각과는 구분되는 해리 장애를 '해리성 정체감 장애', 통칭 '다중 인격'으로 분류할 수 있다. 그러니까 한 개체 안의 두 인격이 'On/Off'를 반복하면서 교차하여 활성화된다는 식으로 '다중 인격'을 여러 콘텐츠들에서 다루어 왔다. 한 인격의 경험을 다른 인격은 잘 기억해 내지 못한다. 왜냐하면 한 인격이 활성화되면 다른 인격은 'Off' 상태가 되기 때문이다.

오쓰카 에이지 원작, 다지마 쇼우田島昭宇 작화의《다중인격탐정 사이코多重人格探偵サイコ》1997, 2007~2014에서 주인공 '고바야시 요스케' 형사는 엽기 살인자에 의해 반죽음 상태가 된 애인을 보고 다중 인격 상태가 된다. 그는 사설탐정 '아마미야 가즈히코'와 살인자 '니시조노 신지' 등의 인격을 오가면서 왼쪽 안구에 바코드가 찍혀 있는 사람들이 연루된 연쇄 살인 사건에 점점 더 깊숙이 발을 들이게 된다. 안경을 쓰고 있으면 '아마미야', 안경을 벗으면 '니시조노'가 된다는 조형상의 특징이 있다.

《다중인격탐정 사이코》는 엽기 살인, 사실적인 사체 묘사, 잔혹한 폭력 묘사 등을 이유로 일본의 많은 지역에서 청소년보호육성조례에 의해 '유해 도서'로 지정되었다. '다중 인격'이라는 캐릭터는 태생적으로 미스터리나 그 외의 하위문화 콘텐츠에 어울리는 요소들을 많이 가지고 있다.

콘텐츠의 사회학

다중 인격은 한국의 주류 콘텐츠에서는 잘 다루지 않았으나, 〈신의 퀴즈 3〉OCN, 2012에서 메인 캐릭터의 중요한 성격 요소로 활용된 바 있다. 법의학 전문가 '한진우'류덕환 분가 '닥터 팬텀'이라는 또 다른 인격을 소유한 채 '닥터 팬텀'을 흉내 내는 엽기 살인마 '서인각'고경표 분과 대결하는 내용이었다.

다중 인격 설정은 기본적으로 자기 자신에 대한 불신, 진짜 자아 찾기의 드라마적 요소를 포함하고 있다. 자신의 사악한 부분이 선한 부분을 잠식해 버리지나 않을까 하는 자아 상실에 대한 불안이 극의 긴장감을 고조하기도 한다. 이러한 불안은 사실 다중 인격에게만 한정되는 것이 아니라 많은 사람들 안에 존재한다. 근래에 다중 인격 캐릭터가 부각되는 것은 현대 사회가 웹을 기반으로 하여 정체감의 유동성을 제고하는 상황과 어떤 관계가 있는지도 모른다.

〈킬미, 힐미〉MBC, 2015 등의 작품에서도 '다중 인격'은 테마와 관련하여 중요한 설정으로 활용되었다. 주인공 '차도현'지성 분은 '신세기', '페리 박', '안요섭', '안요나', '나나', '미스터 X' 등 자신을 제외한 여섯 인격을 내면에 품고 살아간다. '차도현'이 다중 인격이 된 것은 유년 시절의 극심한 내적 고통을 회피하기 위한 방편이었다. 각각의 인격들은 '차도현'이 유년 시절 경험한 모종의 사건의 퍼즐 역할을 하면서 이야기 전개에 관여한다.

〈킬미, 힐미〉는 재벌가의 후계 구도를 둘러싼 암투라는 식상한 정극적 이야기의 요소가 드라마의 저류를 형성하고 있지만, '차도현'과 '신세기' 간 일촉즉발의 대결 국면이 스릴러 요소로 가미되면서 재미를 더한 측면이 있다. '페리 박'이나 '안요나' 등의 캐릭터가 빚어내는 코믹 릴리프comic relief적 요소가 긴장감의 이완과 극대화에 기여하는 점도 다중 인격 캐릭터의 새로운 가능성을 보여 준 것으로 평가할 수 있다. 다중 인격이라는 캐릭터가 미스터리뿐 아니라 멜로나 코믹 시트콤에서도 성립할 수 있다는 점을 〈킬미, 힐미〉가 알려 준 것이다.

소녀와
아이돌 스타

소녀만화의 추억

무시_虫 프로덕션의 〈리본의 기사_{リボンの騎士}〉후지TV, 1967를 어릴 때 본 기억이 있다. 국내에서는 〈사파이어 왕자〉라는 제목으로 방영된 초창기 소녀만화*다. 스토리가 구체적으로 기억나지는 않지만, 캐릭터의 그림체는 아직도 기억에 남아 있다. 남장 여인 '사파이어 공주'가 매력적이었다. 이 그림체에는 다카하시 마코토의 소녀화, 혹은 다카라즈카가극단의 영향이 남아 있다. NHK에서 방영하는 다카라즈카가극단의 공연을 보고 있노라면 의상을 비롯한 외양이 〈리본의 기사〉를 떠오르게 한다.

또 하나 기억에 남는 소녀만화로는 〈요술공주 샐리_{魔法使いサリー}〉NET, 1966를 꼽을 수 있다. 애니메이션의 원작은 미국 드라마 〈아내는 요술쟁이Bewitched〉ABC, 1964가 일본 내에서 인기를 끈 것에 고무되어 요코야마 미쓰테루_{横山光輝}에 의해 그려졌다. 원작이 인기를 얻으면

---

* 소녀만화에는 화풍이 귀엽고 화려한 인상을 주는 것이 많다. 일반적으로 독백의 사용이 많고, 마음의 풍경을 구상화한 배경을 자주 사용한다. 분할 화면 등을 사용하여 인물의 감정 흐름을 나타내는 연출법도 특징적이다. 꽃무늬 배경, 캐치라이트의 표현, 긴 속눈썹 등도 소녀만화의 고유한 요소로 볼 수 있다.

서 이내 텔레비전 애니메이션으로 만들어졌다. 마법의 나라에서 인간계로 온 초등학교 5학년 소녀 '샐리'와 그녀가 마법사라는 사실을 모르는 동급생들이 서로 부대끼면서 우정을 쌓아 가는 이야기다. '샐리'는 친구들과 어울리면서 '마법'보다 소중한 것이 있음을 깨닫는다. 사실 나는 〈요술공주 샐리〉는 주제가만 기억한다. 코미디언 최양락이 텔레비전에 나와서 주제곡을 즐겨 부른 덕택이다.

내 기억 속에서 가장 오래된 소녀만화는 〈요술공주 밍키魔法のプリンセスミンキーモモ〉TV도쿄, 1982다. 꿈의 나라 공주인 '밍키'가 요술봉을 휘두르며 다양한 직업의 어른으로 변신하여 일상의 난관을 헤쳐 나가는 이야기다. 특히 변신을 할 때마다 '밍키'가 완전히 나체가 되는 모습을 경이 속에서 바라보았던 것 같다. 나와 같은 인간이 많아서였는지 〈요술공주 밍키〉는 소녀 팬들은 물론 오타쿠 팬들도 많이 보유한 인기작이었다.

'밍키'의 변신은 역시 빨리 어른이 되고 싶은 소녀들의 마음을 반영한 설정이다. 어른들은 아이들의 그러한 마음의 틈으로 교묘히 파고들어 '요술봉'과 여러 캐릭터 상품을 팔아서 돈을 번다. 애니메이션 산업의 구조가 그렇게 바뀌어 온 것이다. 그래서 나는 마법소녀물을 별로 좋아하지 않는다. 어쩐지 요술봉이 나올 때마다 혐오스럽다는 느낌이 든다. 물론 마법소녀물만의 현상은 아니지만 말이다.

〈달의 요정 세일러문美少女戦士セーラームーン〉TV아사히, 1992은 마법소녀물과 전투미소녀물을 하나로 통합한 전투미소녀계 마법소녀물의

선구적인 작품이다. 덜렁대고 잘 우는 보통의 중학생 '쓰키노 우사기'가 어느 날 인간의 말을 할 줄 아는 신비한 고양이를 만나서 '세일러문'이 된다. 〈이누야샤犬夜叉〉요미우리TV, 2000도 그렇지만, 1990년대에는 '교복을 입은 무녀'와 같은 설정이 인기를 얻었는데, 〈달의 요정 세일러문〉에서는 '세일러 마즈'인 '히노 레이'가 무녀로 등장했다. '세일러문'은 코스프레 방면에서도 인기를 끌었다. 그러나 이쯤 되면 소녀만화적인 아기자기함은 벌써 희미해져 버린 것이 아닌가 싶기도 하다.

사춘기 때 〈베르사이유의 장미ベルサイユのばら〉니혼TV, 1979를 보았는데, 내게 있어서 진짜 소녀만화는 이처럼 화풍이 화려하고 인간 감정의 흐름을 섬세하게 그린 작품이다. 나는 아직도 인물을 그릴 때 눈동자에 '캐치라이트catchlight'를 그려 넣곤 한다.

도 시 괴 담 과 소 녀

니시오 이신의 '모노가타리物語' 연작은 포스트모던 시대의 '민담'처럼 읽힌다. 작가 스스로가 의식적으로 소설 형식에 미달하는 것을 실험하고 있다는 느낌이 강하다. 거기에는 물론 순수문학과는 구분되는 라이트노벨의 태생적 특징과도 관련되는 면이 있지 않을까 싶다.* 그렇다고는 해도 이 자리에서 그러한 면을 깊이 살펴볼 여유는 없다. '모노가타리' 연작을 '민담'처럼 읽을 수 있는 이유는 일단 작품의 화자가 '이야기꾼'으로서 자기 정체성을 확인하는 장면이 자주 등장하고, 근대 소설의 플롯과는 상치되는 잡다한 만담이 개입되고 있으며, 게나 뱀, 고양이, 원숭이, 달팽이 등과 '괴력난신怪力亂神'이 얽히는 민속학적 코드들이 전면에 내세 워지고 있기 때문이다.

'민담'과 다른 점이 있다면, 역시 '민담'은 농경 사회의 소산으로 '상민常民'을 주요 담당층으로 하는 데 비해, 니시오 이신의 '모노가타리'는 농경 사회와 직접적인 관련이 없으며, '소녀'들을 주요 배역으로 삼고 있다는 것이다. '소녀'가 주요 배역이 된 것은 전적으로 라이트노벨의 주요 소비층이 십대 학생들이기 때문이라고 할 수도 있겠지만, 오로지 단 하나의 '전적인' 이유라고는 하지 못할 것이다.

그렇게 따지고 보면 유명한 〈여고괴담〉 시리즈의 주인공들도 '소녀들'이다. 게다가 그녀들은 '괴담'에 쉽게 연루된다. 그녀들은 '분신사바'와 같은 어쩐지 기분 나쁜 주술에 빠져들곤 한다. 그녀들은 언젠가 학교에서 자살한 여고생의 영혼을 긴 복도에서 조우하고, 학교 안의 외진 장소에서 귀신의 목소리를 들으며, 연애나 성적 문제와 같은 고민들을 해결해 달라고 귀신에게 빌기도 한다.

도시 괴담과 소녀들이 쉽게 얽히는 이유는 소녀들의 감수성 때

---

* 라이트노벨은 주로 레이블에 의해 구분된다. 더 알기 쉬운 구분법으로는 캐릭터의 일러스트가 삽입되어 있는지 보는 것이다. 일러스트가 있다면 라이트노벨이다. 내용에서도 라이트노벨은 일반적인 의미의 소설과는 다른 판타지나 SF의 전통 위에 서 있다.

문인지도 모른다. 그녀들은 일상과 영계靈界 사이의 접경지대에 존재한다. 일상적이지 않다는 것은 그 자체로 소녀들의 자부심이 될 수도 있다. 요시모토 바나나 소설의 오컬트적인 요소도 같은 맥락에서 '여성적 감수성'에서 기인했다고 할 수 있다. 죽은 사람과 이야기를 한다거나, 미래에 대한 예감이 잘 맞아떨어진다거나 하는 비합리주의적 요소는 여성을 남성과는 다른 '특별한' 존재로 자리매김하는 데 기여한다.

김애란의 〈벌레들〉〈비행운〉을 읽고 '아, 이것은 도시 괴담이다!'라고 생각했다면 상당히 지엽적인 부분을 물고 늘어진다는 비판을 받겠지만, 그 단편을 읽고 문득 나는 도시 괴담을 떠올렸다. 임신 뒤 행동의 제약 때문에 한정된 공간에서 생활해야 하는 여성이 겪는 불안이 '벌레들'의 형상을 통해 나타났겠지만, 그것은 그것대로 지극히 전형적인 도시 괴담의 패턴이라고 하겠다.

도시 괴담은 현실과의 연결성이 희박해진 폐쇄 집단에 속해 있는 사람들의 '시뮬라크르'라고 오쓰카 에이지는 말한다.〈仮想現実批評〉 소녀들은 일상적이지 않다는 것 하나만으로도 자부심을 느낀다고 했지만, 사실 그녀들은 '학교'라는 폐역閉域에 들어감으로써 현실과의 접점을 잃어버린 채, 그 잃어버린 현실의 자리에 시뮬라크르로서의 괴담을 만들어 공유하고 있었던 셈이다. 그렇기는 하지만 최근에 아이돌 스타들이 나와서 '녹음실 괴담' 같은 이야기를 진지하게 하는 모습을 보면, 그 아이들의 세계도 또한 얼마나 지독한 폐역일까 하는 착잡한 심정이 되기도 한다. 혹 마케팅 차원에서 조

콘텐츠의 사회학

작된 괴담인지는 몰라도, 스타들 역시 일상에서 벗어나 영계가 열
리는 문 근처에서 외롭게 살고 있는 것이 틀림없다. 이렇게 되면
단순히 소녀들만의 문제는 아니라는 말이 되는지도 모르겠지만.

신령님은 열일곱 살

괴이怪異에 얽히기 쉬운 소녀라는 설정은 포스트모던 일본 만
화·애니메이션에서는 아주 흔한 편에 속한다. 다카하시 루미코高
橋留美子의 소년만화《이누야샤》1996~2008, 2013의 여주인공 '히구라시
가고메'는 열다섯 살의 중학생으로, 신사神社의 마른 우물을 통해
신과 요괴들의 세계로 들어간다. 아다치 도카ぁだちとか 원작의 애니
메이션〈노라가미ノラガミ〉TOKYO MX, 2014의 여주인공 '이키 히요리' 역
시 차에 치일 뻔한 '야토 신神'을 구하려다가 교통사고를 당한 뒤
유체 이탈이 쉬운 체질로 바뀌어 '요妖'를 보게 된다. 상서롭지 못
한 것을 보는 능력은 스즈키 줄리에타鈴木ジュリエッタ 원작의〈오늘부
터 신령님神様はじめました〉TV도쿄, 2012의 여주인공 '모모조노 나나미'도
마찬가지다. 심지어 '나나미'는 토지신土地神이 된다. 열일곱 살, 고
등학생이다!

토지신 '모모조노 나나미'를 지키는 미카게 신사의 사자 '도모
에'-원래는 오백 년 묵은 들여우-는 어딘지 '이누야샤'를 닮았다.
'이누야샤'를 소녀만화로 가져오면 '도모에'가 된다. 선이 가는 꽃

미남에 화려한 기모노, 향부채를 들고 있는 설정이다. 〈오늘부터 신령님〉에는 소녀만화의 특징인 '꽃무늬'가 등장하는 컷이 많다. 요괴 퇴치가 주를 이루는 〈이누야샤〉와는 달리 토지신 '모모조노 나나미'는 요괴들을 감화시킨다. 까마귀 텐구天狗인 '구라마'도, 요노모리 신사의 사자이자 본래는 백사白蛇인 '미즈키'도 '나나미'에 감화되어 도움을 주는 존재가 된다.

소녀만화답게 〈오늘부터 신령님〉은 결국 연애담이다. '나나미'와 요괴인 '도모에'의 사랑 이야기인 셈이다. '나나미'가 원래의 토지신 '미카게'에게 물려받은 신사는 주로 '인연 맺기'를 비는 곳으로 그려져 있다. '나나미'의 신통력은 신통치 않지만, 요괴들을 하나하나 감화하면서 인연을 만들어 주는 실력을 발휘하게 된다. 반 친구인 '네코타 아미'와 요괴인 '구라마'의 만남을 주선한다든지, '다타라누마의 주인'인 '누마노 히메히코'-원래는 메기 요괴-와 소심한 소년 '우라시마 고타로'의 소개팅을 주선한다든지 하는 에피소드가 나온다.

여고생이 할 수 있는 '신의 역할'이란 '연애 주선' 정도일지 모른다. 그러나 '나나미'가 토지신이 되어 '도모에'가 있는 신사로 온 것 자체가 인연을 맺어 주는 원래의 토지신 '미카게'의 안배다. '미카게'는 연인을 잃고 폐인이 된 '도모에'를 자신의 사자로 거두어 주었고, '나나미'로 하여금 '도모에'의 새 연인이 되게 한다. 이를 위해 '미카게'는 바람의 신인 '오토히코'와 함께 '도모에'와 '나나미'에게 이런저런 시련을 안겨 준다.

'구라마'가 아이돌 스타라는 설정이나 '오토히코'가 여장 남자라는 설정도 소녀만화답다. 소녀들은 아이돌에 열광하고, 여장 남자는 고민을 털어놓기에 편한 상대, 안전한 상대로 여기는 것이다.

남성을 요괴로 설정하는 것은 여러모로 필요한 일이다. 소녀들은 남자 친구의 첫사랑이 궁금하다. 소녀들은 남자 친구의 과거가 궁금하다. 요괴라면 과거가 많고 많다. '도모에'에게는 '유키지'라는 인간 연인이 있었는데 병들어 죽고 말았다. 그녀를 살리기 위해 '도모에'는 용궁에 찾아가 난동을 부리고 영생의 묘약이라는 용왕의 눈을 빼앗아 오기도 했지만 허사였다. 사별로 인해 '도모에'는 마음을 닫아 버린 남자가 된다. '나나미'를 만나고도 '도모에'는 '나나미'를 밀어내는 데 급급하다. '나나미'는 그런 '도모에'의 마음을 서서히 열어 간다. '나나미'의 캐릭터 조형은 연애에서 남성보다 적극적인 여성이 각광받는 사회 분위기를 반영한 결과다.

일본 애니메이션에는 유난히 신사가 많이 나온다. 일본에서는 신도神道가 가장 유력한 종교여서 딱히 이상할 것은 없다. 일본 애니메이션 업계 사람들은 그런 면에서 해외의 시청자들을 의외로 고려하지 않는다. 〈오늘부터 신령님〉에는 '나나미'가 방울을 들고 '가구라神樂'를 추는 장면이 나온다. 신을 맞이하는 춤을 통해 거미 요괴를 퇴치하는 것이다. 이런 샤머니즘에는 조금 거부감이 드는 것도 사실이다.

일본에서는 근대의 공통 전제로 존재했던 거대 서사가 무너진 폐허 위에 이처럼 '전통'을 가져다 놓는 경우가 많다. 전통이라기보다는 전통의 잔해라고 해야 할 것이다. 진짜 전통은 근대화의 단계에서 이미 무너졌다. 전통은 이제 신사나 고궁, 사찰 등에서만 겨우 잔해를 찾을 뿐이다. 전통의 잔해를 그러모아 테마파크를 만든다. 관광지가 되어 버린 전통은 조금 슬프다. 일본 애니메이션에 나오는 전통적 의장들에 대한 나의 거부감에는 이런 슬픔의 여운도 조금은 섞여 있다.

나만 아는 '오빠의 그늘' — 아이돌의 사생활

연예인의 사생활에 끌리는 대중적 관심은 하루 이틀 된 이야기가 아니다. 그렇더라도 드라마나 만화·애니메이션, 심지어 순문학 영역의 소설에서도 소재로 다루어지게 된 것은 근자의 대중적 욕망을 반영한 결과이다. 〈미남이시네요〉나 〈몬스타〉tvN, 2013가 모두 '아이돌 가수'를 주인공 캐릭터로 내세워 대중적으로 인기를 얻은 것은 주지의 사실이다. 전자가 '아이돌'의 세계에 잠입한 '팬'의 이야기라면, 후자는 천상적 존재라고 할 '아이돌'이 팬들이 사는 지상으로 내려온 이야기다.

어느 쪽의 '아이돌'이나 화려한 외관과는 달리 외로운 존재다. 가정사에 어두운 면이 있다. 다른 사람들은 알지 못하지만 '아이돌'의 상대역만은 알아차린다. '그'가 상처 입은 짐승이며, 차가운 세상으로 유형流刑을 온 타락천사라는 사실을! 그리고 보니 일본 애니메이션 〈오늘부터 신령님〉의 '구라마'는 '타락천사'를 콘셉트로 하는 아이돌이었다. 실제로는 요괴지만.

'아이돌'이나 '연예인 지망생'은 이제 어디에나 끼는 감초 같은 캐릭터가 되고 있다. 〈풀하우스 take2〉SBS plus, 2012는 '아이돌'과 소속사 사이의 분쟁을 그리고 있다. 분쟁에서 상처 입은 스타 '태익' 노민우 분을 '만옥' 황정음 분은 보듬어 준다. '태익'을 보듬어 줄 수 있는 사람은 겉모습에 반해 따라다니는 '사생팬'이 아니다. '아이돌'에게 별로 관심이 없는, '아이돌'의 내면을 볼 수 있는 '만옥'뿐이다. 언제나 그런 식이다. '스타'가 마음을 여는 상대는 늘 스타의 외적 아름다움에 현혹되지 않고 자신의 삶에 충실한 사람들이다.

〈별에서 온 그대〉도 〈풀하우스 take2〉와 비슷한 구도이다. 당대 최고의 여배우인 '천송이'는 자신에게 까칠하기만 한 대학 강사 '도민준'에게 마음을 연다. 그녀의 외적 아름다움에 열광했던 팬들이 스캔들에 모두 등을 돌려도 '도민준'만은 그녀 곁을 지킨다.

Mnet을 비롯한 대중음악 채널에는 스타들의 일상을 밀착 취재한 프로그램들이 많다. 〈오프 더 레코드, 효리〉Mnet, 2008를 보면 동시대 최고의 섹시 디바 '이효리'의 일상을 낱낱이 알 수 있다. 그녀의 집 인테리어나 반려 동물, 그녀의 스태프들이나 친구들, 그녀의 최근 고민이나 앞으로의 활동 계획들까지 모두 알 수 있다. 〈레인 이펙트〉Mnet, 2013~2014를 보면 군 제대 후 한층 원숙해진 스타 '비'를 만날 수 있다. '비'는 이번 앨범에서 가장 신경을 쓴 부분과 이번 앨범을 준비하면서 한 고민을 카메라를 보며 시청자들에게 털어놓는다.

무대에 선 화려한 모습이 아닌 스타의 진면목을 보기 위해서는 이런 프로그램들을 놓쳐서는 안 된다. 시청자들은 그들에게서 어떤 그늘을 찾아내려고 주의를 기울인다. 다른 사람은 보지 못하는 그늘 말이다. 시청자들은 자신이 좋아하는 스타에 대해 많이 알고 있다고 생각한다. 부모님의 생신은 모를지언정 스타의 생일은 잘 안다. 심지어 신발 사이즈도 안다. '조공'이라는 명목 아래 선물도 보낸다. 그런 것들보다도 우선 스타의 마음에 대해 잘 안다고 팬들은 생각한다.

스타에 얽힌 스캔들이 드러나면 팬들은 충격을 받는다. 스타의 마음을 잘 알고 있다고 생각했는데, 자기 생각과는 다른 이야기가 들려오기 시작한다. 팬들은 스타의 도덕성에 유난히 엄격한 잣대를 들이댄다. 팬들은 스타들에게 일종의 배신감을 느끼는지도 모른다. 연예인의 스캔들은 엄연히 사생활이나, 대중들의 관심은 언제나 금도를 넘어선다. 대중들은 사적 영역과 공적 영역을 구분하지 못한다. 유명하다고 모두 공인이 아니다. 연예인들은 엔터테인먼트의 영역에 존재한다. 그들의 활동은 물질 대사처럼 소비되어 사라지는 것이어서 공적인 영역에 착근하지 못한다. 그들은 어디까지나 사인私人이며, 그들의 사생활은 존중받아야 마땅하다.

하재영의 소설 《스캔들》2010은 '연예인의 자살'을 제재로 사용하고 있다. 하재영은 아이돌 가수 출신인 탤런트 '신미아'의 죽음을 둘러싼 네티즌들의 차가운 반응을 부각시킨다. 네티즌들은 죽음의 엄숙성마저 훼손한다. '미아'에 대한 확인되지 않은 소문들이 인터넷을 통해 기정사실화하여 확산된다.

고교 시절 '미아'의 단짝이었던 '나장지효'는 한때 자신이 좋아했던 남자들이 '미아'만을 바라본다는 이유로 '미아'를 험담했던 원죄가 있다. 험담 때문에 '미아'는 학교를 자퇴해야 했다. 사실 '미아'는 고교 시절 '지효'의 오빠인 '지혁'의 아이를 뱄다가 낙태하기도 했다. '미아'의 자살 소식으로 전국이 떠들썩한데, '지혁'은 다른 여자와의 결혼을 꿈꾼다. 가해자의 일원이기도 한 '지효'는 그런 오빠를 못마땅하게 여기면서도 자살한 '미아'를 위해 어떤 항변도 하지 않는다. 어떤 의미에서 '지효'는 자기 혼자만이 가해자로 남아 있지 않아도 된다는 안도감마저 느끼고 있는지 모른다.

《꿈을 주다夢を與える》2007라는 소설에서 와타야 리사綿矢りさ는 '유코'라는 아이돌 스타가 남자 친구와 찍은 섹스 동영상이 유출되면서 몰락하는 과정을 다룬다. 남자 친구가 섹스 동영상을 고의로 유출한 것이다. '유코'의 잘못이라면 사람 보는 눈이 없었다는 정도이다. 그럼에도 '유코'는 '문란하다'는 오명을 뒤집어쓰고 몰락한다. 스타란 누군가에게 꿈을 주는 존재라고 믿었는데, 꿈을 주는 쪽에서는 어떤 꿈도 꿀 수 없다는 것을 뒤늦게 깨닫는다. '유코'를 마지막으로 독점 취재한 기자는 '유코'와의 인터뷰를 마치고 나오면서 후임 기자에게 "세상 사람들은 아픔을 짊어지고 영악해져서 쉽게 웃지 않는 여자애를 텔레비전에서 보고 싶어 하지 않는 법"이라고 말한다.

《꿈을 주다》의 접근 방식은 상당히 전형적이다. 그런 이야기는 각종 연예 뉴스에서, 혹은 그 재방, 삼방에서 반복적으로 들어오던 내용이기도 하다. 그런데 이렇게 상투적인 이야기를 쓰는 작가가 있고, 읽는 독자가 있다. 어떻게 된 일일까? 독자들은 딱히 새로운 이야기를 원하지 않는다. 독자라기보다 소비자의 차원에서 연예인들에 관한 이야기를 필요로 하는 것이다. 연예인의 불행이라면 그것으로 된 것이다. 그들은 연예인의 불행을 소비하려고 한다.

스타들은 고급 주택에 살고, 패션 명품을 두르고, 고급 레스토랑에 간다. 스타들의 여가는 일반 대중이 상상조차 할 수 없는 것들로 채워진다. 그들은 '우리'보다 매력적이기도 하다. 그럼에도 대중이 스타들을 미워하지 않기 위해서는 무언가 알리바이가 필요한지도 모른다. 연예인들의 사생활은 이런 식으로 소비된다. 소비되는 것은 그것만이 아니다. 소비되는 것은 그야말로 연예인 그 자체.

그린 라이트를 켜 주세요! — 연애 판타지와 귀축

슈퍼주니어 김희철은 그동안 〈에반게리온ェヴァンゲリオン〉에 나오는 '아스카 랑그레이'의 열렬한 팬으로 자처해 왔다. 그러다 미국 애니메이션 〈겨울왕국Frozen〉크리스 벅Chris Buck·제니퍼 리Jennifer Lee 감독, 2013을 본 뒤로는 여주인공 '안나'의 팬으로 돌아섰다고 한다. 김희철은 캐릭터들에게 제법 '연애 기분'을 느끼는 듯하다. 소위 '모에'

다! 일반 독자들에게 김희철 사례는 단지 일부 '오타쿠'들의 우스 꽝스러운 일화로만 여겨질지도 모르겠다. 사실 이런 오타쿠 이야 기는 벌써 우리들의 일상 깊숙이 들어와 있다.

〈우리 결혼했어요〉MBC, 2008~현는 실제 연애가 아니라 '가상'의 연애를 보여 준다. 둘이 '맛집'을 찾아가고, 공방에 들러 수제 컵 을 만들고, 여행을 가서 이런저런 추억들을 쌓아 간다. 웨딩 사진 도 찍고, 조촐하게 결혼식도 올리고, 집들이도 하고, 시청자들이 원한다면 육아 체험도 한다.

가상 연애는 본질적으로 '아스카 랑그레이'와의 상상 연애와 그리 다른 것이 아니다. 연애와 결혼, 출산을 포기한 '3포족'에게 가상의 연애는 어떤 의미가 있을까. 한편으로는 남의 이야기라서 배가 아플 수도 있고, 한편으로는 가상의 연애만으로 대리 만족 을 하는 경우도 있을 것이다. 아무래도 후자가 수적으로 우세하 기 때문에 〈우리 결혼했어요〉가 네 번째 시즌에 이르기까지 이어 지고 있지 않나 싶다.

일본의 문화평론가이자 작가인 혼다 도루本田透는 왜 현실의 인간 보다 가공의 캐릭터를 사랑하느냐는 질문에 "우리들은 귀축鬼畜이 되고 싶지 않기 때문에" 캐릭터에 열광한다고 말한 바 있다.《電波男》 여기서 '귀축'이란 미소녀 게임에 자주 등장하는 일종의 캐릭터 들이다. 자신의 욕망을 채우기 위해 상대를 능욕하고, 상처 입히 고, 때로는 살육도 서슴지 않는 악역이 '귀축'이다. 머릿속으로만 연애를 상상한다면 누구에게도 상처를 주지 않고, 스스로도 상처를 입지 않는다.

혼다 도루의 말은 〈우리 결혼했어요〉보다는 일층 급진적인지도 모른다. 그는 표면적으로는 어찌 됐든 '연애 자본주의'에 저항한다는 스탠스를 취하고 있다. 그에 비해 〈우리 결혼했어요〉는 '연애 상품'에 대한 욕망을 끊임없이 환기시킨다는 비판에서 자유로울 수 없다.

이러한 논의들에 비해 일견 〈마녀 사냥〉JTBC, 2013~현은 가상의 연애보다는 실제의 연애를 더 장려하는 듯한 내용이다. '성性'에 대해 터놓고 이야기해 보자는 취지에는 공감 못 할 바가 없다. 시청자들은 남자가 잘 이해하지 못하는 여자의 마음, 여자가 잘 이해하지 못하는 남자의 마음에 대해 신동엽, 허지웅 등 출연자들에게 조언을 구한다. 출연자들은 연애 경험이 많은 베테랑처럼 포장되곤 한다. 과연 연애는 경험주의일까. 그보다는 그들이 말하는 것은 진짜 '연애'일까 하고 물어볼 필요도 있다.

'연애'란 원래 서양적인 것이고, 동양에는 '맞선'과 '요바이夜ばい'* 밖에 없었다는 의견도 있다. 〈NHK에 어서 오세요!NHKにようこそ!〉CBC, 2006에 나오는 오타쿠 '야마사키'의 대사인데, 그렇다고는 해도 〈마녀 사냥〉은 '연애'를 잠자리에 이르는 과정으로 단순화한 혐의가 있다. 예를 들어 잠자리를 허락하는 여자의 신호, 잠자리를 유도하는 남자의 신호라는 자극적인 이야기가 '연애' 이야기와 함께

---

* 야밤에 남자가 마음에 드는 여자의 방에 몰래 숨어드는 일본의 구습.

패키지로 전파를 타고 있다. 이 패키지가 일종의 데이터베이스화하고 있으며, 그런 점에서는 〈마녀 사냥〉도 〈우리 결혼했어요〉와 큰 차이가 없다.

양자는 모두 '연애'를 일종의 매뉴얼로 만들어 버린다. 어떤 의미에서는 〈마녀 사냥〉도 가상의 연애, 연애에 대한 왜곡된 판타지에 호소하고 있다는 비판에서 자유롭지 않다. 〈마녀 사냥〉을 시청하는 사람들은 출연자들이 말하는 '마녀'나 '마왕'으로 생각할 수 없는 사람들이 아닐까. '귀축'이 되지 못한 자들이 쭈뼛거리며 연애 상담을 하는 엽서를 쓴다. 사실 그들은 딱히 '귀축'이 되고 싶어서 그러지는 않을 것이다.

혼다 도루는 '귀축'이 되기 싫다고 했지만, 포스트모던 시대의 인간들은 모두 매뉴얼에 익숙해진 '동물'이 되어 가고 있는지도 모른다. 아즈마 히로키가 말하는 '동물화론'의 '동물' 말이다. 자신의 욕망을 채우기 위해서 타인의 심급을 필요치 않게 된 인간을 아즈마 히로키는 '동물'에 빗댄 바 있다(동물화하는 포스트모던). 사사키 아쓰시佐々木敦는 아즈마 히로키의 '동물화'의 역어로 'animalization' 대신 'domestication'을 제안한 바 있다.(현대 일본 사상) 포스트모던인은 데이터베이스에 의존하고 있고, 데이터베이스에 의해 '길들여지고 있다'는 것이다.

포스트모던인은 어떤 의미에서 콘텐츠에 지나치게 의존하고, 지나치게 익숙해진 존재이다. 연애에 있어서도 그대로 관철되어 버린다. 연애에 대해 생각하면 포스트모던인은 이미 '매뉴얼'을 떠올리지 않을 수 없다. 실제의 연애는 '매뉴얼'대로 되지 않는다. 경험이 많아진다고 매뉴얼이 완전해질까. 매뉴얼이 무시하는 것은 연애의 고유성이다. 우리는 경험이 생김에 따라 연애의 일반적인 속성을 잘 파악할 수 있지만, 개별적인 연애의 고유성은 경험으로 알 수 없다. 모든 연애 관련 프로그램들이 남성과 여성에게서 고유명을 제거하고 있지만, 남성이든 여성이든 그 누구와도 바꿀 수 없는 고유명이 있다.

여자 동성애자가 되는 이유

신경숙의 단편 〈딸기밭〉(딸기밭)은 여자 동성애자에 관한 단편이다. 서른다섯 살의 여성인 '나'는 어제 오후 한 남자에게서 전화를 받고 스물세 살 적 자신의 욕망에 대해 쓰기 시작한다. 12년 전 사귀었던 남자가 호암아트홀에서 열린 포크송 30주년 기념 공연에서 '여자 아이'의 손을 잡고 객석에 앉아 있던 '나'를 보았노라고 전화를 한 것이다. 12년 전 남자는 '숲 속의 빈터'라는 찻집에서 '나'가 오기를 기다렸지만, '나'는 그 시간에 여자 친구와 함께 딸기밭에 가 있었다.

사실 남자에게 먼저 접근한 것은 '나'다. 남자는 여러모로 '나쳐녀의 아버지'를 닮아 있었다. '나'의 아버지는 군 기피자로 평생을 한곳에 정주하지 못한 채 떠도는 사람이었고, 언제나 흰 고무신을 신고 다녔다. 훌쩍 나갔다가 몇 년이고 떠돌았으며, 아버지가 돌아오는 날이면 어머니는 늘 아버지의 흰 고무신을 깨끗하게 닦아 놓곤 하였다. 그러다가 아버지는 영영 돌아오지 않게 되었고, 생계를 이어 가기 위한 어머니의 고생이 시작되었다.

남자도 아버지처럼 흰 고무신을 끌고 다녔다. 그는 문예지 영인본 외판원을 하고 있었고, '나'는 그의 매상을 올려 준 유일한 손님이었다. 그는 가는 곳마다 검문에 걸릴 정도로 누가 보나 혐오스러운 외양이었다. '나'는 그런 그에게 묘하게 끌렸다. 어머니의 반대에도 '나'와 그의 연애는 지속되었다.

12년 전의 어느 날 '나'는 '숲 속의 빈터'에서 기다리는 남자를 외면하고 '유'와 함께 딸기밭에 가 버린다. '유'는 아름다운 여자였다. 억압적인 시대 분위기 속에서도 홀로 자유로운 분위기를 뿜어내는, 결여가 없는 존재였다. 그녀의 이층집에서는 피아노 소리가 아름답게 울려 퍼졌다. '유'의 아름다움은 '나'를 충동적으로 남자와의 육체관계로 밀어 넣었으며, 남자와의 관계에 어떤 불안을 느낀 '나'에게 도피처가 되기도 했다. '유'의 제안으로 딸기밭에 간 '유'와 '나'는 동성애적 관계를 맺고 사이가 멀어진다. "아버지처럼 너도 가 버렸다."고 '나'는 쓴다.

4년 뒤 미네소타 주의 외딴 개울에서 '유'는 스물일곱 살의 나이로 변사체로 발견된다. 또 많은 세월이 지나 '유'의 어머니가 '나'에게 '유'와의 추억을 좀 말해 달라는 편지를 보내온다. 이미 '나'는 망각증에 시달리고 있다.

'나'의 근본적인 불안은 '아버지의 결여'에서 온다. '나'는 아버지에게서 버려진 '어머니'와 자신을 동일시하며, 아무래도 자신을 버리고 떠날 것 같지 않은 대상을 찾는다. 혐오스러운 외양의 '그'를 '나'가 사랑했던 이유는 단순히 아버지처럼 흰 고무신을 신고 다닌다는 점 때문만은 아니었다. 아버지와 유사하지만, '그'가 '나'를 떠날 수 없다는 판단이 없었다면 접근하지 않았을 것이다.

어느 날 이층집 창에 비친 '유'의 실루엣을 보고 '그'가 있는 공장 창고로 '나'가 달려간 것은 '그'에게서 가족이 주는 충일감, 행복을 맛보기 위해서였다. '유'의 아름다움은 항상 '나'에게 '결여'를 일깨웠다. 딸기밭에서 '나'가 '유'에게 느꼈던 '살의'는 그러한 '질시'에서 기인한 것이다.

'그'가 기다리는 '숲 속의 빈터'에 '나'가 가지 않은 것은 아버지가 어머니와 자신을 버리고 영영 사라졌듯 '그' 또한 사라지지나 않을까 하는 '연애의 우울증' 때문이었다. '그'가 기다리는 곳으로 가지 않음으로써 '나'는 아버지에게 심리적으로 복수할 수 있었다. 아니, 그렇다기보다 버려지지 않기 위해서는 먼저 버리는 수밖에 없었다고 하는 편이 더 맞을지 모른다. 연애에 대한 불안은 '딸기밭'에서의 우발적인 동성애로 전환된다. 물론 이 여자 동성애는 남자 동성애와 달리 '질시'에서 온 것이다. 자신에게 결여되어 있는 것을 가진 대상에 대한 질시가 연애 감정으로 전환되는 것이다.

'나'는 자신이 망각증에 시달리고 있다고 말하고, 호암아트홀 공연장에서 어떤 '여자 아이'와 함께 있는 모습을 보았다고 하는 '그'

의 말을 부정하면서 '혼자'였다고 주장한다. 작품의 묘미는 바로 이 대목에 있는지도 모른다. 아마도 '나'의 망각증은 사실일 것이다. '나'는 망각증이 2년 전의 교통사고에서 비롯했다고 믿지만, 일종의 방어 기제에 의한 선택적 망각에 지나지 않는다. '나'가 호암아트홀에 혼자 갔을 수도 있지만, '나'의 동성애는 12년 전 이래로 강하게 '고착'되어 있는지도 모른다.

소년과
청년

"내가 버린 건 학교가 아니라 너다, 이 새끼야!"

《주간 소년 점프週刊少年ジャンプ》,《소년 북少年ブック》의 명편집장 나가노 다다스長野規는 "편집자라면 독자의 표정을 놓쳐서는 안 된다. 머릿속도, 가슴속도, 아니 지갑이나 주머니 안까지 파악하지 않으면 안 된다."고 즐겨 말했다.《소년 북》편집장 시절 그는 자주 앙케트를 해서 독자들이 원하는 것이 무엇인지 파악하려는 노력을 게을리하지 않았다.

한번은 오십 개의 단어 중에서 '가장 마음에 다가오는 것', '가장 소중히 생각하는 것', '가장 기쁜 것'을 각각 고르라는 앙케트를 실시하기도 했다. 독자들-주로 소년 소녀들이겠지만-은 각각 '우정', '노력', '승리'를 골랐다. 세 단어는 이후《소년 점프》의 편집 방침으로도 계승된다. "모든 만화의 주제에는 세 단어가 의미하는 요소를 꼭 넣어라. 세 가지를 전부 넣을 수 없다면 하나라도 반드시 넣어라."가 강력한 편집 방침이 된 것이다.니시무라 시게오西村
繁男,《만화 제국의 몰락》

만화·애니메이션의 팬이라면 '우정', '노력', '승리'라는 키워드

는 전혀 낯선 단어가 아니다. 기시모토 마사시岸本斉史의《나루토 NARUTO-ナルト-》1999~2014나 오다 에이치로尾田栄一郎의《원피스ワンピース-ONE PIECE》1997~현와 같은《소년 점프》의 장기 연재 시리즈는 우리나라에서도 두꺼운 팬층을 형성하고 있지만, 연재의 성공 이면에는 '우정'이나 '노력', '승리'라고 하는 코드의 매력이 큰 동력이 된 것이 사실이다.

근래 우리나라에서 '우정'이라는 코드를 성공적으로 활용한 콘텐츠로는 〈학교 2013〉KBS2, 2012~2013을 꼽을 수 있다. 〈학교 2013〉은 KBS2에서 방영한 기존의 '학교' 시리즈와는 상당히 다른 느낌을 준 수작이다.* '학생과 학교의 대립'이라는 기존의 갈등축을 포기하지 않으면서도, '학생과 부모의 대립'이라는 새로운 갈등축을 부각하는 데 주력했다. 드라마에서 가장 부정적으로 그려진 존재는 제도도, 학교도 아닌 학부모가 아니었나 싶다.

갈등축의 중심 이동은 '우정'이라는 코드와 대비되면서 아이들의 '우정'을 더욱 돋보이게 하는 역할을 했다. '고남순'이종석 분과 '박흥수'김우빈 분의 진한 우정은 극 중의 다른 러브 라인을 압도한 면이 있다. 그들은 서로 하기 힘든 말을 떨리는 음성으로 주고받는다. "내가 버린 건 학교가 아니라 너다, 이 새끼야."고남순의 대사와 같은 대사를 들으면 억장이 무너져 내리면서 한편으로는 오글거리기도 한

---

* KBS2에서는 〈학교〉를 시즌제로 제작했다. 〈학교1〉1999은 김지우·이향희·진수완, 〈학교2〉1999~2000는 김지우·진수완·이향희·구선경·김윤영, 〈학교3〉2000~2001는 홍진아·홍자람, 〈학교4〉2001~2002는 이향희·진수완·조정선 등이 극본을 맡았다. 〈학교 2013〉의 극본은 이현주·고정원이 맡아서 썼다.

다. 오글거림의 이면에는 동성애적 코드도 불순물처럼 끼어 있다. 아마도 그것은 소녀 팬들의 바람이었을지 모르겠다.

　이누도 잇신도 '우정'이라는 소년만화의 코드를 잘 활용하는 영화감독이다.* 대중음악 그룹인 아라시(ARASHI)를 주연으로 내세운 〈황색 눈물黃色い淚〉2006은 그렇다고 해도, 노인들을 주역으로 내세운 〈시니바나死に花〉2004와 〈메종 드 히미코〉2005 역시 소년만화 특유의 '우정' 코드가 돋보인다.

　두 영화에 나오는 노인들은 모두 '소년' 같은 구석이 있다. 노인들은 노년이 되어서도 '소년들의 모험'을 이어간다. 〈시니바나〉에서는 '은행털이'도 일종의 '모험'으로 그려진다. 영화의 주인공 '기쿠시마'(야마자키 쓰토무山崎努 분)는 영화 말미에 치매가 심해져서 거의 '소년' 같은 행동을 하게 된다. 한편으로 모든 '소년'들은 친구와의 우정이 노년에 이르기까지 계속 이어지기를 열망한다. 이누도 잇신의 동심童心은 그런 데서 빛난다.

　'우정'은 아름답기만 하냐 하면 반드시 그렇지는 않다. 예를 들어 유재석과 강호동이 이끌어 온 지난 십여 년간 우리나라의 예능은 '우정'의 양가적인 면을 잘 보여 주고 있다. 그들은 많은 차이점에도 불구하고 '친구들'과 논다는 설정을 집요하게 관철하고 있다. 〈무한도전〉이나 〈런닝맨〉, 혹은 〈1박 2일〉은 오랜 기간 고정된

---

* 이누도 잇신은 소년만화라기보다 소녀만화의 팬으로 널리 알려져 있다. 그는 오시마 유미코大島弓子의 팬으로, 〈붉은 수박 노란 수박赤いか黃すいか〉, 〈금발의 초원金髪の草原〉, 〈구구는 고양이다グーグーだって猫である〉 등 오시마의 만화와 에세이를 토대로 영화를 만든 바 있다.

출연진을 고수한다.

〈1박 2일〉은 출연진이 바뀌면 시청률에 어떤 부정적인 영향을 미치는가를 보여 주었다. 〈1박 2일 시즌2〉가 기록한 상대적으로 낮은 시청률은 내용에 문제가 있을 수도 있지만, 우선적으로는 메인 캐릭터인 강호동의 하차에서 원인을 찾아야 한다. 시청자들은 강호동에 대한 의리를 지킨 것이다. 〈1박 2일 시즌3〉가 멤버 교체에도 시청률 반등에 성공한 이유도 사실 〈시즌2〉를 '우정에 대한 배신'으로 보는 시각이 암암리에 있었기 때문이다. 멤버 교체가 오히려 '배신에 대한 징벌'의 차원에서 환영을 받았다고도 해석할 수 있다.

유재석과 그의 친구들, 혹은 강호동과 그의 친구들은 오랜 기간 브라운관을 통해 '우정'을 과시해 왔다. 시청자들은 우정 없는 현실 세계에서 지친 마음을 그들의 '우정'을 보면서 다독여 왔다고 해도 과언이 아니다. 시청자들은 자신도 그들의 '친구'라고 생각한다. 그래서 '유재석 대세론'은 쉽게 가라앉지 않는다. 대세론이 다시 대세론을 굳히는 '폭포 효과'도 있다. 정말 그들은 우리의 친구일까. 〈무한도전〉은 범접할 수 없는 재미를 주는 예능 프로그램일까.

나루토와 자기계발

언젠가 〈우리 결혼했어요〉라는 예능 프로그램에 걸 그룹 '소녀 시대'의 한 멤버가 나와서 자신은 '자기계발'류의 책을 즐겨 읽는다고 말한 적이 있다. 스무 살쯤 된 소녀가 자기계발서를 즐겨 읽는다니 조금 가혹한 이야기가 아닌가 하는 마음이 들었다. 우리나라 이십대 젊은이들에게 자기계발서는 뜻밖에도 널리 읽히고 있는 현실이다. 왜 뜻밖인가 하면 자기계발서에는 별로 '내용'이라고 할 만한 것이 없기 때문이다.

자기계발서는 인간을 성공한 부류와 실패한 부류로 나누는 이분법, 성공과 실패의 요인을 전적으로 개인적 자질에서 찾는다는 원칙 등 두 가지의 장르 규칙에 의해 떠받쳐지고 있다고 어떤 사회학자는 지적한다. 그러면서 다음과 같은 결론에 이르고 있다. "자기계발서는 읽을 만큼 읽었다. 이젠 그 책을 덮고 한번 물어보자. 이건희의 성공은 자기계발서 덕택인지, 아니면 이건희의 아버지가 이병철이었기 때문인지."노명우, 《세상물정의 사회학》)

자기계발 이야기가 나왔으니 말이지만, 〈나루토 질풍전NARUTO-ナ
ルト-疾風伝〉TV도쿄, 2007~현의 '나루토'를 보고 있으면 마음 한구석이 짠해진다. '나루토'는 자기 의지와는 상관없이 '구미호'를 내면에 봉인당한 채 살아간다. 게다가 '아카쓰키暁'라 불리는 정체불명의 테러리스트 집단이 '구미호'를 빼앗기 위해 주변을 끊임없이 맴돈다. 심지어는 '나루토'가 사는 마을을 침략해 지인들과 마을 사람들을 마구 죽이기도 한다.

'아카쓰키'에 대적할 '닌자'는 없다. '구미호'를 마음에 품고 사는 '나루토'를 제외하면 '아카쓰키'에 맞서 마을을 지킬 사람은 없는 것이다. '아카쓰키'에 대적하기 위해 '나루토'는 피 나는 수련을 거듭한다. 수련 과정은 누구도 도와줄 수 없다. 스스로 성장해야 하는 것이다. '닌자'의 길은 그렇게 고독한 것인가.

'나루토'를 보고 있으면 '88만원 세대'로 불리는 우리나라의 젊은이들이 떠오른다. 그들 역시 '나루토'처럼 피 나는 수련을 거듭하고 있지 않은가. 피 나는 수련이라고 했지만, 사실 취업 시장에서 낙오되지 않기 위해 열심히 자기계발에 매진하고 있다. 그들은 '꿈'을 위해 '청춘'을 희생하고 있다.

'나루토'는 딱히 수련을 '자기희생'으로 생각하지는 않는 것 같다. 그 아이는 밝게 성장하고 있다. 그에 비해 우리나라의 젊은이들은 어딘가 점점 일그러져 가는 느낌이다. "짜증 나."라든지, "꼰대!"라는 말을 입에 달고 산다. 역시 '나루토' 같은 아이는 현실적으로 존재할 수 없을 것이다. "짜증 나."라든지, "꼰대!"라는 말을 입에 달고 사는 아이들이 딱히 문제아라는 생각은 들지 않는다. 단지 안타까운 마음이 들 뿐이다. 아이들을 일그러뜨리는 사회에 우리는 살고 있는 것이다.

이런 식으로 이야기하면 자기계발이 과연 나쁜가 하는 질문이 되돌아온다. 오찬호는 우리 사회의 대학생들에게 자기계발이란 어떤 의미가 있는지 세 가지로 정리하고 있다.《우리는 차별에 찬성합니다》첫째, 자기계발은 전적으로 '취업'을 위한 활동으로 정의된다. 둘째, 결과가 보장되지 않음에도 다른 대안이 없어서 그저 '계속'해 나가는 활동이다. 셋째, '자기계발에 열심이지 않은 게으른 자'와의 비교에서 자신의 현재에 대한 위안과 만족을 구한다는 특징이 있다.

오찬호의 분석에 따르면, 요즘 대학생들에게 '자기계발'이란 취미 활동과는 분명히 구분된다. 신체에 각인되어 어느 순간 무반성적으로 지속되고, 항상 타자와의 비교나 타자에 대한 멸시를 통해 지속의 동력을 얻는 활동이라는 것이다. 그런 맥락에서라면 자기계발이 나쁜가 하는 물음은 상당히 기만적인 문제 제기 방식이었음을 이해할 수 있다. 특히 타자와의 비교, 타자에 대한 멸시를 통해 자기계발의 동력을 만들어 가는 방식은 타자를 멍들게 하면서 동시에 자기 자신도 멍들게 하는 방식이라는 점에서 우려된다.

《우리는 차별에 찬성합니다》라는 저서에서 오찬호는 비정규직을 정규직이 된 사람보다 덜 노력한 사람들이 가는 자리로 인식하는 대학생들, 수능 성적에 의해 매겨진 대학 서열을 내면화하여 또래 젊은이들을 평가하는 대학생들, 심지어 같은 대학 안에서도 수능 성적에 따라 학과의 순위를 매기고 비인기 하위 학과 학생들을 멸시하는 대학생들 등 자기계발의 논리에 함몰되어 스스로 '괴물'이 된 젊은이들의 모습을 보여 준다. 비정규직을 대량으로 양산하는 사회의 구조적 모순은 '자기 책임의 논리'에 의해 교묘하게 은폐된다.

가난의 대물림이라는 주제도 마찬가지로 개인의 나태로 비난당하기 십상이다. '괴물'의 논리는 사실 기업의 오너들이나 반길 법한 논리가 아닌가. 아프니까 청춘이라든지, 멈추면 비로소 보이는 것이 있다든지 하는 위로도 기업의 오너들이나 좋아할 말들이다. 그러한 위로는 현재의 과도한 경쟁 구조를 온존시킬 뿐이다.

오찬호의 저서에서 매우 인상 깊었던 것은 '신자유주의'라는 말이 한 번도 쓰이지 않았다는 점이다. 아마도 오찬호는 자기계발의 논리가 거대한 세계 체제의 내부에서 중층적으로 결정된 대세로 보이게는 하고 싶지 않았던 모양이다. 개인은 바꿀 수 없는 사회 구조의 문제라기보다 한 사람 한 사람의 개인이 생각을 달리하는 것이 변화의 시작이라는 주장이 아닐까. 딱 들어맞는 대안이 그의 저서에 등장하지는 않지만, 우리가 그 논리에 길들여진 '자기계발의 서사'가 사실은 지극히 반인권적이며 정의롭지 못하다는 회의야말로 '아프니까 청춘이다' 따위의 낯간지러운 위로의 말보다 훨씬 값진 것이 아닌가 싶다.

다음 스테이지에선 달라진 모습을 보여 주세요!

《사회적 신체社会的な身体》講談社, 2009에서 오기우에 치키荻上チキ는 우리 사회가 요구하고 있는 '신체의 변형'에 대해 이야기한 바 있다. 그는 우리에게도 잘 알려진 닌텐도 게임 〈슈퍼 마리오 브라더스ス—パーマリオブラザーズ〉1985 등 서브컬처의 콘텐츠들을 예로 들면서 논의를 진행한다. 게임 서사에서는 흔히 각 스테이지마다 다른 환경, 가령 수중이라든지 공중이라든지 높은 절벽 등 커뮤니케이션의 지형에 따라, 혹은 대치하는 적에 따라 적합한 신체를 플레이

어가 선택하여 '스마트하게' 싸워 나간다. 오기우에 치키는 그러한 게임의 세계관을 현실 사회의 아날로지로 이해한다.

오기우에 치키는 '신체의 변형'과 관련하여 '휴대폰' 이야기를 한다. 오늘날은 휴대폰이야말로 사람들의 변신을 가능하게 하는 가장 유효한 미디어로 상상되고 있다는 것이다. '삼성 갤럭시 노트3'와 '갤럭시 기어'를 떠올리면 구체적인 이미지를 그려 볼 수도 있지 않을까 싶다. 굳이 삼성 제품이 아니더라도 스마트폰은 유저의 사회적 신체를 변형시킨다.

스마트폰 유저들은 개인용 컴퓨터의 전원을 켜지 않고도 스마트폰 기기를 통해 이메일을 확인한다. 언제 어디서나 다른 스마트폰 유저와 SNS로 대화하며, CD 플레이어 없이도 최신 유행 음악을 듣는다. 지도 검색 앱을 깔아 어디든 가고자 하는 곳까지의 길을 스마트폰을 통해 찾으며, 생소한 어휘를 접하면 종이 사전 대신 스마트폰 앱이나 인터넷 포털 사이트에 접속하여 검색해 본다. 인상 깊은 광경을 곧바로 촬영하기도 한다. 스마트폰이 없었을 때는 모든 작업들을 별도의 기기를 가지고 따로 해야 했다.

게다가 스마트폰은 항상 휴대하는 경우가 많아서 거의 신체의 일부처럼 여겨지고 있다. 스마트폰만 있으면 '초사이언'도리야마 아키라鳥山明, 《드래곤볼ドラゴンボール》이 부럽지 않다. 스마트폰의 기능은 인간의 사회적 신체를 그만큼 바꾸어 놓았다. 오스트랄로피테쿠스에서 네안데르탈인, 크로마뇽인을 거쳐, 인류는 드디어 스마트폰을 들고 들여다보는 존재로 '진화'한 것이다. 서울 어디에서나 스마

트폰에 연결된 이어폰을 귀에 꼽고 무언가에 몰입해 있는 젊은 사람들을 만난다. 무언가 여분의 시간이 모두 스마트폰으로 빨려 들어가 버린 느낌이다.

과거에는 '전자시계'가 변신의 매개체로 자주 등장했다. '전대물戰隊物'에서는 어김없이 '전자시계'를 통해 본부와 교신하는 히어로들이 나왔다. 초등학생들에게 '전자시계'가 필수 아이템이 되기도 했었다. 요즘에는 스마트폰으로 바뀌었지만 말이다.*

스마트폰은 단적인 예에 불과하다. 사실 우리 사회 어디에서나 '변신'을 요구하는 목소리를 심심치 않게 접한다. 한동안 대중문화계에서 대국민 오디션이 유행했는데, 거기서도 가장 자주 들은 말이 '변신'과 관련된 주문이었음을 상기해 볼 만하다. "다음 무대에서는 달라진 모습을 보고 싶다!" 〈슈퍼스타K〉Mnet, 2009~현의 심사 위원들이 조자룡 헌 창 쓰듯이 하는 주문이 바로 그것이다. 〈서바이벌 오디션 K팝스타〉SBS, 2011~현의 심사 위원들은 저마다 자기 회사에서 훈련을 받은 참가자들이 이전과 어떻게 달라졌는지를 놀랍다는 듯이 자랑한다. "어떻게 한 거죠? 고음을 낼 때 소리가 단단해졌어요!" '변신'과 관련된 주문이 항상 '경쟁'을 유도하는 자리에서 반복되고 있다는 것을 눈여겨보아야 하는 대목이다.

---

* 스마트폰을 쓰지 않으면 원시인 취급을 받기 십상이다. 문화비평가 정여울은 "남성일수록, 연령이 낮을수록, 학력과 수입이 높을수록" 더 적극적으로 스마트폰을 활용하며, 이것이 사회문화적 '갭'으로 고착화할 위험성을 지적한다. 스마트폰 이용자의 스마트폰 비이용자에 대한 문화적 우월감은 세대 차이라는 것을 넘어서 심각한 문화적 구별 짓기 현상이 될 수도 있다. 정여울, 《소통: 미디어로 세상과 관계 맺는 법》, 홍익출판사, 2011.

경쟁에서 살아남으려면 '스마트'해져야 한다. 앞에서 다룬 자기계발의 서사는 항상 이면에 '변신'의 서사를 감추고 있다. 자기계발의 서사를 내면화한 사람들은 '변신'을 주문하는 사회의 목소리를 당연하게 받아들인다. 지금 '내'가 이곳에서 '졌다'면 '내'가 아직 완전체가 아니기 때문이다. '나'는 완전체가 되어야 한다. 마치 '포켓몬'이나 '디지몬'처럼! 완전체를 향해 진화를 거듭하는 몬스터처럼 우리는 되어 가고 있다.

'포켓몬'이나 '디지몬'은 그렇다고 해도 우리는 정말 진화를 하고 있는지 자신할 수 없다. 심지어 '서정'에도 '진화'라는 말을 쓰고, '문학'도 '진화'한다고 한다. 그런 것에도 '진화'라는 말을 쓸 수 있는지 잘 모르겠다. 스마트폰을 쓰면 정말로 '스마트'해지는 것일까. 모두들 '스마트폰'을 들여다보고 있는 대중교통 속의 풍경을 보라. 어떤 의제를 중심으로 함께 움직이는 '시민'은 없고, 시각적인 자극에 반응하는 '반응체'만 있지는 않은가 하는 회의가 든다.

'진화'든 아니든, 혹은 '스마트'하든 아니든, 사실 그것이 중요한 것은 아니다. 끊임없이 변신을 요구하는 사회에 의해 우리는 견디기 힘든 스트레스를 받고 있다. 그것은 또 다른 의미에서 인간의 육체를 괴물적인 것으로 왜곡하는 동기가 되기도 한다는 점이 어쩌면 더 중요한 사실일지도 모른다.

과잉 연결—인터넷과 뇌 해킹

시로 마사무네士郞正宗의 만화를 원작으로 하는 〈공각기동대攻殼機動隊〉오시이 마모루押井守 감독, 1995에는 '의체화義體化'라는 말이 등장한다. '의안義眼'이나 '의수義手'라고 하는 익히 알려진 수준의 의체화는 아니다. '전뇌화電腦化'라고 하여 '뇌'까지 바꾸는 수준이다. 21세기 우리나라에서는 '몸짱' 열풍이 불고 있지만, 〈공각기동대〉의 세계에서는 원한다면 몸 전체를 다른 개체로 바꿀 수도 있다. 몸 전체를 바꾼다고 해도 그 사람의 개성은 이어진다. 그 사람의 의식은 유지된다.

역시 유사 과학적인 이야기가 되겠지만, 냉동 인간을 되살리기보다 인간의 의식을 컴퓨터에 다운로드하기가 더 쉽다는 설도 있다.도미니크 바뱅Dominique Babin, 《포스트휴먼과의 만남》 이것을 보다 현실감 있는 이야기로 바꾸어 보는 것도 가능하다. 예를 들어 블로그에는 포스트에 '태그tag'를 붙이게 되어 있고, '태그 구조도'에서는 대개 '태그'의 출현 빈도에 따라 글자 크기가 달리 표현된다. 출현 빈도가 높은 '태그'일수록 글자 크기가 크다. 태그 구조도만 보아도 블로거의 의식 구조를 파악할 수 있다. 정확하게 말하면 태그 구조도에 표현된 관심사는 블로거 자신의 의식 구조와 닮아 있을 '가능성'이 높다. 요컨대 확률적으로 인터넷상에 표시된 자아와 현실 세계의 자아가 유사할 가능성이 높다는 것이다.

더 재미있는 예를 들자면, 태그 구조도의 원리는 '연예인의 뇌 구조도'의 원리와 정확하게 일치한다. 연예인들이 텔레비전 프로그램에 나와 자주 하는 말들은 뇌 구조도의 중앙에 큰 글씨로 표시된다. 비교적 빈도가 떨어지는 멘트나 행동들은 뇌 구조도에서 '점'으로 나타난다. 물론 '연예인의 뇌 구조도'로 표현되는 어떤 의식 구조가 반드시 해당 연예인의 진짜 성격이나 성향인 것은 아니다. 다만 확률적으로 가능성이 높다고 추정할 뿐이다. 블로그의 경우도 결국 마찬가지다. 현대인들은 이처럼 두 개 이상의 정체성으로 분열되어 있다. 이러한 종류의 분열은 '인터넷'이 일상화되면서 가속화되고 있다.

의식을 데이터처럼 한 개체에서 다른 개체로 옮길 수 있다, 없다를 말하는 것이 아니다. 그런 가능성을 따지려는 것은 아니라는 말이다. 실제로 현대인들은 대뇌에 저장하기 어려운 데이터들을 각종 기계 장치나 인터넷에 저장하고 있다. 커뮤니케이션의 양상도 달라졌다. 면대면 관계뿐 아니라 인터넷상에서 교류하는 비중이 높아지는 것이다.

인터넷상에서 우리는 현실에서보다 조금 더 상냥하고, 조금 더 진보적이며, 조금 더 사교적일지 모른다. 물론 그 반대도 성립한다. 인터넷상에서 더 과감하고, 더 보수적이며, 더 배타적일 수도 있다. 커뮤니티의 종류마다 다른 모습을 보이는지도 모른다. 진짜 '나'는 어떤 존재일까. 가끔 '나'의 '본연성'을 고민하게 된다. 스마트폰을 들여다보는 사람들은 지금 이곳의 현실을 살아가는 것일까, 아니면 스마트폰으로 연결된 인터넷의 세계에서 살고 있는 것일까. 그들은 어딘가 넋이 나간 것처럼 보인다.

극장판 〈공각기동대〉에는 주인공 '구사나기 모토코'가 실제로는 컴퓨터 프로그램인 '인형사'에 의해 열린 '정보의 바다'로 뛰어드는 장면이 나온다. '정보의 바다'라니 꽤 유익할 것 같잖아, 하고 빈정대고 싶을 만큼 이제는 진부한 표현이 되어 버렸다. '웹'은 정말 가능성의 공간일까. 물론 그렇지 않다고 하더라도 이제 인터넷이 없는 세계로 돌아가기란 불가능할 것이다.

가미야마 겐지神山健治 감독은 TV판 〈공각기동대 S.A.C.〉2002~2003에서 '웃는 남자 에피소드'를 통해 인터넷이야말로 기성의 구제도를 무너뜨릴 수단임을 암시하고 있다.* 인터넷에는 중심이 없고, 누구도 인터넷을 통어하는 것은 불가능하다. 과연 그것이 반드시 희망적인 이야기일까. 잊을 만하면 나오는 금융권의 고객 정보 유출과 같은 사건은 차치하더라도, 인터넷은 너무나도 쉽게 교란되어 버린다. 거짓과 진짜가 분간할 수 없을 정도로 섞여 있고, 원본과 사본 역시 그렇다. 인터넷에서 시작한 혼란은 인터넷의 세계에 그치지 않고 현실 세계마저 교란한다. 현실 세계는 지금 인터넷에 '지나치게 연결되어' 있다. 두 세계는 연동한다.

〈공각기동대〉는 뇌 해킹에 의한 기억의 변조나 행동의 원격 조정 등도 다루고 있다. '전뇌'라는 사회적 신체의 취약성을 새삼 생

---

* 〈공각기동대 S.A.C〉는 'a stand alone episode'총 14회와 'complex episodes'총 12편로 구성되어 있다. 매 화의 제목이 나타나는 컷의 색깔로 양자를 구분할 수도 있는데, 전자는 초록색, 후자는 파란색으로 설정되어 있다. 그 중 후자의 에피소드가 '웃는 남자'와 관련된 에피소드다.

각게 하는 대목이다. 단순히 애니메이션 속에 나오는 평행 세계의 이야기만은 아니다. 우리는 PC를 켜야 인터넷에 접속할 수 있던 시기를 이미 지나서 언제 어디서나 장소와 시간에 구애받지 않고 스마트폰 등의 휴대 기기를 통해 인터넷에 접속한다. 인터넷은 우리의 '피부'처럼 되어 간다. 그 '피부'는 쉽게 오염되는 피부기도 하다. '피부'는 원래 '나'와 '다른 사람'을 구분해 주는 경계면이지만, 오늘날 인터넷으로 뒤덮인 '피부'는 기능을 제대로 하고 있지 못하는 것이 아닌가. 인터넷이 원천적으로 '사악한' 미디어라는 말은 아니다. 다만 인간 신체의 일부처럼 되었을 때의 위험성을 지적해 두고 싶은 것이다.

트 레 이 닝 복 을 입 은 신

아다치 도카 만화를 원작으로 한 〈노라가미〉에는 평범한 트레이닝복에 지저분해 보이는 머플러를 두른 '야토'라 불리는 신이 주인공으로 등장한다. 신이라고는 해도 신사도 없는 비참한 신세다. 자기만의 신사를 짓기 위해 열심히 아르바이트를 한다. 일단 누군가가 의뢰를 하면 어떤 일이든 한다는 설정이다. 남의 집 욕실 청소도 마다하지 않는다. 이십대 남자다!

신성진이 쓴 인터넷 소설인《한심남녀 공방전》을 원작으로 한 〈메리 대구 공방전〉MBC, 2007에도 '야토'를 닮은 캐릭터가 등장한다. 일단 신은 아니다. '강대구'^{지현우 분}는 붕 뜬 파마머리에 언제나 상의는 트레이닝복을 입는다. 무협 소설가를 업으로 한다고는 해도 출판사를 하는 학교 선배가 아니었더라면 아마도 강대구의 무협 소설은 출판되지 않았을 것이다. 그나마 선배의 출판사는 그의 재미없는 무협 소설 때문에 망한다. 결국 그는 20대 백수에 지나지 않는다.

한국 영화 〈은밀하게 위대하게〉^{장철수 감독, 2013}의 '원류환'^{김수현 분}도 트레이닝복을 유니폼처럼 입고 시종일관한다. 북한의 남파 공작원으로서 신분을 숨긴 채 '바보' 시늉을 한다. 그나마 '원류환'은 '순임'^{박혜숙 분}의 구멍가게에서 허드렛일을 하면서 '밥값'을 한다. '바보'라는 설정은 어디까지나 눈속임이니까 '야토'나 '강대구'에 비할 바는 아닌지도 모른다.

'원류환'은 달동네의 '스카이라인'을 거의 날아다니다시피 한다. '강대구'는 마음속으로 바라는 것이 모두 실현된다는 망상을 품고 산다. 예를 들어 비를 오게 한다거나, 여자 친구가 자신에게 전화를 걸게 한다는 망상이다. '야토'는 신이므로 더 말할 것도 없다. 트레이닝복을 입은 이십대들은 취업과는 상관없이 살고, 주변의 구박을 받으면서도 스스로는 자신이 특별한 존재라는, 다소 근거가 없어 보이는 착각 속에 산다.

세 콘텐츠들이 모두 '트레이닝복'으로 이십대 백수 캐릭터를 조형하고 있는 모습은 흥미롭다. 물론 '트레이닝복'은 예전 고시생들의 캐릭터 조형에 필요했던 아이템과는 조금 다른지도 모른다.

'트레이닝복'은 이제 패션이 되었다. 트레이닝복을 입어도 멋있어야 진짜 멋있는 것이다! 그것을 입증하기 위해서인지 요즘 젊은 사람들은 트레이닝복을 멋스럽게 입고 다닌다. 트레이닝복을 입어도 자신은 멋지게 보일 것이라는 '근자감'^{근거 없는 자신감}인 경우가 많아 보이지만. 아무튼 트레이닝복의 캐릭터 조형은 서브컬처가 청년 취업난이나 프리터, 니트* 등의 사회 문제를 캐릭터의 외관 차원에서 녹여낸 결과이다.

청년 백수를 '신'이라고 부르는 설정은 해학적이다. '나'를 '오레사마'**로 부르는 것에 그치지 않고 '가미사마神様'로 더욱 승격시켰다. '신의 죽음'을 새삼스럽게 말하려는 의도가 아니라, 오히려 청년 백수인 스스로를 우스갯거리로 만드는 효과를 노린 것이 아닐까. 그렇다고는 해도 〈노라가미〉에 나타난 신의 전능감은 개인의 힘으로는 아무것도 바꿀 수 없는 무력감을 반전시킨 것이라는 점에 주목해야 한다.

'전능하다'는 역설적으로 굳이 아무것도 할 필요가 없다는 말이 된다. 아무 일에도 도전하지 않는 한 실패할 리 없다. 실패하지 않는 한 상처를 입을 일도 없다. 신의 전능함이란 아무 일도 하지 않는 한에 있어서의 전능함에 지나지 않는다. 허세 없이는 자존

---

* '프리터'란 정직원, 정사원을 제외한 계약직이나 파견직, 아르바이트, 시간제 근로 등 비정규직에 종사하는 노동자를 일괄하여 부르는 말이다. '니트NEET'란 'Not in Education, Employment or Training'의 준말이다.

** '오레俺'는 1인칭 '나', '사마様'는 우리말로 '님'에 해당한다. 《하류지향》2007에서 우치다 다쓰루內田樹는 일본 젊은이들이 스스로 소비자의 입장에 서서 교육을 회피하는 것을 자신을 '오레사마'라 지칭하는 문화 현상을 통해 조명한 바 있다.

감도 없다고나 할까. '트레이닝복을 입은 신'이라는 판타지의 기
제는 바로 그런 것이다.

정말로 이대로 괜찮은 거야?

　김미월의 단편 〈소풍〉(서울 동굴 가이드)은 무언가 인생의 시계가 멈
추어 버린 모라토리엄의 청춘을 그리고 있다. 어린 시절 홀어머
니마저 여의고 춘천의 유흥가에서 자란 스물세 살의 청년 '범우'
는 서울로 와서도 제대로 하는 일이 없다. 학교도 니기지 않고, 확
실한 돈벌이가 있는 것도 아니다. 자신과 동갑이지만 정신 박약
인 '병식'을 돌보는 조건으로 '범우'는 '병식이네'에서 기식을 한
다. 그는 가수 'A'가 자신과 유년기를 함께 보낸 '점순' 누나라고
생각해 안부 메일을 보내 놓고 답장을 기다린다. 답장을 기다리면
서 컴퓨터 바탕 화면에 새 폴더 만들기를 하면서 시간을 보낸다.

　　📽 새로 온 메일 0통.
　　입술을 깨문다. 문가에서 기척이 느껴진다. 병식이 신발도 벗
　　지 않고 현관에 서 있다. 나는 녀석을 끌고 들어와 침대에 앉힌
　　다. 바탕화면에 새 폴더를 만든다. 딱따구리, 오목눈이, 할미새
　　사촌, 종다리, 쩌르레기⋯⋯ 종전에 수차례씩 검색해본 새들
　　의 이미지와 분류, 크기, 서식 장소, 생태 따위를 다시 검색한

다. 그 사이사이에 메일을 확인한다. 폴더 아이콘들에 잠식당한 바탕화면의 면적이 전체의 삼분의 일을 넘어서자 조류 이름 앞에 'new'를 의미하는 '새'가 하나씩 붙던 것이 차츰 두 개 세 개로 늘어난다. 새 말똥구리, 새 새 두루미, 새 새 새 꿩. 더 이상 가져다 붙일 조류가 없었던 것일까. 화면의 삼분의 이가 아이콘들로 채워질 무렵, 새 폴더 아래에 긴 문장의 이름 하나가 딸려 나온다. 제발 그만 좀 만들어. 나는 소리 내어 웃는다. 마우스를 쥔 손을 한층 빠르게 놀린다. 부탁이야. 새 이름도 바닥났어. 정 그렇게 나온다면. 네이밍 담당자의 고뇌가 엿보이는 폴더명은 거기에서 그친다. 새 제발 그만 좀 만들어. 새 새 이름도 바닥났어. 새 새 새 부탁이야. 눈알이 뻑뻑하다. 컴퓨터 앞에 앉은 후로 어느덧 두 시간이 훌쩍 지나 있다.*

어머니가 돌아가셨을 때, '점순' 누나들이 '범우'를 위무하기 위해 유흥가 담벼락에 "범우야, 엄마는 잘 있다."라는 전단지를 붙인 적이 있다. 어머니의 죽음을 어린 아들에게 알릴 수 없어서 벌인 일이었다. '범우'가 바탕 화면에 새 폴더를 만들면서 폴더의 이름을 계속 확인하는 것은 전단지의 기억을 되새기면서 누군가 자신의 이름을 '범우야' 하고 다시 불러 주길 기다리고 있기 때문이다. 폴더에 자기 이름이 나오면 한심한 일상에서 벗어날 것 같아

---

* 김미월, 〈소풍〉, 《서울 동굴 가이드》, 문학과지성사, 2007, 163~164쪽.

서 그는 자꾸 폴더를 만든다. 가수 'A'의 이메일을 기다리는 것도 '점순'이든 누구든 간에 자신의 이름을 부르면서 위로해 주길 바라는 데서 기인한다. 갈 데 없는 모성 결핍이다.

김미월은 '범우'의 대책 없음을 부각하기 위해 '병식'이라는 정신 박약아 캐릭터를 등장시켰다. '병식'은 '범우'와 동갑이지만, 정신 연령은 세 살이라는 설정이다. '병식'이라는 네이밍은 '범우' 안의 '병신', 불구가 된 마음의 상태를 표상한다. 어머니와 정부의 1박 코스 데이트에 따라나선 '병식'은 욕구 불만으로 인해 사람들이 많은 곳에서 난동을 부리고 힘들어한다. '범우'는 '병식'의 욕구 불만에 난처해하면서도 한편으로는 동정적인 시선을 보낸다.

〈소풍〉의 결말은 오픈 엔딩이지만, 사실 '범우'의 전망이 그리 밝지만은 않다. '병식'의 욕구 불만에 대한 범우의 동정적인 태도는 '병식'이 '범우' 자신의 분신이라는 점을 감안하면 자기 연민처럼 보인다. '범우'는 어머니의 죽음을 원점 회귀 행위인 '춘천 소풍'을 통해 확인하고 받아들였어야 했으며, 가짜 가족의 가짜 소풍에서 벗어나 자신의 삶을 되찾아야 했을 것이다.

〈소풍〉을 읽노라면 '병신 같은 청춘'이라는 말이 뇌리에서 떠나지 않는다. 그 말을 떠올리면 컴퓨터 앞에서 노닥거리면서 '시간을 죽이고 있는' 청춘들이 불현듯 따라 떠오른다. 다키모토 다쓰히코滝本竜彦 원작의 〈NHK에 어서 오세요!〉도 한심한 청춘을 그린 애니메이션으로 유명하다. 주인공 '사토 다쓰히로'는 대책 없이 대학을 그만두고 방구석에 틀어박힌 스물두 살의 4년차 히키코모리은둔형 외톨이이다. 홋카이도에 사는 부모님에게 용돈을 타서 살며 아무 일도 하지 않는다. 에로 게임 같은 것이나 하면서 밤을 샌다. 방을 나가면 사람들에게 바보 취급이나 당한다고 생각한다. 아닌 게 아니라 동창생에게 속아 '다단계'에 빠지기도 한다.

'사토'만 한심한 인물이 아니다. '사토'의 동창생 '메구미'―'사토'를 다단계로 이끈 장본인―의 오빠인 '고바야시 유이치'는 '사토'보다 더 심한 히키코모리이다. 자기계발서를 이백 권이나 읽었지만 세상에 나갈 자신이 없다고 고백한다. '사토'를 히키코모리에서 구원하겠다던 '나카하라 미사키'도 자신은 쓸모없는 인간이라며 자살을 시도한다.

〈NHK에 어서 오세요!〉에서 히키코모리는 배가 덜 고픈 한심한 청춘으로 묘사된다. '메구미'에게 부양되던 '유이치'는 '메구미'가 다단계 회사의 사정으로 한동안 집을 비워 식사를 해결하지 못할 상황이 되자, 식당에 취업하여 배달원 노릇을 하게 된다. '사토' 또한 집에서 더 이상 돈을 보내 주지 못하자 일용직 노동자가 된다. 모두 개인이 못난 것이다.

게임이나 약물 중독, 히키코모리나 니트 따위는 젊은 시절 한때의 방황에 지나지 않으며, 애인이나 가족을 위해 건실하게 살아가지 않으면 안 된다. 〈NHK에 어서 오세요!〉는 그러기 위해서는 약간의 세상 탓을 하면서 사는 것도 나쁘지 않다는 전언을 남기고 있다. 'NHK'는 '일본히키코모리협회Nihon Hikikomori Kyokai'의 약자면서 사실은 거대한 방송 권력, 그리고 모든 음모의 배후, 사악한 신이기도 하다. 이러한 사상은 소시민적이지만, 평범한 사람들이 우울한 삶을 견디며 살아가는 삶의 비기인지도 모른다. 여기에 불안정 고용으로는 안정적인 삶을 영위할 수 없다는 현실론을 들이밀기는 매우 어려운 일이다. 비록 아쉬움은 남지만 말이다.

아리카와 히로有川浩 원작의 일본 드라마 〈백수 알바 내 집 장만기フリーター、家を買う〉후지TV, 2010도 그렇지만, 청년 취업난이나 불안정 고용이 개인의 성격 탓으로만 취급되는 것은 아쉬운 일이다. 개인의 트라우마 때문에 취업도 하지 못하고 방구석에 틀어박힌다는 상황이 있을 수 없는 일은 아니더라도, 작금의 청년 실업 사태의 모든 것을 말해 주지는 않는다. 대기업이 값싼 노동력을 찾아 저개발 국가에 공장을 세우는데도 청년들에게 눈높이를 낮추라고 하는 주문은 임금을 제대로 주고 싶지 않다는 말처럼 들릴 뿐이다. 성실하게만 살면 모두 해결될 것처럼 말하지만, 성실하게 살아도 프리터가 정규직이 되는 일은 좀처럼 일어나지 않는다. 허드레 일자리만 만들어 내는 사회 구조에 대한 이야기는 언제쯤 시작될까. 그런 진실은 대중들이 싫어하는 이야기지만.

"정말 이대로도 괜찮은 거야? 트럼프 이야기가 아니라 바다 건너의 사람들이라든지, 빛을 차단하는 원자, 음식에 포함된 곰팡이의 성분, 지도에서 사라진 지역들, 그리고 무엇보다도 우리들이라든가……." 〈NHK에 어서 오세요!〉에서 '가시와 히토미'의 대사

알바 뛰는 마왕님

일본 애니메이션 〈알바 뛰는 마왕님!はたらく魔王さま!〉Tokyo MX, 2013은 와가하라 사토시和ヶ原聡司의 라이트노벨을 원작으로 하고 있다. 일본에서는 만화를 원작으로 하는 애니메이션의 영향력이 점점 줄어들고 라이트노벨을 원작으로 하는 애니메이션의 영향력이 늘어나는 추세다. 〈알바 뛰는 마왕님!〉은 이제 1기가 끝났지만, 이것만으로는 완결성을 띠고 있지 않아서 다소 아쉬움이 남는 작품이다. 그럼에도 원래 콘텐츠의 세계관이라고 할까, 설정은 상당히 흥미로운 면이 있다.

〈알바 뛰는 마왕님!〉은 〈해리 포터〉 시리즈처럼 두 개의 세계를 오가는 캐릭터들을 그리고 있다. '해리 포터'가 현실 세계-물론 현실 세계라도 따지고 보면 픽션이지만-와 '호그와트 마법 학교가 있는 이세계異世界'를 오가듯이 〈알바 뛰는 마왕님!〉의 캐릭터들은 '엔테 이스라라고 명명된 이세계'와 현실 세계를 오간다. '엔테 이스라'는 그야말로 마왕성과 교회의 전쟁이라는 스펙터클로 점철된 판타지의 공간이다. '이단 심문관'이나 '사탄'이라는 거대 판타지에 걸맞은 중세적 의장이 등장하기도 한다.

일단 '마왕 사탄'이 이끄는 악의 무리들이 '용사 에밀리아'가 이끄는 연합군에 패퇴하고, '마왕'과 그의 복심腹心이라고 할 수하, 악마 대원수 '아르시엘'이 '이세계로 이동하는 게이트'를 통해 도쿄로 온다는 설정이다. 도쿄로 온 '마왕'과 '아르시엘'은 '엔테 이스라'에서의 외양과는 전혀 다른 '지구인'의 용모로 변한 자신들을 확인하고 경악한다. 그들은 마력조차 대부분 상실한 채 이세계에 내던져진 것이다.

도쿄로 온 그들은 호적을 만들고, 통장을 개설하고, 일본어를 습득한다. '마왕'은 '마오 사다오', '아르시엘'은 '아시야 시로'가 된다. 조금 황당하지만 '마왕'은 패스트푸드점에서 아르바이트를 하고, '아르시엘'은 집안 살림을 하면서 고향인 '엔테 이스라'로 돌아가는 방법을 궁리한다. 한편 '용사 에밀리아'도 '마왕'의 말살을 위해 '게이트'를 통해 도쿄에 잠입하여 도코데모 그룹의 고객 상담센터에서 계약직 전화 상담원으로 일하게 된다. '에밀리아'는 '유사 에미'가 된다.

〈알바 뛰는 마왕님!〉에서 재미있는 것은 '엔테 이스라'가 그 자체로 '게임'의 세계처럼 보인다는 점이다. '엔테 이스라'에서의 전투도 '게임'의 전투처럼 보인다. 애니메이션에만 해당하는 설정이지만, '엔테 이스라'에는 자신들만의 언어가 있다. 애니메이션 제작진 측에서 원작자에게 '엔테 이스라'의 언어를 만들어 달라고 의뢰한 것으로 알려져 있다. 이세계 언어도 게임 속 캐릭터들의 외계어처럼 들린다.

보다 중요한 것은 일단 게이트를 통해 '엔테 이스라'에서 도쿄로 오면 본래의 외양과는 다른 존재가 된다는 설정이다. 캐릭터와 플레이어의 관계처럼 여겨져 흥미롭다. 요컨대 〈알바 뛰는 마왕님!〉은 게임에 패퇴한 젊은이들이 사회로 돌아와 적응해 가는 이야기로 읽힌다. '마왕'도 '에밀리아'도 '엔테 이스라'로 돌아가지 않고 도쿄에 남기로 결심한다. 게임의 세계로 돌아가지 않고 현실 세계에 남기로 한 셈이다.

현실 세계에서 그들은 유능하지 않다. '마오 사다오'는 패스트 푸드점에서 아르바이트를 하다가 차츰 점장 대리까지 오른다. 하지만 항상 어딘가 추운 나라로 대기 발령 되지나 않을까 하는 고용 불안에서 놓여나지 못한다. '아시야 시로'는 '마오'의 박봉으로 어떻게든 살아가려고 언제나 긴축에 긴축을 거듭하면서 궁상을 떠는 존재로 그려진다. 애니메이션 초반부와 달리 후반부로 갈수록 '아시야 시로'는 볼우물이 파이고 어딘가 빈상貧相으로 전락한다. 1기 중반에 합류한 마왕의 또 다른 수하 '우루시하라 한조'는 '엔테 이스라'에서 악마군의 대원수였지만 현실 세계에서는 히키코모리가 된다. 세 남자가 육첩 다다미방에서 궁상맞게 살아간다.

전문가들은 현대의 가난이 '상대적 빈곤'이라고 말하지만, 그것이 과연 전부일까 하는 생각이 가끔 든다. '마오 사다오'는 패스트 푸드점에서 출세하여(?) 현실 세계마저 정복하겠다고 호언장담하지만, 세계를 정복하는 것은 '마오'와 같은 순진한 젊은이들이 아니라 패스트푸드점 자체이다. 맥도날드가 세계를 정복하면 하지, 비정규직이 세계를 정복하기란 불가능한 사회 구조다.

부도 그렇지만 가난도 대물림된다. 시급이 아무리 좋은 아르바이트라도 월세를 제하면 그저 먹고사는 정도밖에 안 되는 젊은이들에게 몇 십 년 전의 '절대 가난'을 이야기해 봐야 현실과는 동

떨어진 이야기밖에 안 된다. 오히려 '절대 가난'의 시절에는 빚을 갚지 못해서 개인 파산을 신청하는 청년들은 거의 없었지 않았나 싶다. 물론 '상대적 빈곤'도 심각한 문제다. 부의 불균형을 해소해야 한다. '절대 빈곤'이든 '상대 빈곤'이든, '빈곤감'에 허덕이는 젊은이들에게 너무 위만 보며 살지 말라는 말은 현실감이 없다. 텔레비전에는 럭셔리한 라이프스타일이 순간순간 지나가지만, 실제로 우리들이 편의점에서 사는 것은 럭셔리 라이프스타일과는 거리가 먼 삼각김밥 정도뿐이다.

다시 〈알바 뛰는 마왕님!〉으로 돌아가자. '마오'는 현실 세계에서도 가끔 마력을 회복하는 순간이 있다. 현실 세계에서 사람들이 '부負의 사고', 다시 말해 부정적인 생각에 휩싸이면 그것을 에너지원으로 삼아 마력이 회복되는 것이다. '마오'는 울퉁불퉁한 근육질의 '마왕'이 된다. '유사 에미'는 '성법기'라는 힘을 되찾는다. 전투력 회복이다. 애니메이션에서는 '부의 사고'를 사람들의 불안 정도로 그리고 있다. 조금 엉뚱한 생각을 해보면, '마오'나 '유사 에미'가 감정 노동자로서 타인들이 전가하는 불쾌감에 반응하는 것이 아닐까 하는 데까지 미치기도 한다.

'마오'와 '유사 에미'는 전투력을 회복해도 공중을 위해서만 힘을 활용하지만, 과연 그럴까. 그들의 외관은 매우 화가 난 얼굴을 하고 있다. 머리에 뿔이 돋고, 머리가 하얗게 새기도 한다. 경쟁에 있어서는 현실 세계 역시 게임의 세계만큼이나 아수라장이다.

콘텐츠의 사회학

기타

슬로 무비와 '느긋한 혁명'

'느긋한 혁명まったり革命'이라는 말이 있다.宮台真司, 《終わりなき日常を生きろ》 고도 소비 사회의 성숙이 궁극적으로는 일반 대중들을 공공적인 영역에서 해방하여 느긋하고 평화롭게 살 수 있는 방향으로 이끌 것이라는 상당히 낙관적인 전망이다. 전문적인 지식도 없이 SNS에서 아는 체하면서 공공성에 기투하는 것은 잘못하면 '망상'이 되기 쉽고, 범부들은 전문적인 일은 전문가들에게 맡기고 일상을 느긋하게 영위하는 것이야말로 지혜로운 일이라는 것이다.

모두가 그리 살 수는 없으니 한편에서는 엘리트 전문가들이 공공적인 영역에 기투하여 곤란한 삶을 살지 않으면 안 된다. 물론 이러한 발상의 근저에는 엘리트 집단이 일반 대중들을 기만할 생각을 품지 못하게 하는 '범부의 지혜'라는 것이 전제되지 않으면 안 된다. 전제가 무너져 버린다면 '느긋한 삶'이란 그저 대중들을 바보 취급 하면서 기만하는 말로 전락하지 않을 수 없다.

'느긋한 삶'을 표방하는 영화가 있다. 오기가미 나오코荻上直子 감독의 일련의 영화들은 '슬로 무비'를 표방한다. 사회의 모든 부면이 속도전으로 이루어지는 현대 사회에서 그녀는 '느림의 미학'을 추구한다. 그녀는 속도전의 세계를 벗어나 '세계의 바깥'으로 발을 내딛는다. 휴대폰이 터지지 않는 섬이라든지, 복지 제도가 잘 갖추어져 있다는 북유럽으로 훌쩍 떠난다.

〈카모메 식당かもめ食堂〉2006의 '미도리'가타기리 하이리片桐はいり 분는 여행을 해볼까 하고 세계 지도를 보다가 '핀란드'가 눈에 띄어 무작정 헬싱키로 날아온다. 그런가 하면 부모님이 돌아가신 뒤 텔레비전에서 우연히 '핀란드의 에어 기타 대회'를 알게 된 '마사코'모타이 마사코もたいまさこ 분도 훌쩍 헬싱키로 날아온다. 짐을 잃어버리고 '마사코'는 카모메 식당에서 음식의 비기 같은 것을 '사치에고바야시 사토미小林聡美 분' 들에게 전수한다. 카모메 식당의 주인 '사치에'는 장사가 되지 않아도 태평한 얼굴을 하고 지낸다. 그녀들은 삶을 계산하지 않고 느긋하게ゆっくり 살아간다.

'사치에'는 모르는 사이에 이런저런 삶의 지혜들을 배운다. 자신을 경원시하는 이국에서의 삶은 녹록지 않다. 동네 서점에서 우연히 만난 '미도리'에게 배운 애니메이션 〈독수리 5형제科學忍者隊 ガッチャマン〉후지TV, 1972~1980의 주제곡에서 그녀는 어떤 용기를 얻게 된다. '마티'마르꾸 펠톨라Markku Peltola 분에게서는 '카페 루왁'의 주문을 배우기도 한다. 그런 것들은 어떤 '실효'를 가진다기보다 일종의 주술적인 용기와 관련된 것들이다. 오니기리주먹밥만 고집하던 '사치에'의 식당에서 빵을 굽자 동네 여자들이 식당에 들어오는 장면에서는 삶의 태도에 있어 더 유연해진 '사치에'의 성장이 엿보인다.

〈카모메 식당〉의 치유가 현실적인 것만은 아니다. 오기가미 나오코의 영화에는 속 좁은 사람도, 사기꾼이나 사채꾼도, 고양이를 괴롭히는 사람도 등장하지 않는다. 평화로운 일상이 언제까지나 이어진다.

야구치 시노부矢口史靖 감독의 〈우드잡Wood Job!一神去なあなあ日常〉2014을 〈카모메 식당〉의 비교항으로 맞세워 볼 수도 있다. 〈우드잡〉은 대학 입시에 실패한 '히라노 유키'소메타니 쇼타染谷将太 분가 우연히 임업 훈련생에 지원하여 일본에서도 오지인 '가무사리 숲의 마을'에 들어가 1년 간 배우며 어엿한 임업인으로 거듭나는 이야기다. 마을 어른들은 '히라노'가 얼마 버티지 못하고 떠나리라고, 그는 어디까지나 잠깐 머물다가 떠날 외지인에 지나지 않으리라고 생각한다.

마을 어른들은 '숲의 축제'에 외지인이 참가해서는 안 된다고 언성을 높인다. '배타적 감정'이야말로 오기가미 나오코의 영화에서 제대로 그려지지 않은 것이다. '배타적 감정'은 '히라노'가 숲의 신에게 오니기리 반쪽을 공양한 사건을 계기로, 숲의 신의 도움을 얻어 산에서 길을 잃은 마을 소년을 구하면서 누그러진다. 지역민이 보이는 삶의 양태를 사심 없이 '지혜'로 인정할 때 비로소 그는 해당 지역민으로서 자격을 얻는다.

일종의 귀촌 영화로 〈우드잡〉은 물론 한계도 있다. 영화에는 귀촌의 부정적인 측면이 크게 부각되지 않는다. 자본주의 도시의 대척점에 '마쓰리祭リ'라는 전통을 설정하는 것도 상당히 속 편해 보이기도 한다. 그러나 모든 것이 물신의 위력 아래에 있는 고도 소

콘텐츠의 사회학

비 사회가 그 바깥을 인정하지 않은 채 세계를 점점 등질 공간으로 만들고 있는 시대에, 이러한 방식으로라도 어떤 비균질적인 세계의 가능성을 타진하는 것은 전혀 의미 없는 일만은 아니다. '일의 신성함'이 남아 있는 세계의 가능성! '느긋한 혁명'은 그런 곳에서나 가능하다.

나는 '힐링'의 타이틀이 붙은 콘텐츠에 조금 불편함을 느낀다. 마음먹고 치유를 해주겠다고 달려들면 왠지 무서워진다. 세상은 날이 갈수록 각박해지고, 현대 사회에는 치유가 필요한 사람이 많다지만, 최근 유행하는 '힐링 콘텐츠'들은 어떤 면에서는 강박적인 양태를 띠어 가고 있다.

오기가미 나오코의 영화 중에서 개인적으로 좋아하는 영화는 〈고양이를 빌려 드립니다レンタネコ〉2012이다. 할머니가 돌아가신 뒤 혼자가 된 '사요코'이치카와 미카코市川実日子 분가 외로운 사람들에게 고양이를 빌려주는 일을 하면서 만나는 사람들의 이야기를 옴니버스식으로 배치하고 있다. 외로운 인간에게는 마음의 구멍이 있고, 고양이는 구멍을 메워 주는 존재라고 '사요코'는 믿는다. 나중에 중학교 친구 '요시자와'다나카 케이田中圭 분를 만나면서 고양이의 상냥한 마음으로도 채울 수 없는 인간의 외로움이 있다는 것을 절감하게 된다. 정작 가장 외로운 사람은 다른 누구도 아닌 '사요코' 자신이다.

내가 이 영화를 좋아하는 이유는 어떤 위로로도 다스려지지 않는 인간의 외로움을 인정하고, 그것을 껴안은 채 살아간다는 전언이 현실적이기 때문이다. 치유하려고 애쓰지 않아도 좋다!

삼 각 관 계 와 유 서

    나쓰메 소세키夏目漱石의《마음ここる》에서 중요한 것은 '선생'과 '나' 사이의 공범 관계다. 고교생 무렵 내레이터인 '나'는 가마쿠라의 해변에서 서양인과 해수욕을 즐기고 있는 '선생'을 처음 만난다. 호기심에 '나'는 '선생'에게 접근하고 함께 수영을 하면서 안면을 트는 정도의 사이가 된다. 도쿄에 돌아와서도 '나'는 '선생'의 집에 자주 찾아간다. '나'는 '선생'의 결혼 생활 따위를 물으며 적극적으로 '선생'과 관계를 맺고자 한다.

    어느 날 '선생'은 '나'에게 유서를 남기고 자살해 버린다. 유서에서 '선생'은 자살한 친구 'K'에 대한 죄악감을 고백한다. '선생'과 그의 '아내', 그리고 'K'는 삼각관계였다. '선생'과 그의 '아내'는 결혼하고 'K'는 자살한다. 유서에서 'K'는 자신이 의지박약이고 앞으로의 전망이 없어 자살한다고 밝힌다. '선생'은 책략으로 'K'를 이겼고, 인간으로서는 그에게 졌다고 유서에 쓴다. 'K'에 대한 죄악감을 밝히는 시점에서 '선생'은 자살한다. '선생'이 자살한 이유를 그의 '아내'는 모르고 내레이터인 '나'만 안다. 남자들끼리의 비밀인 셈이다. 여기에서 '선생'과 '나' 사이의 공모 관계가 성립한다.

    생전에 '선생'은 이성 간의 연애는 죄악이라고 말한 바 있다. 남자들끼리의 이자二者 관계는 안정적이지만, 이성이 끼어들면 남자들의 세계는 불안정해진다는 것이다. 삼각관계는 언제나 패한 남성에 대한 죄악감을 남긴다고 한다. 이와 같은 사상이 '선생'을 자

살로 몰아갔음은 물론이다. 이것을 남자들끼리의 동성애적 우정이라고 부를 수도 있을 법하다.島田雅彦,《漱石を書く》

　MBC 단막극 〈형영당 일기〉2014를 보면서 나는 나쓰메 소세키의 《마음》을 떠올렸다. 좌포청 종사관 '철주'이재윤 분는 예조판서의 장자이자 함께 동문수학을 한 친구 '상연'임주환 분이 독살로 죽고, 예조판서가 입양한 차남 '홍연'이원근 분이 범인으로 자수한 사건을 맡아서 조사하게 된다. '상연'이 어릴 때부터 자신을 학대해서 독살했노라고 '홍연'은 주장하지만, 예조판서 댁 종복들은 형제의 사이가 매우 좋았다고 엇갈린 진술을 한다.

　유년기부터 형제가 자주 함께 시간을 보냈다는 '형영당'이라는 별채를 조사하던 중 '철주'는 '상연'의 일기를 발견한다. 일기에서 '철주'는 '홍연'에 대한 '상연'의 연정을 알게 된다. 연정 때문에 '상연'은 '홍연'이 보이지 않는 타지로 숱하게 떠돌았지만 모두 허사였다. 이 이자 관계는 '상연'에게 혼담이 들어오면서 깨지게 된다. 민 대감의 여식인 '화정'손서 분은 어린 시절부터 '상연'을 흠모해왔다. '홍연'은 '화정'을 먼발치에서 바라만 본다. 삼각관계가 시작된 것이다.

　'화정'은 '홍연'에 대한 '상연'의 마음을 알고 형영당에서 '홍연'을 유혹한다. '홍연'에게 자신과 형 중에서 한쪽을 선택하라고 다그친다. 결국 '화정'이 준비한 독주를 들고 '홍연'은 '상연'을 찾아가고, 미리 알고 있던 '상연'은 기꺼이 독주를 마신다. 마각이 드러나면서 '화정'은 목을 매어 자결하고 '홍연'은 방면된다. '철주'

와 '홍연'은 '상연'의 무덤을 찾아 거문고와 피리의 합주를 한다.

방면되기 전 '홍연'은 '철주'에게 자신은 형과 형수를 모두 배신했으니 죗값을 치러야 한다고 말한다. '철주'는 죗값을 치러야 한다면 '상연'을 사랑한 자신의 마음을 몰랐던 것에 대한 죗값이어야 하지 않겠냐고 말한다. '화정'을 향한 '홍연'의 시선은 '화정'을 향한 연모가 아니라 '화정의 자리', 즉 '상연의 정인으로서의 자리'에 대한 질시였음이 드러나는 장면이다.

'상연'과 '강'홍연의 본명의 사랑은 '상연'의 일기를 본 '철주'에 의해 매개된다. 유교 질서하에서 어떠한 반감도 없이 '철주'가 두 남성의 연정을 매개하는 것은 놀라운 일이다. '상연'의 일기는 자체로 유서적인 것이었고, 일기를 읽는 자는 '상연'과 모종의 공범 관계가 된다고 보지 않으면 해결될 수 없는 문제다. 여자들을 철저히 배제한 설득력 없는* 남자 동료들의 우정도 사실 나쓰메 소세키의《마음》과 동질적인 것이다.

물론 나쓰메 소세키의 명작과 〈형영당 일기〉의 짜임새를 곧이곧대로 비교하기에는 무리가 있지만, 〈형영당 일기〉에도 장점이 많다. '상연'이 독주를 받기 전 '강'과 나누는 대화 장면은 편집에 있어서 연출가의 수완이 엿보인다. '상연'이 독배를 든 장면에서 '상연'과 '강'의 풀 숏이 교차되는 몇 초간의 몰입도는 매우 높다. 두 연기자가 장면을 살렸다. 이 풀 숏은 '미연시'와 같은 것을 연상시킨다. 시청자마저 공범 관계로 끌어들이는 효과를 노렸는지도 모른다.

---

* '홍연'은 형수인 '화정'과 사통한 사이고, 독살의 종범으로 볼 수 있음에도 방면된다.

에필로그

"월요일에 신은 세상을 만드셨다. 화요일에는 정돈과 혼돈을 정하셨다. 수요일에는 세세한 수치를 조작하셨다. 목요일에는 시간이 흐르도록 하셨다. 금요일에는 세상 구석구석을 보셨다. 토요일에는 휴식을 취하셨다. 그리고 일요일에 신은 세상을 버리셨다." 〈신이 없는 일요일〉

이리에 기미히토入江君人의 라이트노벨을 원작으로 한 일본 애니메이션 〈신이 없는 일요일〉은 문자 그대로 신이 버린 가상의 세계를 배경으로 하고 있다. 십오 년 전 신이 사라진 후 사람들은 죽을 수 없게 된다. 아니, 죽는다고 해도 영면에 들지 못하고 좀비가 되어 세계에 남는다는 편이 더 정확한 설명이다. 죽고 싶지 않다는 인류의 소망을 신이 가납한 것으로도 풀이된다.

사람들은 이제 영면을 바라게 된다. 신은 인간들에게 '묘지기'를 보낸다. '묘지기'가 묻어 준 사람만이 죽어도 죽지 않는 상태에서 벗어나 영면을 얻는다. 〈신이 없는 일요일〉은 인간과 '묘지기' 사이에서 태어난 묘지기 소녀 '아이 오스틴'이 세계 구원을 위해 여행을 떠나는 이야기다.

'신의 죽음'은 니체가 공표한 이래로 계속 이어지고 있다. 그러니까 '신의 죽음'은 사건이라기보다는 상태에 가깝다. '신의 죽음'은 중세의 공통 전제가 무너진 것에 대한 은유다. 그 은유가 오늘날 재림하고 있는 것은 의미심장하다. 어쨌거나 우리는 세기말을 건너오며 근대의 공통 전제들이 하나둘 붕괴하는 모습을 지켜보았다. 동구권의 몰락을 지켜보았고, 국민 국가나 모국어에 대한 환상이 엷어지는 과정을 경험하고 있다. 자본주의가 고도화함에 따라 사회 각 방면의 모든 가치들이 교환의 논리로 환원되는 것을 목격하기도 했다.

'돈의 위세' 앞에서는 학교에서 가르치는 법률이나 규범 등이 모두 의미를 잃어버리는 시대에 우리는 살고 있다. 고령화의 폐해가 드러나고, 실업률이 치솟고, 물가 역시 마찬가지다. 민주주의에 대한 신념도 위협받고 있다. 우리는 가슴에 커다란 공동空洞을 지닌 채 살아간다. 바로 근대의 신이 있었던 자리다.

근대의 신이 몰락하면서 순차적으로 근대문학도 점점 위세가 꺾여 가고 있다. 지난 세기 우리는 '진정성'이라는 말을 많이 사용했는데, 시도 때도 없이 남용이 된 탓에 지금은 거의 내용이 없는 기표로 타락해 버렸다. 국가, 이데올로기, 법률, 규범 등에 대한 믿음이 약화된 것과 마찬가지로 이제 사람들은 전세기보다 '진정성'이나 '진심'을 덜 믿게 되었다. 이제 더 이상 문학이 '진정성'이나 '진심'에 호소할 수 없는 시대라는 의미이다.

20세기에는 그 전의 어떤 시기보다 많은 문학 작품들이 양산되었고, 어느 사이엔가 독자들은 차츰 문학 작품들의 '규칙'에 익숙

콘텐츠의 사회학

해져 버렸다. 문학 작품은 더 이상 인생의 축도가 아니라, 설계도의 일부분이 유출된 가공품으로 지위가 격하되었다. 문학 작품은 궁극적으로는 읽어야 하는 것이지만, '소비'되기도 하는 것으로 전락했다. 소설이나 시가 잘 팔리지 않는다는 차원의 위기론이 아니다. 그보다 본질적으로 문학이 '소비자'들에게 시시한 상품이 되어 버렸다는 차원의 위기론이다.

근대문학의 위세는 꺾이고 영화나 애니메이션, 텔레비전 콘텐츠의 위세는 점점 대단해지고 있다. 요즘 청소년들은 대학 교수들보다 훨씬 많은 콘텐츠를 보고 있다소비하고 있다. '드라마 폐인', '게임 폐인'들에게만 국한된 이야기가 아니다. 어떤 의미에서 콘텐츠는 이미 우리들의 사회적 신체를 장식하는 일부분이 되고 있다. 근대의 신이 떠나 버린 빈자리를 우리는 새로운 콘텐츠들로 메우고 있는지도 모른다.

도시 괴담과 오컬티즘, 아이돌을 중심으로 한 연예계의 풍문들, '프라모델'과 같은 문화 상품들에서 발생한 '이야기'들은 포스트모던인의 공허를 메우는 새로운 신들이다. 포스트모던인의 신체는 이제 더 이상 매끈하지 않다. 고정된 하나의 이야기로 통합된 육체가 아니라, 다양한 읽기 경로를 가진 유동하는 이야기들이 얼기설기 엮인 형태의 육체에 가깝다. 그들은 새로운 콘텐츠들의 데이터베이스를 공유하고 있으며, 캐릭터들을 이야기에서 떼어 내서 놀기도 한다.

영화나 드라마, 만화나 애니메이션은 그 자체로 소비문화의 첨병이다. 애초에 소비문화의 산물이 아니라면 포스트모던인의 공허를 채워 줄 수 없었을 것이다. 그것들은 소비자들의 심신을 속해 있는 체제에 순응하도록 유도하는 때가 많다. 그러나 그것들이 전부 소모품에 그치는 것이라는 단정은 독선 이외의 아무것도 아니다. 그것들은 근대문학이 그랬던 바와 마찬가지로 세계를 어느 정도 일그러뜨려 반영하고, 세계의 환부를 자기들 나름의 화법으로 앓는다. 소비문화의 첨병이며 현재의 체제 질서를 온존시키는 데 기여한다면서 도외시하기에는, 그것들이 우리 포스트모던인의 삶에서 차지하는 비중이 매우 크다.

아직도 문학이 영화나 드라마에 무언가 가르쳐 주어야 한다는 생각이 완전히 불식되지는 않았다. 하지만 문학과 그 밖의 콘텐츠들 사이에 어떤 위계가 있다는 믿음은 그리 설득력이 없다. 엔터테인먼트의 영역에 있는 것들은 말하지 않겠다는 태도는 옹고집에 지나지 않는다. 오히려 엔터테인먼트의 영역에 있는 콘텐츠들이 그저 무비판적으로 소비되는 방식에 이의를 제기하는 의미에서라도 말할 필요가 있다. 그 필요성이 점점 높아지고 있다고 개인적으로는 생각한다.

근대문학은 가라타니 고진의 말처럼 종언을 고하고 있다. 나는 근대문학 이후에는 새로운 문학이 오리라고 《환대의 공간》에서 밝힌 바 있다. 이미 진행되고 있는지도 모른다. 그것을 알기 위해서는 지금의 상황을 객관적으로 볼 시간이 필요하다. 만약 근대문학 이후의 문학이 도래하고 있거나, 혹은 앞으로 도래하더라도 영화나 드라마, 만화와 애니메이션, 웹툰, 예능 프로그램 등과 같은 콘텐츠들과 경쟁하여 살아남지 않으면 안 될 것이다.

일본 영화 〈기리시마가 동아리 활동 그만둔대桐島, 部活やめるってよ〉요시다 다이하치吉田大八 감독, 2012로 이상의 논의를 마무리하도록 하겠다. 이 영화는 배구부 주장이자 학급의 중심인물인 '기리시마'가 갑자기 학교에 나오지 않게 되면서 친구들 사이에 일어난 심정적 동요를 섬세하게 그려 내고 있는 작품이다.

'기리시마'가 학교에 나오지 않고 배구부도 그만둔다는 소문이 퍼지자 친구들은 모두 안절부절못한다. 그의 여자 친구 '리사'야마모토 미쓰키山本美月 분는 '기리시마'가 자신에게 아무 말도 없이 학교에 나오지 않아서 상처받는다. 언제나 '기리시마'의 동아리 활동이 끝나기를 기다렸다가 함께 하교했던 '히로키'히가시데 마사히로東出昌大 분, '료타'오치아이 모토키落合モトキ 분 등의 규칙적이었던 일상도 흔들린다. 배구부원들의 초조함은 이루 다 말할 수 없다.

문제의 '기리시마'는 영화가 끝날 때까지 등장하지 않는다. 모두들 '기리시마'를 기다리지만, '기리시마'는 나타나지 않는다. 그는 어떤 의미에서는 '신'이다. 월요일부터 토요일에 걸쳐 세계를 만들고 일요일에 세계를 버린 '신'에 다름 아니다. 아무도 그가 왜 돌아오지 않는지 알지 못한다. "기리시마, 동아리 활동 그만둔대."라는 전언을 '히로키'가 휴대폰을 통해 확인하는 장면으로 영화는 끝난다. 마치 '신'은 '부활'-'부활復活'은 '부활部活'과 발음이 유사하다-하기를 그만두었다는 전언처럼도 읽힌다.

어두워진 운동장에서는 야구부원들이 운동을 하고 있다. 사실 '히로키'는 야구부원이지만 훈련에 참가하지 않은 지 오래됐다. 야구부 주장은 프로 구단의 드래프트를 받지 못하리라는 사실을 알면서도 열심히 스윙 연습을 한다. 영화부의 '마에다'가미키 류노스케神木隆之介 분는 엉터리 B급 무비지만 영화를 만들기 위해 동분서주한다. '기리시마'가 없는데도, 신이 없는데도 말이다! '히로키'는 그런 '마에다'가 자신에게 카메라를 들이대자 울컥하는 자신을 발견한다. 뭐라고 해도 자신은 자기 인생의 주인공이 아닌데……

신이 없는 일요일에도 인간은 살아가지 않으면 안 된다. 〈기리시마가 동아리 활동 그만둔대〉의 전언을 그저 성실하게 살다 보면 된다는 식으로 읽어서는 역시 곤란하다. '신'이 사라져 버린, 삶의 공통 전제나 지표 따위가 사라져 버린 시대에도 인간은 자립하여 살아 나가지 않으면 안 된다는 것을 말하고 있다. 그것은 이 책에서 내가 주장하고 싶은 것이기도 하다.

부록

노희경 드라마에 나타난 게임적 요소와 그 구조적 의미
– 〈빠담빠담〉과 〈괜찮아 사랑이야〉를 중심으로*

* 이 글은 《한민족문화연구》제50집(2015년 6월)에 실린 논문을 단행본의 성격에 맞게 일부 개고한 것이다.

1. 문제 제기

노희경은 1996년 4월 19일 방영된 MBC 단막극 〈엄마의 치자꽃〉으로 데뷔한 이래, 20여 편의 텔레비전 드라마를 써 오면서 한국 드라마에서는 보기 드물게 '문학성'을 인정받는 작가로 손꼽혀 왔다.* 그녀는 해체된 가족, 똑 부러진 성격의 여성, 진지한 어조 등 자기만의 고유성을 꾸준히 견지하면서 한편으로는 단막극, 미니 시리즈, 연속극 등을 오가며 시대의 변화를 반영하는 작풍의 변화에도 주의를 기울여 왔다. 그 중심이 언제나 리얼리즘의 진지한 서사에 있었음은 두말할 필요가 없다.

2010년대에 접어들면서 그녀의 작풍에 이전까지와는 전혀 다른 변화가 일어났다. 장르 SF의 '타임슬립' 장치를 동원한다든지, 장르 판타지에서나 나올 법한 캐릭터를 등장시키는 등의 리얼리즘 서사의 중축을 뒤흔드는 실험을 감행한 것이다.** 〈빠담빠담〉

---

* 윤석진, 〈영상문학텍스트로서 노희경의 단막드라마 극본 고찰〉, 《인문학연구》 제85집2011년 12월, 충남대학교 인문과학연구소, 167쪽.
** 물론 2010년대 노희경 드라마의 변화를 '리얼리즘 자체의 갱신'으로 파악하는 접근법도 있다. 이 글에서는 노희경 드라마의 변화를 강조하기 위해 편의상 2010년대 노희경 드라마의 반反리얼리즘적 요소를 부각시켰다.

JTBC, 2011~2012은 이전까지의 노희경 작품과는 전혀 다른, 실험성이 강한 작품이다. 또한 이와 같은 실험은 〈괜찮아 사랑이야〉SBS, 2014에서도 티 나지 않게 이어졌다. 두 작품이 모두 '선택' 혹은 '결단'을 작품의 구조적인 층위에서 중요한 장치로 사용하고 있는 점은 사뭇 주목된다.

2010년대 노희경 드라마의 실험의 이면에는 사실 '선택지'가 있는 게임 서사의 영향도 있다. 게임적 요소의 드라마 콘텐츠로의 유입은 〈빠담빠담〉을 하나의 기점으로 하여 이제는 일반화되는 감마저 있다. 플롯의 차원에서는 각기 다른 드라마지만, 공히 '선택'과 '결단'을 강조하는 점에서 유사한 드라마가 많이 제작되고 있는 것은 흥미로운 현상이다. 〈빠담빠담〉 이후의 이러한 트렌드가 지닌 의미를 제대로 알기 위해서라도 2010년대 노희경 드라마의 실험과 구조적 의미에 대한 물음을 더 이상 뒤로 미룰 수 없게 되었다.

우선 타임슬립이나 메타 서사적인 캐릭터, 환상 등의 서사 장치가 게임 고유의 요소는 아니라는 점에서 노희경 드라마를 게임과 결부시키기를 주저하는 연구자들도 있을 수 있기 때문에 이 부분에 대한 해명을 간단히 해두고자 한다. 그러한 입장에 선 연구자들은 2010년대의 드라마를 여전히 '환상'의 측면에서 설명할 수 있다고 믿는다. 그러나 '환상'에 대한 이론만으로 2010년대의 드라마와 그 이전의 드라마 사이에 가로놓인 큰 거리를 온전히 설명할 수는 없다. 또한 그들은 '게임'에 대한 선입견도 가지고 있다. '게임'은 대개 대전형對戰形 격투 게임이거나 스테이지별로 어떤 미션을 해결하는 구조로 되어 있을 것이라고 믿는다.

'게임'에는 훨씬 다양한 하위 범주가 존재한다. 타임슬립, 메타 서사적인 캐릭터, 환상 등의 장치가 비록 게임 고유의 요소는 아니라고 할지라도, 그러한 서사 장치들을 소재보다 더 높은 차원에서 서사의 중요한 요소로 수용한 게임들이 있다. 그 장치들이 게임의 중요한 구성 요소인 '선택지'와 결합되어 있다는 점도 충분히 고려해야 한다. 또한 그것의 텔레비전 드라마로의 유입이 낡은 장르인 SF나 판타지로부터의 유입이라고 보는 것보다는 새로운 미디어인 게임으로부터의 유입이라고 보는 것이 일층 합리적이다. SF나 판타지는 왜 21세기에 다시 부흥하고 있는가. 역시 게임과 같은 새로운 미디어의 출현을 고려하지 않고는 설명이 어렵다.

본 논문에서는 '게임 서사를 끌어들여 이전과는 확연히 달라진' 2010년대의 노희경 드라마를 구조적인 차원에서 점검하고, 시대적인 의미도 살펴보고자 한다. 아직까지 '게임 서사를 끌어들인 드라마'에 대한 이론적 고찰은 국내에서는 거의 보지 못했다. 따라서 2010년대 노희경 드라마의 성격과 의미를 살피기 위한 준비 단계로 일본의 이론적 논의를 간단히 소개해 두고자 한다.

2. 게임 서사 이해를 위한 이론적 준비:
아즈마 히로키와 우노 쓰네히로의 경우

게임 서사의 선택지에 대한 본격적인 고찰은 아즈마 히로키에 의해 이루어진다. 그는 게임 서사의 요소를 끌어들인 소설에 주목하면서, 이들 일군의 게임 같은 소설들이 줄거리 차원에서 추출할 수 있는 주제와는 별개로 '선택지'라는 게임적 장치에서 추출할 수 있는 다른 차원의 주제를 숨기고 있다고 본다. "눈앞에는 복수의 인생이 있다. 하나의 이야기를 선택하면 반드시 다른 이야기를 잃고, 그러나 아무것도 선택하지 않더라도 역시 무언가는 잃게 된다. 따라서 선택의 잔혹함을 받아들임으로써 하나의 이야기를 선택한다."고 하는 것이 바로 후자의 주제, '선택지의 사상'이라는 것이 그의 생각이다.* 그는 '커뮤니케이션 지향 미디어'에서 소설에 근접한 '콘텐츠 지향 미디어'로 변해 가는 미소녀 게임이나, 게임의 요소를 도입한 캐릭터 소설, 본격 소설 등을 검토하면서 '선택지의 사상'과 '메타 서사 차원의 장치'가 서사에 개입하는 점 등을 새로운 서사의 특징으로 설명한다.** 그는 이와 같은 새로운 서사가 무라카미 하루키의 《세계의 끝, 하드보일드 원더랜드》1985 등 환상과 현실을 오가는 일련의 작품들과 친연성이 있

---

* 東浩紀, 《ゲーム的リアリズムの誕生》, 講談社, 2007, 187~188쪽.
** 상게서, 197~217쪽.

다고 하면서 게임 서사의 가능성을 높게 평가하고, 이 서브컬처 영역의 성과를 일본문학사에 접목하고자 한다.*

우노 쓰네히로宇野常寬는 1995년의 '낡은 상상력'과 2001년의 '새로운 상상력'을 비교한다.** 먼저 그는 1995년 무렵의 변화를 '자유롭지는 않지만 따뜻한 알기 쉬운 사회'에서 '자유롭지만 차가운 알기 어려운 사회'로의 이행으로 설명한다. '열심히 일하면 여유로워지는 세계'는 끝났고, '열심히 일해도 여유로워지지 않는 세계'-헤이세이平成 장기 불황-가 도래한다. '도쿄 지하철 사린 사건'으로 대변되는 '사회의 유동화'는 같은 맥락에서 '열심히 하면 삶의 의미를 찾을 수 있는 세계'에서 '열심히 해도 삶의 의미를 찾을 수 없는 세계'로의 이행으로 설명할 수 있다. 이와 같은 관점에서 1990년대 후반은 역사상 사회적 자기실현에 대한 신뢰감이 극도로 저하된 시대라고 그는 진단한다.

우노 쓰네히로는 이 시기를 대표하는 작품으로 〈신세기 에반게리온新世紀エヴァンゲリオン〉TV도쿄, 1995~1996을 꼽는다. 〈신세기 에반게리온〉은 평범한 소년 '이카리 신지'가 아버지가 사령관으로 있는 조직에 소환되어 거대 로봇 '에반게리온'의 조종사가 되면서 수수께끼의 적 '사도使徒'에 맞서는 이야기다. 처음에 '신지'는 아버지에게 인정받기 위해 '에바'에 오르지만, 나중에는 '에바'에 오르기를 거부하고 자신을 무조건적으로 이해해 줄 존재를 갈망하게 된다.

---

* 상게서, 287~290쪽.
** 宇野常寬, 《ゼロ年代の想像力》, 早川書房, 2011, 16~30쪽.

콘텐츠의 사회학

애초에 아버지가 속한 조직도 '옴진리교'를 연상시키는 불투명한 조직이고, '사도'는 선악을 구분하기 어려운 미지의 존재다. 이러한 상황에서 사회에 나가 무언가 선택을 한다면 반드시 누군가에게 상처를 입힐 수밖에 없기 때문에 '신지'는 아무것도 선택하지 않고 자신의 내면에 틀어박힌다. 사회적 자기실현에 대한 신뢰 저하가 사회적 자기실현에 대한 혐오, 즉 '열심히 하면 반드시 잘못을 범해 누군가에게 상처를 입히게 된다'는 세계관으로 강화된 것이다. 〈신세기 에반게리온〉의 결정 유보, 혹은 결정 불능의 심리주의적 인간관을 우노는 '낡은 상상력'이라 부른다.

2001년의 '새로운 상상력'은 1995년의 결정 불능의 심리주의적인 태도로는 더 이상 살아남을 수 없게 된 상황에서 태동한 것이다. 9·11 사건 이후 유동성이 커진 세계와 고이즈미小泉 내각의 구조 개혁으로 인해 '생존에 대한 감각'이 사회 전반에 걸쳐 일층 예민해진다. 선악에 대해, 정의에 대해 아무도 알려 주지 않기 때문에, 무언가 선택하면 반드시 누군가에게 상처를 입히기 때문에 아무것도 선택하지 않는다는 것은 더 이상 말이 되지 않는다. 선악에 대해, 정의에 대해 아무도 알려 주지 않는 것은 당연하게 받아들여진다. 일종의 '전제'이며, 그것을 받아들인 가운데 '살아남기 위해서는' 자신의 힘결단으로 무너진 세계를 재구축해야 한다는 '생존 감각과 결단주의'가 횡행하게 된 것이다. 이것을 우노는 '새로운 상상력'이라고 부른다.

1995년의 '낡은 상상력'에 그가 부정적인 입장을 취하는 것은 물론이지만, 2001년의 '새로운 상상력'에 전폭적인 지지를 보내는 것도 아니다. 그는 2001년의 '새로운 상상력'이 신자유주의적 현실 세계를 무반성적으로 받아들이는 것에 유보적인 태도를 보이고 있으며, 2010년대의 상상력은 2001년의 '새로운 상상력'을 극복한 것이어야 한다는 입장에 서 있다. 그 점에서 아즈마 히로키에도 비판적인 자세를 취하고 있다. 그는 아즈마가 〈신세기 에반게리온〉 이후의 '세카이계'에 미련을 버리지 못하고 있는 점과 '선택지'가 있는 결단주의적인 작품을 고평하는 점을 투 트랙으로 비판한다.

아즈마와 우노가 게임의 요소를 끌어들인 서사의 가치 평가에서는 매우 첨예하게 대립하고 있으나, 두 연구자 모두 게임 요소를 끌어들인 서사 문학이 2000년대의 중요한 흐름으로 자리매김하고 있다는 점에서는 비슷한 인식을 보인다. 이 글에서는 두 연구자의 논의를 토대로 게임 요소를 도입한 노희경의 드라마 〈빠담빠담〉과 〈괜찮아 사랑이야〉를 살펴보기로 한다.

3. 〈빠담빠담〉의 게임 서사 장치와 계보학적 의미

〈빠담빠담〉은 2011년 12월 5일부터 2012년 2월 7일까지 JTBC에서 방영된 김규태 연출, 노희경 극본의 20부작 드라마다. JTBC 창사 특집으로 기획된 〈빠담빠담〉은 MBC의 〈해를 품은 달〉1월 4일 ~3월 15일, 〈닥터 진〉5월 26일~8월 12일, SBS의 〈옥탑방 왕세자〉3월 21일~5월

24일, 〈신의〉8월 13일~10월 30일, TV조선의 〈프러포즈 대작전〉2월 8일~3월 29일 등 2012년에 방영된 일련의 게임 서사에 기반을 둔 작품들보다 다소 이른 시기에 방영되어 게임 서사 기반 콘텐츠의 선구적인 작품으로 거론할 만하다.

3.1. 〈빠담빠담〉의 서사 구조와 '기적'의 의미

〈빠담빠담〉의 줄거리는 다음과 같다. 폭력적인 아버지로 인해 형을 잃은 '양강칠'정우성 분은 그때부터 삐뚤어지기 시작한다. 고등학교 친구 '박찬걸'김준성 분이 친구 한 놈을 손봐 달라고 해서 나간 장소에서 '양강칠'은 살인 누명을 쓴다. 살인 현장에 있었던 '오용학'김형범 분은 진범인 '찬걸'에게 매수당해 '강칠'을 살인자로 지목하고, 피살자의 형이었던 '정 형사'장항선 분는 가족의 죽음에 이성을 잃고 '강칠'을 범인으로 본다. '정 형사의 아내'김성령 분만이 사건에 의구심을 품고 '강칠'의 무죄 입증을 위해 노력하지만, 어느 날 지병인 '천식'이 발작하여 죽는다.

'강칠'은 십이 년 만에 출소하지만, 검사가 된 '찬걸'이 폭행 사건을 조작해 다시 수감된다. '강칠'에게 세계는 '정의'가 사라진 부정적인 공간일 뿐이다. '강칠'은 인생이 강물처럼 도도하게 흐르는 것이 아니라 "엿같이 흘러간다."고 분노하면서, 사회로 나가기보다 감옥에 틀어박히고 싶어 한다. 교도소에서 '강칠'은 다른 수감

자들의 폭력으로 인해 죽을 위기에 처한 '국수'김범 분를 구하고, '강
칠'과 '국수'는 단짝이 되어 4년 뒤 같은 날 출소한다.

'강칠'은 정 형사의 딸인 '지나'한지민 분를 만나 운명적인 사랑에
빠진다. 한편 '찬걸'은 마약 조직과 결탁하여 '강칠'을 다시 교도
소에 보낼 기회를 노린다. '국수'는 '강칠'의 수호천사를 자처하면
서 '찬걸'의 음모에 맞선다. '오용학'은 십육 년 전 살인 사건의 증
거를 담보로 '찬걸'에게 돈을 요구하지만, 오히려 '찬걸'이 파 놓
은 함정에 걸려 교통사고를 당해 의식 불명이 된다. '찬걸'의 악행
을 추적하던 '주 검사'김규철 분는 '오용학 사고'를 파헤치면서 '찬걸'
의 목을 죄어 온다.

'찬걸'은 '주 검사'와 '정 형사', '강칠' 등이 손을 잡았다고 생각
하고 마약 조직 일당을 동원하여 '정 형사'와 '강칠'을 제거하고자
한다. 마침 '정 형사'는 '강칠'이 '지나'에게 의도적으로 접근한다
고 생각하고 총기를 소지한 채 '강칠'과의 담판 장소에 나간다. 그
곳에서 '강칠'이 총상을 입고, '정 형사'가 용의 선상에 오른다. '강
칠'은 목숨을 건졌지만, '간암'이 악화되어 손을 쓸 수 없는 지경
에 이르렀다는 사실이 수술 도중 드러난다.

'찬걸'은 '강칠'에게 '오용학 사건'의 범죄 사실을 자기 대신 뒤
집어쓰라고 제안한다. 어차피 죽을 것이라면 남은 사람들을 위해
서도 그 편이 나을 것이라는 논리다. '강칠'은 '지나'와 헤어지는
등 주변을 정리하기 시작한다. 그러던 중 '오용학'이 기적적으로
의식을 회복하고, '강칠'에게 십육 년 전 사건의 증거가 있는 곳을

가르쳐 준다. 마침내 '찬걸'은 죗값을 받게 된다. '강칠'은 '지나'와 함께 강원도로 떠난다.

이와 같은 줄거리는 '드라마가 완결된 시점에서 구현된 사건들'을 정리한 것에 지나지 않는다. 〈빠담빠담〉에는 결국 실현되지는 않았지만 실현될 수도 있었던 서사의 분기가 존재한다. 그것을 드라마에서는 천사인 '국수'를 매개로 한 '기적'으로 취급하고 있다. 이 드라마에는 세 번의 기적이 일어난다. 세 번의 기적들이 모두 '플롯 포인트'가 되고 있는 것이 주목된다.

첫 번째는 교도소에서 출소를 코앞에 두고 싸움에 휘말렸다가 말리는 교도관을 때려 숨지게 하여 교수형을 언도받은 '강칠'이 형 집행의 순간 다시 '타임슬립'을 통해 싸움 전의 상황으로 되돌아간 것이다. '강칠'은 살아남아야 한다는 '국수'의 격려 속에서 교도관을 때리지 않는 '선택'을 함으로써 '교수형'이라는 '나쁜 결말'bad ending을 회피하고 출소하여 '인생=이야기'를 이어 나가게 된다.

두 번째는 '지나'가 자신을 교도소에 보낸 '정 형사'의 딸임을 확인하고 두려움에 휩싸인 '강칠'이 '국수'에게 전화를 걸 때 일어난다. 마약 조직 일당이 대형 트럭으로 공중전화 부스를 밀어 버리는 바람에 죽게 된 '강칠'이 타임슬립에 휘말린다. 대형 트럭이 나타나기 이전의 상황으로 되돌아간 것이다. '강칠'은 폭력을 휘두르는 '정 형사' 옆에 서서 자신을 외면하는 '지나'를 보면서 어릴 적 위기의 순간에 자신을 외면한 어머니의 마음을 이해하게 된다. 그리고 대형 트럭이 공중전화 부스를 덮치는 순간 재빨리 공

중전화 부스를 벗어나 '죽음'이라는 '나쁜 결말'을 회피하고 '인생
=이야기'를 이어 나간다.

세 번째는 '강칠'과 '지나' 사이를 떼어 놓으려는 '정 형사'가 '강
칠'을 방파제 근처로 불러내 담판을 지으려고 하는 날 일어난다.
두 사람을 함께 제거하려던 '찬걸' 일당은 '강칠'의 뒤를 밟고, '강
칠'은 어느 터널에서 추돌 사고를 내어 그들을 따돌린다. '정 형사'
는 '강칠'에게 미리 준비한 권총으로 위협하여 공중화장실로 향한
다. 뒤따라 붙은 '찬걸' 일당이 공중화장실에서 '정 형사'를 기습하
고, '강칠'은 물불을 가리지 않고 따라 들어가 '찬걸' 일당과 격투
끝에 죽는다. '강칠'은 또다시 타임슬립에 휘말려 터널의 추돌 사
고 때로 되돌아온다. '국수'도 와서 세 번째의 기적은 앞의 기적들
과 다르다는 점을 '강칠'에게 강조한다. '정 형사'의 죽음을 외면하
지 않는 한 '강칠'이 죽어야 끝나는 싸움임을 그들은 어렴풋이 깨
닫는다. '국수'는 차라리 타임슬립을 반복하여 결정을 지연시키고
죽음을 연기하는 길도 있음을 말한다. '강칠'은 타임슬립을 반복
한 끝에 '정 형사'를 구하고, 자신은 총에 맞아 죽는 길을 택한다.
물론 '강칠'은 죽지 않고 수술 끝에 의식을 회복한다.

3.2. 타임슬립과 '국수'라는 메타 서사적 캐릭터

세 번의 기적은 게임 서사의 '선택지'와 관련이 있다. '나쁜 결말'

로 이어지는 선택지를 고를 경우 이야기는 더 이상 진행되지 않는다. 앞의 두 기적은 언뜻 '리셋 장치'처럼 보일 수도 있지만, 사실 다른 것이다. '리셋'이라기에는 타임슬립을 통해 되돌아가는 장면이 최초의 장면과 다르다. 또 '국수'는 거듭 '강칠'에게 세 번의 기적이 있을 것임을 공언한다.* 그 말은 이미 드라마에 세 번의 '선택지'가 마련되어 있음을 뜻하는 것이다.

'선택지'라고는 해도 선택의 자유도가 높지는 않다.** 살기 위한 선택지는 거의 정해져 있다. 그런 의미에서 〈빠담빠담〉은 〈쓰르라미 울 적에ひぐらしのなく頃に〉류키시07竜騎士07, 2002처럼 선택지가 거의 나오지 않는 노벨 게임과 친연성이 있다. 이 드라마에서 '국수'는 노벨 게임에서 플레이어에게 문제 해결의 실마리를 제공해 주는 안내자 역할을 하고 있다. 다른 캐릭터들과는 구분되는 메타 차원의 캐릭터인 것이다. 예를 들어 '국수'는 일련의 '기적'들이 지닌 의미를 '강칠'에게 들려주고 문제 해결을 독려하는 말을 많이 한다.*** '국

---

* 첫 번째 '기적' 이후 '국수'는 "앞으로도 형한텐 두 번의 기적이 더 올 거야. 왜냐? 모든 기회 삼세번이거든."제2화 S #8이라고 비논리적인 주장을 한다. 제6화S #63와 제7화S #1에서도 "형한텐 살면서 세 번의 기적이 일어날 거야. 기적이 알려 주는 비밀을 잊지 마."라고 하는 '국수'의 대사가 '효과음'으로 처리된다.

** 선택지라고는 해도 작가가 시나리오 안에 만들어 놓은 이야기 전개의 경로 안에서의 선택이기 때문에 기실 모든 선택지는 선택의 폭이 좁다. 다만 그렇게 느껴지지 않도록 하면서 플레이어가 자유롭게 이야기를 만들어 가게 하는 것이 분기형 게임의 묘미일 것이다.이용욱, 《온라인게임 스토리텔링의 서사시학》개정판, 글누림, 2010, 92쪽 각주 43 참조 그러나 선택의 자유도가 높지 않더라도 서사의 밀도가 높아 소설처럼 '읽히는' 게임이 존재하며, 개중에는 인기를 얻고 있는 작품도 있다. 예를 들어 〈쓰르라미 울 적에〉 등이 그렇다.

*** '선택'을 요구하는 대사도 많다. 제16화S #5에서는 '강칠'을 저격한 용의 선상에 오른 '정 형사'와, '지나'와의 사이를 허락해 주는 조건으로 '정 형사'에게 유리한 증언을 해주겠다는 거래를 할지 말지 선택하라고 '강칠'을 몰아세우는 '국수'의 모습이 그려지기도 한다.

수'의 대사는 종종 메타 제시metalepsis로 읽힐 여지를 남기곤 한다.

📺 국수 : (울 것 같은, 당황한, 순간 생각나는) 이, 일단, 형은
안 죽어. 왜냐면⋯왜냐면 내, 내가 곁에 있으니까. (단호한, 두
렵지만, 참고, 생각하는, 자신도 잘 모르겠는, 그냥 말하는) 만
약 형이 죽는 게 끝이면 그냥 죽음 되지 이런 일이 벌어질 이유
가 없어. 그냥 안 죽고 이런 일이 벌어지는 덴 반드시 이유가 있
을 거야. 울 엄마가 그랬어⋯ 세상의 모든 일은⋯ 반드시, 반드
시 이유가⋯ 있다고⋯ (하다, 생각나는, 버럭, 그러나 또박또
박) 형, 아까 뭘 봤댔지? (차분히, 또박또박 말하는) 그래, 그걸
봐! 그게 괜히 보이진 않아! 세상에 벌어지는 모든 일은 반드시
이유가 있어! 정신 차리고 그걸 똑바로 봐, 형! 거기에 답이 있
을지도 몰라.제7화 scene #10*

두 번째 기적이 일어나는 '공중전화 부스' 장면에서 '국수'는 세
상의 모든 일에는 원인과 결과가 있다는 세계관을 '강칠'과 시청
자들에게 반복하여 강조한다. '강칠'이 '본 것'과 공중전화 부스 안
에서 트럭에 치여 죽는 '타임 트러블'이 관련 있다는 것을 역시 '강
칠'과 시청자들에게 주지시킨다. '국수'가 그러한 것을 모두 알고
있다는 점은 놀라운 일이다. "첫 번째 기적이 가르쳐 준 게 인간의

---

* 노희경, 《빠담빠담—그와 그녀의 심장 박동 소리1》, 르네상스, 2012, 260~261쪽이하 '장면'은 'S'로 표시함.

의지라면, 두 번째 기적은… 진실인가?"제7화 S #27라고 '국수'는 '기적'의 의미를 규정한다. 노벨 게임에서의 지시문에서나 나올 법한 해설이다. '국수'는 '강칠'을 비롯한 다른 등장인물들과는 전혀 다른 메타 차원의 '장치'로 기능하고 있음을 알 수 있다.

세 번째 기적에서 '국수'의 역할은 훨씬 제한적이다. 세 번째 기적에 대해 '국수'는 앞선 두 번의 기적과는 다르다고 말한다. 타임슬립이 일어났음에도 '국수'는 타임슬립 사실을 기억한다. "그러게 왜 혼자 가, 이 등신아!"라고 '국수'는 과거로 돌아온 '강칠'에게 화를 낸다제15화 S #11. 이전까지 타임슬립 시 기억을 유지하는 것은 '강칠'뿐이었다. 그럼에도 '강칠'은 물론 천사인 '국수'조차도 세 번째 타임 트러블에서 빠져나가는 방법을 알지 못한다. 그들은 몇 번이고 타임슬립을 반복하지만, '강칠'은 번번이 죽는다. '정 형사'를 만나지 않으려고 몸을 돌려도 보지만, 이 타임 트러블을 벗어날 수 없다. 선택을 회피하려고 하면 '국수'의 몸이 희미해지기도 한다.

사실상 선택지가 없는 상황 속에서 '캐릭터들의 무력감'은 극에 달한다.* 캐릭터들에게 이 게임과 같은 상황은 일종의 '전제'이며, '전제'를 거부하거나 회피할 자유가 그들에게는 주어져 있지 않다. 이번에야말로 '안내자'의 도움 없이 시점 캐릭터인 '강칠' 혼자 역경을 극복해야 하는 것이다. 그들 앞에 가로놓인 '나쁜 결

---

* 제17화 S #20에서도 '국수'의 무력감이 부각된다. '국수'는 '찬걸'을 살해하고자 하지만, 주차장에서 '찬걸'에게 달려들 때마다 '찬걸'의 몸을 통과해 버리는 이상한 일이 일어난다. 천사는 나쁜 일을 하지 못한다는 설정이다.

말'은 '운명'처럼 바꿀 수 없어 보인다. 그럼에도 '강칠'은 정면 승부를 하기로 결심한다. 그는 여러 번의 시행착오 끝에 '정 형사'를 살리고 자신이 총에 맞는 분기에 이르러 타임 트러블을 벗어난다.* '강칠'은 자신에게 총을 쏜 사람이 '정 형사'라고 잠시 오해하지만, 총을 쏜 사람은 '정 형사' 뒤에 있던 '찬걸' 일당이었다. '강칠'이 '정 형사'의 총에 죽을 것이라던 '국수'의 예언은 빗나간 셈이 된다. '강칠'은 '반복이 만들어 내는 미세한 차이'를 통해 자신의 운명을 '탈구축'한 셈이다.

〈빠담빠담〉은 현재의 시점에서 과거의 개인사를 필연적인 것으로 해석해 버리는 '해석학적 시점'을 지양한다. 그리고 실제로 구현되지는 않았지만 구현될 수도 있었던 인생의 다른 분기의 확률적 가능성을 인정하는 가운데, 그 다른 분기에 비추어 현재의 인생을 긍정하는 '계보학적 시점'을 취한다. 노희경은 그렇게 선택된 '인생=이야기'가 사실은 구현되지는 않았지만 구현될 수도 있었던 이야기, 우리가 선택하지 않은 분기의 이야기를 포기한 대가로 얻은 것이라는 점을 강조한다. 〈빠담빠담〉은 '만일 그때 그렇게 하지 않았다면 인생이 어떻게 되었을까'라고 하는 선형적인

---

* 타임슬립에 의해 계속 되풀이되는 공중 화장실에서의 격투 장면은 대전형 격투 게임의 커맨드 조작 능력과 관련이 있다. 대전형 격투 게임에서는 플레이어의 레버 조작 능력의 숙련도가 싸움의 승패를 결정짓는다. '강칠'은 타임슬립의 반복 속에서 적의 움직임에 조금씩 익숙해진다. 이와 같은 '게임 경험의 서사화'에 대해서는 사쿠라자카 히로시版坂洋의 소설 〈All you need is kill〉2004에 대한 아즈마 히로키의 해설을 참조할 수 있다.東浩紀. 전게서, 168~172쪽

콘텐츠의 사회학

서사에서의 전형적인 '가정법'이나 '후회'와는 전혀 다른 인생관의 가능성을 보여 준다.* 인생을 하나의 '고정된 서사'로 파악할 수 없게 된 신자유주의 시대의 '유동적인 세계' 속에서 무기력해진 인간이 '그럼에도' 삶을 긍정하면서 살아가기 위한 방편을 시사해 주는 것이다.

작가는 자신을 진짜 천사라고 믿는 '국수'라는 캐릭터를 통해 게임 서사의 장치들을 드라마에 안착시키는 전략을 구사한다. 노희경은 일견 리얼리즘을 거스르는 타임슬립이나 그로 인한 루프 loop의 문제들을 심리적인 차원으로도 해석되도록 안배해 놓았다. 판타지 문학에 일종의 진입 장벽을 느끼는, 리얼리즘에 익숙한 시청자들도 이 드라마에 큰 거부감을 느끼지 않도록 한 것이다. 예를 들어 '국수'의 날개를 인지하는 사람은 '국수' 자신과 '국수'에게 연정을 느끼는 '효숙'김민경분뿐이다. 이러한 설정은 연인들 사이의 동조 현상으로, 일종의 공통 환각으로 이해할 수 있다. '국수' 자신이 '양성 돌발성 두위 현훈'이라는 질환에 걸려 환청, 어지럼증 등을 겪는다는 병리학적인 설정도 있다제15화 S #42. 노희경은 이처럼 현실인지 아닌지 분간하기 어려운 환상적인 캐릭터를 후속작인 〈괜찮아 사랑이야〉에도 등장시킨다.

---

* 부정적인 인물인 '찬걸'이 십육 년 전의 살인 사건을 후회하며 평생 그 사건의 그늘에서 사는 것과 '강칠'이 '현재'를 살아가는 것은 좋은 대조를 이룬다.

4. 〈괜찮아 사랑이야〉의 선택지와 실존적 의미

〈괜찮아 사랑이야〉는 2014년 7월 23일부터 9월 11일까지 SBS에서 방영된 김규태 연출, 노희경 극본의 16부작 드라마다. '정신과 의학 드라마'를 표방한 작품으로, 인간의 내면을 리얼리즘 기법에 입각하여 해부하고 있는 점이 눈에 띈다. 타임슬립 등 장르 SF적 요소는 없지만, 정신분열증 환자의 '환시'*를 주요 캐릭터로 등장시키는가 하면, 드라마의 클라이맥스 부분에 '선택지적인' 요소를 배치하고 있는 점이 특징적이다.

4.1. 〈괜찮아 사랑이야〉의 서사 구조와 그 알기 쉬움

〈괜찮아 사랑이야〉의 줄거리는 다음과 같다. 인기 작가 '장재열' 조인성 분에게는 열여섯 살 때 의붓아버지가 살해된 어두운 과거가 있다. 형 '재범' 양익준 분과 실랑이를 하던 의붓아버지는 넘어지면서 '재열'이 들고 있던 과도에 찔린다. '재열'은 의붓아버지에게 밀려 넘어져 순간적으로 정신을 잃는다. 어머니 차화연 분가 뒤늦게 들어

---

* 이용욱은 온라인 게임을 중심으로 한 영상 서사 연구에 있어서 '환상_{幻想}' 대신 '환상_{幻像}'을 문제 삼아야 한다고 제안한 바 있다(이용욱, 앞의 책 170~181쪽 참조. 그와 같은 논의는 다소 번거로워 보인다. 기존의 환상론으로도 '상像'으로서의 '환상'을 설명할 수 있다. 이 논문에서 쓰는 '환시'는 드라마상의 용어를 그대로 따른 것으로, 기존 환상론의 논의에서 벗어난 새로운 술어가 아님을 밝혀 둔다.

콘텐츠의 사회학

와 피 묻은 칼을 뽑아 든 '재범'을 보고 범인으로 오해한다. '재범'은 당황하여, 정신을 잃은 동생을 업고 밖으로 뛰쳐나간다.

사실 의붓아버지는 그때까지만 해도 살아 있었다. 어머니는 남편이 살아 있다는 것을 알고 놀라 우발적으로 집에 불을 지른다. 그 장면을 문득 정신이 든 '재열'이 형의 등에 업힌 채 대문 앞에 걸어 놓은 거울을 통해 보게 된다. 어머니는 정신적 충격으로 자신의 방화를 기억하지 못한다. '재범'은 피의자가 되어 법정에 서게 된다. 법정에서 사인이 논란이 되자 어머니에게 혐의가 옮아가는 상황을 막기 위해 '재열'은 법정에서 형을 범인으로 지목한다. '재범'에게 11년 형이 구형된다. 이러한 중형은 세계의 부정성을 부각시킨다. '재범'은 사건의 전모는 모른 채 동생을 진범으로 생각하고 억울함에 머리가 하얗게 세어 버린다.

'재열'은 형을 대신해 어머니를 지키고 행복해져야 한다는 일념으로 인기 작가가 되지만, 화장실이 아니면 잠을 잘 수 없는 강박증에 시달린다. 형에 대한 죄책감 탓이다. 형기를 마친 '재범'은 '재열'을 찾아가 포크로 어깨를 찌르는 등 난동을 부려 다시 2년 6개월 형을 선고받고 복역한다. '재열'은 자신을 향한 형의 분노가 자신의 죽음이 아니고는 사그라지지 않으리라 직감한다. 그때부터 '재열'은 '강우'도경수분라는 고등학교 2학년짜리 작가 지망생 팬을 가상으로 만들어 내 환상을 보게 된다. '강우'는 의붓아버지의 폭력에 시달리면서 어머니를 보호하고 작가의 꿈을 키우고 있다는 점에서 '재열'의 분신이라고 할 수 있다. '재열'은 '강우'가 루게릭병이나 교통사고로 죽게 된다는 예감을 하고, '강우'를 지키려다가 죽는 '최후'를 머릿속에 그리곤 한다.

그러던 중 '재열'은 함께 텔레비전 토크쇼에 출연한 정신과 의사 '지해수'공효진 분를 보고 사랑에 빠진다. '재열'은 정신과 개업의 '동민'성동일 분과 투레트 증후군Tourette syndrome을 앓는 '수광'이광수 분, '해수' 등이 함께 사는 공동 주택의 일원이 된다. 정신과 의사들을 취재할 겸 '해수'를 가까이에서 볼 생각이기도 했다. 어렸을 때 어머니 김미경 분의 불륜을 목격한 충격으로 불안 장애와 관계 기피증을 앓고 있는 '해수'는 자기애적 성향이 강해 보이는 '재열'을 밀어내지만, 결국 그의 진심을 알게 되고 서서히 마음을 연다.

한편 '재범'을 옥중에서 상담한 '동민'은 '재열이네' 가족사의 큰 상처를 이해하게 된다. 그러다 '재열'에게 '환시'를 동반한 정신분열증이 있다는 사실을 알게 되고 '해수', '영진'진경 분 등과 함께 '재열'을 치료하기로 한다. '재열'은 정신 병원에 강제로 입원되어 집중 치료를 받고, 때마침 출소한 '재범'은 십사 년 전 사건의 전모를 알게 되어 포한을 푼다. '재열'은 '강우'가 환시라는 것을 어렵게 인정하고 능동적으로 정신과 치료에 임한다. '해수'는 1년간의 유학을 마치고 돌아와 '재열'과 결혼하여 행복하게 산다.

일견 복잡해 보일 수도 있지만, 〈괜찮아 사랑이야〉는 의외로 단순한 서사 구조를 취하고 있다. 연인을 구하기 위해 '죽음의 세계'로 내려간 영웅들의 신화적 이야기를 마스터 플롯master plot으로 하고 있는 것이다.* 다시 말해 형에 대한 죄책감으로 정신분열증을 앓고 자살 충동에 내몰린 '재열의 정신 세계'를 '죽음의 세계'라고 한다면, '질환의 치유'는 '하계에서의 귀환'에 대응된다. 물론 정신과 의사 '해수'가 '재열'을 위해 '죽음의 세계'로 내려가는 영웅의 역할을 맡는 셈이다.

다만 신화에서 하계로 내려간 영웅들이 연인들을 구해 내오지 못한 것과는 반대로, 〈괜찮아 사랑이야〉의 주인공은 연인을 '죽음의 세계'에서 구출하는 데 성공한다. '해수'는 '재열'의 도움으로 자신의 불안 장애와 관계 기피증을 극복하고, 반대급부로 '재열'을 '죽음의 세계'에서 구한다. 이와 같은 상호성을 작가는 '사랑'의 속성으로 파악하고 있다.

4.2. 선택지와 '강우'라는 캐릭터 안의 트릭

'강우'라는 캐릭터는 기존의 한국 드라마에서는 유례를 찾아볼 수 없다. '강우'는 '재열'의 환시다. 환시임에도 '강우'는 실체를 가진 존재처럼 '거짓 재현' 된다. 아직 집필되지 않은 소설의 '캐릭터'가 현실의 인물들과 '동일한 차원'에서 살아 움직이는 것과 같은 형국이다. 그 리얼리티에 있어서 '강우'는 다른 캐릭터들에 준하는 핍진성이 있다.

---

* '마스터 플롯'이란 되풀이하여 나타나는 스토리의 뼈대를 의미하는 술어다. H. 포터 애벗, 《서사의 수사학》. 우찬제 외 3명 옮김. 《서사학 강의》, 문학과지성사, 2010, 100~101쪽.

시청자들은 '강우'가 환시라는 것을 제4화의 엔딩 장면에 이르러서야 깨닫게 된다. '강우'가 좋아하는 여자애의 집 앞까지 갔다가 창문에 돌을 던지고 도망치는 장면s #65에 이어진 몽타주 장면s #67에서 '재열'과 앞서거니 뒤서거니 달리던 '강우'는 클로즈업 숏에서는 환하게 웃으며 등장하지만, 풀 숏에서는 등장하지 않는다. '재열' 혼자서 환하게 웃으며 달려가는 것이다.

사실 '강우'가 환시라는 암시는 제2화에서 친구와 애인에게 배신을 당한 '재열'이 혼자서 차를 타고 가는 장면s #42에서 '강우'가 자전거를 타고 '재열'의 차를 걱정스레 따라가다가 풀 숏에서 갑자기 사라지는 데서도 찾아볼 수 있다. 그러나 이 장면은 시간상 짧게 처리되어 있고, 제2화의 중간 부분에 배치되어 있어 제4화의 엔딩 장면에 비해 큰 인상을 남기지 못했다. 게다가 시청자들은 '재열'의 시점에서 '강우'가 실체로 등장하는 장면을 보아 왔기 때문에-특히 제3화에서 '강우'의 습작 원고 뭉치를 시청자들은 '실체로' 보게 된다-'강우'가 환시일 것이라고 생각하지 못하게 되어 있다.

제4화의 엔딩 장면에서야 시청자들은 '강우'가 실체가 아님을 알고 '기괴함'을 느끼게 된다. '강우'는 그 자체로 추리 소설적인 트릭이었음이 비로소 드러난다. 이 트릭이 기존의 리얼리즘적 드라마에서는 볼 수 없었던 장치라는 것은 아무리 강조해도 지나치지 않다. 최소한의 선택지만으로 흥미를 제고해야 하는 노벨 게임이 미스터리 장르에서 자주 차용하곤 하는 트릭이다.

〈괜찮아 사랑이야〉는 사뭇 낯선 드라마다. '강우'와 관련하여 납

득하기 어려운 장면이 많이 삽입되어 있다. 핍진성이 결여되어 있다거나 설득력이 없다거나 하는 것과는 다르다. 노희경은 서사의 흐름상 불필요해 보이는 삽입 서사embeded narrative들을 활용하며, 거기에는 항상 '강우'가 있다.

> 🔊 강우 부, 소리 들리는, '이 새끼, 내가 너 오늘 죽여 버린다!' 하고, 패는 소리 들리는, 강우, '때리지 마요, 때리지 마!' 하고 밀치는 소리 나고, 강우 부, 넘어지며, '악!' 하고, 강우(교복 입은), 맨발로, 죽어라 뛰어나오는, 피멍 든 얼굴이다. 울상인, 죽어라, 뛰는, 반사경에 강우의 모습이 비치는,

> • 점프컷, 교차선 》
> 행복하게 웃으며 뛰는, 재열과 울며 뛰는 강우의 모습 교차되는, 강우, 팔을 맞았는지, 아파하고,제3화 S #51*

'재열'과 '해수', '동민', '수광' 등은 술집에서 다른 손님들과 시비가 붙어 싸우다가 경찰을 피해 도망을 친다. 그 장면에 곧바로 이어서 작가는 '강우네 집 전경'을 그린다. 이러한 구성은 물론 '재열'이 '해수'와 가까워짐에 따라 형에 대한 죄책감이 커지는 상황을 가시화한 것이다. '재열'의 '행복'과 '강우'의 '불행'은 위의 장면에

---

* 노희경, 《괜찮아 사랑이야 1》, 북로그컴퍼니, 2014, 151쪽.

서처럼 서로 대비된다.

그러나 죄책감이 강해지는 것을 나타내기 위해서라면 군이 '실체로서의 강우'를 등장시킬 필요가 없다. '강우'는 전화나 이메일로도 충분히 '재열'과 접촉할 수 있다. '실체로서의 강우'는 군이 필요 없고, 이펙트만으로도 작가는 '재열'의 정신분열증을 묘사할 수 있었다. 그럼에도 노희경은 방송국 화장실에서 '재열'과 '강우'를 만나게 한다든지, 의붓아버지에게 맞는 '강우'를 그린다든지, '재열'이 본 장면이 아님에도 혼자 위험한 도로로 다니는 '강우'를 형상화한다. '재열'은 자신에게 전화하는 '강우'의 표정까지 마치 눈앞에서 본 듯이 이야기한다. "나한테 전화할 때 병원 앞에서 강우놈… 표정이 안 좋았어." '해수'는 이렇게 대꾸한다. "근데, 병원 앞에서 강우 표정이 안 좋은 건 어떻게 알아? 마치 영화나 소설을 본 것처럼."제13화 S #44

'재열'은 소설 속의 캐릭터를 만드는 것과 같은 방식으로 '강우'라는 환상을 조립한다. '재열' 작업실의 메모판에는 '강우의 죽음'에 대한 복선으로 여겨지는 메모가 붙어 있다. "양수리, 도로에서 이삼중, 차 사고 난 사고 기사가 여러 장 사진과 함께(지난 3년간 사고 난 기사를 인터넷에서 보고, 스크랩한 것) 스크랩되어 있고, 색 볼펜으로 '강우에게 보여 줄 것' 하고 쓰인."제11화 S #46 '재열'은 '강우'가 등장하는, 자신이 상상한 세계를 현실 세계에서 실현시키고자 한다. 그 점에서 〈괜찮아 사랑이야〉는 메타 서사적인 요소를 포함하고 있다.

노희경은 '강우'의 존재감을 끌어올리기 위해 절치부심한다. '강우'가 실체로서 존재감을 가지고 있지 않았다면 사실 이 드라마의 '선택지'는 아무런 의미도 없었을 것이다. '재열'은 자신이 아끼고 보호해 주고 싶은 '강우'와 자신이 사랑하는 '해수', 이 두 사람 중 하나를 선택해야 하는 처지에 놓인다. 이것은 단순한 '선택'의 문제가 아니다. 단순한 '선택'의 문제라면 답은 뻔하게 나와 있다. 제11화에서 '해수'는 '재열'에게 "넌 오나가나 강우구나. _{중략} 내가 좋아 강우가 좋아?"라고 묻고, '재열'은 아무런 망설임도 없이 "니가 좋아."라고 답한다_{제11화 S #47}. 그러나 제15화에서 '재열' 앞에 놓인 선택지는 어느 한쪽을 선택하는 것이 곧 다른 한쪽을 곧바로 영원히 버리는 것을 의미한다. 결국은 '해수'를 선택해야 하겠지만, 그러면 '강우의 세계'는 영원히 소멸해 버린다. 비정한 결단의 순간이 손쉽게 끝나 버려서는 안 되기 때문에 작가는 환상인 '강우'의 존재감을 제고하는 데 매달릴 수밖에 없었던 것이다.

제15화에서 '재열'은 '강우'와의 이별을 단행한다. '강우'의 상처 투성이 발을 씻겨 주고, '해수'가 미리 준비한 운동화를 '강우'에게 신겨 주면서 '재열'은 뜨거운 눈물을 흘린다_{S #50}. 이 이별의 의식에는 환상을 떨쳐 내는 데서 오는 개운함이라고는 전혀 없다. 오히려 오랜 지인을 떠나보내는 '실존적인 아픔'이 수반된다. 이 결단의 순간_{선택지}은 〈괜찮아 사랑이야〉라는 드라마에서 부수적인 부분이 아니라, 없어서는 안 될 결정적인 부분이다. 오직 이 장면을 위해 모든 서사가 준비된 것처럼 보일 정도다. 이것이 바로 기존의 선형적인 서사와는 변별되는 〈괜찮아 사랑이야〉의 특별한 자질이다.

5. 결론

〈빠담빠담〉에서 〈괜찮아 사랑이야〉로 이어지는 노희경의 드라마는 그간의 한국 텔레비전 드라마의 경향과는 매우 다르다. 게임의 요소인 선택지나 메타 서사 차원의 장치들을 도입함으로써 한국 드라마의 새로운 트렌드를 선도했다는 점에서 큰 의의가 있다.

〈빠담빠담〉에서 노희경은 타임슬립이라는 장르 SF적 요소를 차용하여 인생에 있어서 '기적'의 의미를 추적한다. 타임슬립 장치는 우리가 살아가면서 매 순간 '선택'의 문제에 직면하고 있음을 환기시킨다. 어떤 선택을 하느냐에 따라 '인생=이야기'는 달라지기도 한다. 주인공 '강칠'은 억울하게 살인 누명을 쓰고 장기 복역수가 된 인물로, 자신을 둘러싼 사회의 부정성에 분노하면서도 시정하려고 하지 않는다. "열심히 해도 삶의 의미는 찾아지지 않는다."는 숙명론적인 사고가 그를 지배한다. '찬걸'로 대변되는 부정적인 세계에 대해 그는 "인생은 엿같이 흘러간다."고 말하곤 한다. 인생은 엿같이 흘러가기 때문에 어떤 선택을 하면 반드시 누군가 상처를 입고, 그것이 싫으니 감옥에 남는 편이 더 낫다고 그는 생각한다.

선택을 하지 않아도 누군가는 반드시 상처를 입는다. 가족이나 지인이 대상이 되기도 하고, 내가 상처를 입을 때도 있다. 따라서

'선택의 잔혹함'을 받아들이고 살아남기 위해서는 하나의 이야기를 선택해야 한다. 메타 이야기 차원의 '안내자' 역할을 하는 캐릭터인 '국수'의 도움을 받아 가면서 '강칠'은 타임슬립을 거듭한다. 노희경은 그렇게 선택된 '인생=이야기'가 사실은 구현되지는 않았지만 구현될 수도 있었던 이야기, 우리가 선택하지 않은 분기의 이야기를 포기한 대가로 얻은 것이라는 점에서 그 자체로 소중하다는 메시지를 시청자들에게 전하고 있다.

〈괜찮아 사랑이야〉에서도 세계는 부정적으로 설정되어 있다. 단순한 사고사에 징역 11년을 선고하는 '정의 없는 세계'로 말이다. 정의 없는 세계에서 인간들은 누구나 조금씩 병들어 있다. 주인공 '재열'은 정의 없는 세계에서 받은 상처로 인해 '강우'라는 환시를 만들어 내고, 그 질병의 세계에 스스로 틀어박힌다. 그러다가 정신과 의사 '해수'를 만나 사랑에 빠지고, '환상'과 '현실' 사이에서 선택의 기로에 놓인다.

노희경은 '강우'가 환상이라는 것을 제4화까지 교묘하게 감추다가 해당 회차의 엔딩 부분에서야 사실을 드러낸다. 환상 세계의 리얼리티를 배가시킴으로써 노희경은 '재열'의 선택을 어렵게 만든다. '재열'이 자신의 환상을 인정하고 현실로 돌아온다는 것은 단순한 선택이 아니다. '강우'라는 리얼에 가까운 친구를 완전히 버리는 실존적 아픔을 수반한 결단이다. 노희경은 우리의 인생이 이와 같이 아픔을 무릅쓰고 어떤 한 세계를 포기한 대가로 선택된 것이어서 더욱 가치가 있다는 메시지를 전한다. 그런 맥락에서

〈괜찮아 사랑이야〉는 〈빠담빠담〉에 이어져 있다.

　노희경의 실험은 신자유주의로 인한 세계의 유동성이 확대되는 상황에서 생존에 대한 감각이 일층 예민해져 가는 사회 전반의 분위기를 대변한 것이다. 살아남기 위해서는 우리 앞에 놓인 신자유주의적 상황을 '전제'로 받아들인 가운데, 스스로의 힘으로 자신의 '인생=이야기'를 선택해야 한다는 생각을 가진 사람들에게 노희경의 서사는 친숙하게 받아들여지고 지지를 받고 있다. 그런 점에서 노희경의 서사는 우노 쓰네히로가 '2001년의 새로운 상상력'이라고 부르는 상상력에 의해 떠받쳐지고 있다. 그것은 그것대로 결정 불능의 심리주의적 대도를 지양한 성과라는 점을 우리는 충분히 인정하지 않으면 안 된다. 그러나 이 '선택지의 사상'이 한편으로 신자유주의적 상황을 '전제'로 한 것이라는 점에서는 반성적으로 성찰해 보아야 한다.

주요 콘텐츠 목록 및 해제

〈감자별 2013QR3〉   김병욱·조찬주·김정식 등이 연출하고, 초록뱀미디어에서 제작한 시트콤. 2013년 9월 23일부터 2014년 5월 15일까지 tvN에서 방영. 2013년 어느 날 지구로 근접해 온 '감자별'로 인해 지구에는 위기감이 고조된다. 주식회사 콩콩의 대표이자 노씨 일가의 장남인 '민혁'고경표 분은 불의의 사고로 정신 연령이 낮아지게 되고, 노씨 일가는 이 사실을 감추기 위해 전전긍긍한다. 한편 '오 이사'김광규 분가 회사를 위기로 몰아가는 가운데, 노씨 일가에는 어린 시절 잃어버린 '민혁의 동생' '혜성'여진구 분이 나타나 회사 일을 배우기 시작한다. 인생의 위기에 대한 해학적인 접근이 돋보이는 시트콤이다.

〈괜찮아 사랑이야〉   김규태 연출, 노희경 극본의 16부작 드라마. 2014년 7월 23일부터 9월 11일까지 SBS에서 방영. '정신과 의학 드라마'를 표방한 작품으로, 인간의 내면을 리얼리즘 기법에 입각하여 해부하고 있는 점이 눈에 띈다. 정신분열증 환자의 '환시'

를 주요 캐릭터로 등장시키는가 하면, 드라마의 클라이맥스 부분에 '선택지적인' 요소를 배치하고 있는 점이 특징적이다. 즉, 극중 베스트셀러 작가이자 정신분열증을 앓고 있는 '장재열'조인성 분은 자신의 트라우마를 반영하고 있는 환시인 '강우'도경수 분의 세계와 사랑하는 정신과 의사 '지해수'공효진 분의 세계 사이에서 선택의 기로에 놓인다.

〈그 겨울 바람이 분다〉 김규태 연출, 노희경 극본의 16부작 드라마. 2013년 2월 13일부터 4월 3일까지 SBS에서 방영. 유년기에 부모에게 버려지고 전문 포커 갬블러로 어둠의 세계에서 살아온 '오수'조인성 분가, 대기업의 상속녀지만 갑자기 시각을 잃은 '오영'송혜교 분이 어릴 적에 헤어진 동명의 오빠 행세를 하면서 벌어지는 일들을 그리고 있다. 시각을 잃은 주인공의 캐릭터 조형이 특이하며, '오영' 역을 맡은 송혜교의 연기도 섬세하다.

〈꽃미남 라면가게〉 백묘의 소설《새콤달콤 베이커리》를 원작으로 한, 정정화 연출의 로맨틱 코미디 드라마. 2011년 10월 31일부터 12월 20일까지 tvN에서 방영되었다. 쿨하지 못하면 미안한 시대에 세상이 쉽기만 한 '차치수'정일우 분와 세상이 어렵기만 한 '양은비'이청아 분의 잘못된 만남이 일어나고, 쿨한 세상에 팍팍한 가슴으로 살아가던 '꽃미남'들이 더해지면서 오글오글한 연애담이 전개된다. 꽃미남 라면가게의 셰프 '최강혁' 역에 이기우, 스탭 '김바

울' 역에 박민우, 스탭 '우현우' 역에 조윤우가 분한다.

〈꽃보다 남자〉 가미오 요코의 만화를 원작으로 한, 전기상 연출의 25부작 드라마. 2009년 1월 5일부터 3월 31일까지 KBS2에서 방영. 평범한 서민 집안의 소녀 '금잔디'구혜선 분가 특권층 자제들만 다니는 고등학교에 전학해 F4로 불리는 네 명의 명문가 자제들과 만나면서 벌어지는 일련의 에피소드들을 다루고 있다. 재계 수위 신화그룹의 후계자 '구준표'이민호 분, 전직 대통령의 손자이자 수암문화재단의 후계자 '윤지후'김현중 분, 한국 대표 예술 명가의 후계자 '소이정'김범 분, 건설·부동산 업계를 대표하는 가문의 후계자 '송우빈'김준 분 등 F4의 캐릭터 조형이 제작 전부터 세간의 흥미를 끌었다. 신데렐라 코드의 대중성을 다시 한 번 확인시켜 준 작품이다. 같은 원작을 토대로 만들어진 대만과 일본의 드라마가 있다.

〈꽃보다 할배〉 나영석 PD와 이우정 작가의 배낭여행 프로젝트로, 2013년 7월 5일부터 10월 4일까지 시즌1이 tvN에서 방영. 이순재, 신구, 박근형, 백일섭 등 원로 연기자들과 '짐꾼' 이서진이 시즌제로 프랑스, 스위스, 대만, 스페인 등을 여행했다. 한편 같은 제작진에 의해 〈꽃보다 누나〉가 만들어져 2013년 11월 29일부터 2014년 1월 17일까지 tvN에서 방영되기도 했다. 〈꽃보다 누나〉에는 윤여정, 김자옥, 김희애, 이미연, 이승기 등이 출연했다.

〈나쁜 녀석들〉　김정민 연출, 한정훈 극본의 11부작 범죄 액션 드라마. 2014년 10월 4일부터 12월 13일까지 OCN에서 방영. 연쇄 살인과 같은 잔혹 범죄에 대한 경찰 수사의 한계를 느낀 경찰청장 '남구현'강신일 분이 과잉 수사로 징계 처분을 받고 정직 중인 형사 '오구탁'김상중 분을 불러들여 잔혹 범죄에 대응하기 위한 특별수사팀 조직을 명령한다. '오구탁'은 수감 중인 살인 청부업자 '정태수'조동혁 분, 조직 폭력배 '박웅철'마동석 분, 천재 사이코패스 연쇄 살인마 '이정문'박해진 분 등을 소집하여 '나쁜 놈 잡는 나쁜 놈들'로 조련한다. 자신의 과거 범죄 사실을 은폐하기 위해 특별수사팀의 해체를 획책하는 특임검사 '오재원'김태훈 분의 음모에 맞서 싸우는 특별수사팀의 활약상이 그려진다.

〈너의 목소리가 들려〉　조수원 연출, 박혜련 극본의 18부작 드라마. 2013년 6월 5일부터 8월 1일까지 SBS에서 방영. 아버지의 죽음을 목격한 충격으로 상대방의 마음의 소리를 들을 수 있게 된 '박수하'이종석 분와 '수하' 아버지 살인 사건의 목격자로 국선변호인이 된 '장혜성'이보영 분이 만나 연상 연하 커플의 사랑 이야기가 그려진다. '장혜성'에게 앙심을 품고 출소 후 복수하려는 살인마 '민준국'정웅인 분의 집요한 추격, '민준국'에게서 '장혜성'을 지키고자 하는 '박수하'의 결의가 긴장감을 높인다. 국선변호사의 세계를 다루고 있는 점도 특징이다.

콘
텐
츠
의

사
회
학

〈닥치고 꽃미남밴드〉 이권 연출, 서윤희 극본의 16부작 청춘 로맨스 드라마. 2012년 1월 30일부터 3월 20일까지 tvN에서 방영. 공격적인 도시 재개발로 인한 대대적인 학군 개편으로 타워팰리스 근처의 부자들이 다니는 '정상고등학교'로 전학하게 된 달동네 녀석들의 성장기를 다루고 있다. 그들은 학교에 잘 적응하지 못하고 음악에서 탈출구를 모색한다. 밴드 '안구정화'의 멤버로 이민기, 성준, 엘, 이현재, 유민규, 김민석 등이 출연한다.

〈대장금〉 이병훈 연출, 김영현 극본으로 2003년 9월 15일부터 2004년 3월 23일까지 MBC에서 방송된 사극. 조선 중종의 신임을 받았던 의녀 '장금'이영애 분의 일대기를 각색한 작품으로, 여성을 영웅으로 내세운 드라마라는 점이 특징적이다. 좋은 스승을 만나 각고의 노력 끝에 자기 분야에서 일가를 이루며, 적의 간계로 시련을 겪지만 그것마저 극복한다는 영웅 설화의 구조를 차용하고 있다는 점에서 이병훈 연출의 〈허준〉에 이어져 있다. 영웅 설화적 구조의 탄탄함과 요리·의학의 접목이라는 흥행 요소가 결합하여 중화권에서 한류 붐을 선도한 것으로 평가된다.

〈레인 이펙트〉 2013년 12월 19일부터 2014년 1월 23일까지 Mnet에서 방영된 6부작 리얼리티 프로그램. 가수 비정지훈가 군 복무 2년 간의 공백을 깨고 컴백을 준비하는 과정을 담고 있다.

〈마녀사냥〉 2013년 8월 2일부터 JTBC에서 방영되고 있는 토크 쇼. 성인 남녀의 연애 심리를 직설적이고 냉소적으로 파헤쳐 꾸준한 인기를 끌고 있다. 신동엽, 성시경, 허지웅, 유세윤 등이 진행을 맡고 있다.

〈메리대구 공방전〉 신성진의 인터넷 소설 〈한심남녀 공방전〉을 원작으로 한, 고동선·이정효 연출의 코믹 멜로드라마. 2007년 5월 16일부터 7월 5일까지 MBC에서 방영된 16부작 미니 시리즈. 무명 무협 소설가라고는 해도 백수에 불과한 '대구'지현우 분와 뮤지컬 배우가 꿈이지만 번번이 오디션에서 탈락하는 '메리'이하니 분가 티격태격 다투는 앙숙으로 만났다가 서로의 처지를 이해하고 위로하는 연인으로 발전해 가는 이야기다. 지상파 방송으로는 상당히 이른 시기에 만화적인 설정을 도입했다는 점에서 중요한 작품으로 여겨진다.

〈몬스타〉 김원석 연출, 정윤정 극본의 12부작 음악 드라마. 2013년 5월 17일부터 8월 2일까지 tvN과 Mnet에서 동시 방영. 아이돌 스타 '윤설찬'용준형 분이 북촌고로 전학을 오게 되면서 따분하기만 했던 학교가 술렁이기 시작한다. 학교에서 자존감을 잃어 가던 아이들이 '윤설찬'과 함께 밴드를 만들어 활동하면서 꿈과 희망을 되찾는 이야기다. 기존의 대중음악을 새롭게 해석한 곡들을 다수 삽입하여 드라마의 몰입도를 높였다. 음악 드라마의 가능성

콘텐츠의 사회학

을 보여 준 작품이다.

〈무릎팍도사〉 MBC 예능 프로그램 〈황금어장〉의 한 코너. 강영선·노시용 연출로 2007년 1월 31일부터 2011년 10월 12일, 2012년 11월 29일부터 2013년 8월 22일까지 방영. 점집으로 꾸민 세트장에서 강호동이 박수무당으로 분장하여 게스트의 고민을 들어 주는 형식으로 진행되었다. 엔터테이너는 물론 그 밖의 사회 각계 인사가 출연하여 세간의 이목을 끌었다.

〈무한도전〉 김태호 연출의 MBC 간판 예능 프로그램. 2006년 5월 6일부터 방영되고 있다. 매회 색다른 형식의 새로운 기획을 선보여 시청률을 제고해 오고 있으며, 충성도가 높은 시청자층을 확보하고 있는 것으로 평가된다. 유재석, 박명수, 정준하, 정형돈, 하하 등 고정 멤버를 주축 캐릭터로 하는 롤플레잉 게임 형식을 차용한 기획이 많다. 다소 유치한 설정임에도 남자 친구들 사이의 우정에 호소하는 면이 있다.

〈미남이시네요〉 홍정은·홍미란 극본, 홍성창 연출로 2009년 10월 7일부터 11월 26일까지 SBS에서 방영된 16부작 로맨스 드라마. '수녀'를 꿈꾸던 소녀 '고미녀'^{박신혜 분}가 쌍둥이 오빠 '고미남'을 대신해 아이돌 그룹 'A.N.Jell'의 멤버가 되어 활동하면서 벌어지는 에피소드들을 다루고 있다. '고미남'으로 변장한 남장 여인 '고미녀'와 그룹의 리더인 '황태경'장근석 분, '고미녀'의 정체를 알고도 그녀를 지켜 주는 그룹 멤버 '강신우'정용화 분 사이의 삼각관계가 드라마의 긴장감을 더한다. 기획 의도에 "동방신기 중 한 명이 여자라면?"이라는 발칙한 문안을 올려놓고 있으며, "소녀 판타지로 포장된 인간 성장기"를 표방하고 있다.

〈미래의 선택〉　권계홍·유종선 연출의 16부작 드라마. 2013년 10월 14일부터 12월 3일까지 KBS2에서 방영. 미래의 '나'가 찾아와 보다 나은 인생을 위해 새로운 선택의 방향을 제시해 준다는 타임슬립 설정이 있는 드라마다. 방송국을 무대로 하고 화려한 캐스팅으로 세간의 주목을 받았지만, 선악 구도가 분명하지 않고 판타지적 요소가 진입 장벽으로 작용하면서 시청률에서 고전을 면치 못했다.

〈뱀파이어 검사〉　김병수 연출로 'CMG초록별'에서 제작한 범죄 추리 드라마. 2011년 10월 2일부터 12월 18일까지 OCN에서 방영. 죽은 자의 피를 맛보면 살해 당시의 마지막 상황과 피의 동선이 보이는 '뱀파이어 검사'를 히어로로 내세우고 있는 점이 특징적이다. 연정훈이 뱀파이어 검사 '민태연' 역으로 분한다. 2012년에는 시즌2가 만들어졌다.

〈별에서 온 그대〉　장태유·오충환 연출의 21부작 로맨틱 코미디

드라마. 2013년 12월 18일부터 2014년 2월 27일까지 SBS에서 방영. 400년 전 조선에 온 외계인이 정체를 숨기고 이름을 바꾸어 가며 아직까지도 대한민국 서울에 살고 있는 것은 아닐까 하는 다소 황당한 상상에서 만들어진 작품이다. S&C 그룹의 후계자로 천재 사이코패스인 '이재경'신성록 분에게서 배우 '천송이'를 지키기 위해 외계인 '도민준'이 초능력을 발휘하면서 고군분투하는 이야기다. 중국에서도 큰 반향을 일으키며 아류작을 양산하기도 했다.

〈보고 싶다〉 이재동·박재범 연출, 문희정 극본의 21부작 미스터리 멜로드라마. 2012년 11월 7일부터 2013년 1월 17일까지 MBC에서 방영. 제2금융권의 대표로 돈에 혈안이 된 '한태준'한진희 분의 어두운 욕망, '한태준'의 욕망에 의해 희생된 존재인 '해리 보리슨 강형준'유승호 분의 복수를 위한 음모, 형사가 되어 사건의 전말을 파고들어 가는 '한정우'박유천 분의 활약 등이 그려진다. 살해된 것으로만 알았으나 '조이'라는 새 이름으로 살아온 '수연'윤은혜 분, '수연'의 사랑을 독점하려는 '형준', '수연'의 죽음을 믿지 않고 끝없이 찾아온 '정우'의 삼각 구도가 제법 안정감 있게 그려진다.

〈빠담빠담〉 김규태 연출, 노희경 극본의 20부작 멜로드라마. 2011년 12월 5일부터 2012년 2월 7일까지 JTBC에서 방영. 살인죄를 뒤집어 쓴 장기 복역수로 거칠게 살아온 '양강칠'정우성 분과 대차고 발랄하게 살아온 수의사 '정지나'한지민 분가 우연히 만나 사랑에 빠져든다. '강칠'과 감옥에서 만난 인연으로 수호천사를 자처하는 '국수'김범 분가 두 사람의 운명적인 사랑을 지켜 주기 위해 동분서주한다. '강칠'이 경험하는 기적의 판타지적인 요소는 한국 드라마사에 있어서 매우 선구적인 면이 있다.

〈상속자들〉　　강신효·부성철 연출, 김은숙 극본의 20부작 드라마. 2013년 10월 9일부터 12월 12일까지 SBS에서 방영. 물력에 의해 지배되는 사회의 축도라고도 할 명문 귀족 사립 고등학교 '제국고'를 배경으로 '제국그룹'의 후계 구도와 상속자들의 사랑에 대한 이야기를 다루고 있다. 제작진은 "우리가 지금까지 한 번도 본 적 없는 아주 섹시하고 사악한 격정 하이틴 로맨스"라고 설명하고 있으나, 매우 익숙한 빈부의 계급 문제와 신데렐라 코드를 중심으로 짜여 있다. 이민호가 주연을 맡아 〈꽃보다 남자〉의 그림자가 강하게 느껴진다.

〈성균관 스캔들〉　　정은궐 소설 《성균관 유생들의 나날》을 원작으로 한, 김원석·황인혁 연출의 드라마. 2010년 8월 30일부터 11월 2일까지 KBS2에서 방영. 금녀의 공간 성균관에 들어가게 된 남장 여인 '김윤희'박민영 분가 '선준'박유천 분, '재신'유아인 분, '용하'송중기 분의 도움을 받으며 세상의 이치와 사랑에 눈떠 가는 이야기다. 제작진은 "치열한 젊음, 청춘 성장 드라마, 성균관"을 캐치프레이즈로 내걸고 있다.

콘텐츠의 사회학

〈수사반장〉 　MBC에서 제작하여 방송한 범죄 수사물. 1971년 3월 6일부터 1989년 10월 12일까지 방영되었다. 허규, 박철, 유흥렬, 이년헌, 이효영, 강철호, 고석만, 최종수, 김지일, 김종학, 김승수 등이 이어서 연출을 맡았다. 최불암이 '박 반장'으로 분했으며, 김상순, 김호정, 조경환 등이 형사 역할을 맡았다. 1978년 김호정이 과로로 사망한 뒤 남성훈이 뒤이어 투입되었다. 여경으로는 김영애, 염복순, 이금복, 김화란, 윤경숙, 노경주 등이 출연했다. 범인으로는 이계인, 조형기, 변희봉 등이 출연. 죄는 미워해도 인간은 미워하지 않는다는 전제 위에 수사관들의 인간적인 면모가 부각된 작품이다. '수사 실화극'을 표방. 초반에는 현실감이 다소 떨어졌으나, 경찰의 자문을 구하면서 리얼리티가 살아났다. 경찰 자문은 서울시경의 최중락 전 총경이 맡았다. 류복성이 만든 오프닝 음악이 인기를 끌었다.

〈슈퍼스타 K〉 　Mnet의 대국민 공개 오디션 프로그램. 2009년 7월 24일 시즌1의 첫 방송이 전파를 탄 이래로, 시즌제를 도입하여 많은 가수들을 배출하고 있다. 참가자들의 휴먼 스토리와 노래 경연을 절묘하게 편집하여 높은 시청률을 기록. 아이돌 중심의 가요 시장 판도에 작은 변화를 가져온 것으로 평가되기도 한다. 서인국, 허각, 울랄라세션, 로이킴, 박재정, 곽진언 등의 우승자를 배출.

〈신의 퀴즈〉 　이준형 연출, 박재범 극본의 범죄 미스터리 수사

극. 2010년 10월 8일부터 12월 10일까지 OCN에서 방영. 한국판
〈CSI〉 시리즈를 표방하면서 미스터리한 사건의 진실을 파헤치는
한국 최고 법의학팀의 활약상을 그리고 있다. 류덕환이 천재 신
경외과 전문의이자 '한국의대 지역 법의학 사무소 촉탁의' '한진
우' 역할로 분한다. 2011년 시즌2, 2012년 시즌3, 2014년 시즌4로
만들어져서 OCN에서 방영.

〈**아름다운 그대에게**〉　나카조 히사야 만화를 원작으로 한, 전기상
연출의 16부작 드라마. 2012년 8월 15일부터 10월 4일까지 SBS
에서 방영. 꽃미남을 활용하는 역하렘물의 장르적인 흡입력으로
2007년 일본에서 만들어진 〈아름다운 그대에게 : 미남 파라다이
스〉는 높은 시청률을 보인 반면, 그룹 샤이니의 멤버 민호'강태준' 역,
그룹 에프엑스의 멤버 설리'구재희' 역를 동원하고도 한국판은 시청
률 면에서 큰 성과를 내지 못했다. SM C&C가 처음 제작한 드라
마 작품으로, 제작사의 경험 부족도 작품 실패의 한 요인으로 꼽
을 수 있다.

〈**여고괴담**〉　박기형 감독의 1998년 공포 영화. 입시 지옥, 학교 폭
력 등 한국 교육의 오랜 병폐를 '괴담' 형식으로 문제 삼아 사회적
으로 큰 반향을 일으켰다. 학생들에게 폭력을 행사하거나, 학생을
성추행하는 교사 캐릭터가 등장한다는 이유로 '교총'의 항의를 받
기도 했다. 긴 복도에서 점프 컷을 이용해 찍은 최강희'윤제이' 역의 순

콘
텐
츠
의

사
회
학

간 이동 장면은 여러 패러디를 양산한 명장면으로 꼽힌다. 영화의 흥행으로 공포 영화 '시리즈'들이 다수 만들어진다. 〈여고괴담〉은 〈여고괴담 두 번째 이야기〉1999, 〈여고괴담 3 : 여우계단〉2003, 〈여고괴담 死 : 목소리〉2005, 〈여고괴담 5 : 동반자살〉2009 등으로 이어진다. 다섯 편의 시리즈가 이어지는 동안 최강희, 박진희, 김규리, 박예진, 공효진, 송지효, 박한별, 김옥빈, 서지혜, 차예련, 오연서, 손은서 등이 출연하여 신인 여배우의 등용문으로도 알려짐.

〈열혈남아〉   2008년 1월 25일부터 3월 28일까지 Mnet에서 방영된 신인 육성 프로그램. 기획사 JYP의 신인 육성 다큐로, 이 프로그램을 통해 JYP의 간판 아이돌 그룹인 2PM, 2AM이 만들어졌다. 한편 프로그램에 참여했다가 데뷔하지 못한 윤두준은 소속사를 옮겨 '비스트'로 데뷔했다.

〈예쁜 남자〉   천계영 만화를 원작으로 한, 이재상·정정화 연출의 드라마. 2013년 11월 20일부터 2014년 1월 9일까지 KBS2에서 방영. 성공 지상주의가 만연한 사회에서 성공의 바른 길을 묻고자 했다고 제작진은 기획 의도에서 밝히고 있다. 장근석이 초절정 예쁜 남자 '독고마테'로 분했고, 가수 아이유가 생활력이 강한 보통 여자 '김보통'으로 분했다.

〈오직 그대만〉   송일곤 감독의 2011년 영화. 제16회 부산국제영화제 개막작. 복싱을 그만두고 삶의 활력을 잃은 채 어둡게 살아가는 남자 '철민'소지섭 분과 시력을 잃어 가고 있지만 항상 밝게 살아가는 '정화'한효주 분의 사랑 이야기. '정화'를 위해 복싱을 다시 시작했다가 불구의 몸이 되는 '철민'의 헌신적인 사랑이 감동적으로 그려져 있다. 멜로드라마의 구조에 충실한 작품이다.

〈오프 더 레코드 효리〉   2008년 2월 25일부터 5월 10일까지 Mnet에서 방영된 12부작 리얼리티 프로그램. 가수 이효리가 자신의 세 번째 솔로 앨범을 준비하는 과정과 연예계 활동 이면의 일상을 자연스럽게 보여 줌.

〈옥탑방 왕세자〉   신윤섭·안길호 연출, 이희명 극본의 20부작 드라마. 2012년 3월 21일부터 5월 24일까지 SBS에서 방영. 조선 시대 왕세자 '이각'박유천 분이 권력 투쟁에 의해 사랑하는 '세자빈'정유미 분을 잃은 뒤 타임슬립을 통하여 300여 년 뒤인 21세기 서울에 도착해 과거에 이루지 못한 사랑을 이룬다는 내용이다. '궁중 판타지 로맨스'를 표방하기도 하지만, 타임슬립 전후의 상황이 유사하다는 점에서 일종의 게임 서사로 볼 수 있다. 트레이닝복을 입고 있는 현대의 왕세자와 측근들의 캐릭터 조형이 상당히 만화적이다.

〈우리 결혼했어요〉   남녀 연예인들의 가상 결혼을 그린 MBC의 예능 프로그램. 초창기에는 〈일요일 일요일 밤에〉의 한 코너로 편성되었으나, 2009년 8월 15일부로 단독 프로그램으로 편성되었다.

〈은밀하게 위대하게〉　　Hun최종훈의 웹툰을 원작으로 한, 장철수 감독의 2013년 영화. 동네 바보 노릇을 하고 있지만 사실은 북한 특수 공작대 출신의 남파 간첩 '원류환'김수현 분의 이야기를 담았다. 남북 관계의 변화에 따라 쓸모가 없어진 남파 간첩들에게 자살 명령이 내려지고, '원류환' 등이 항명하자 북한에서는 상관인 '김태원'손현주 분이 제거조로 투입된다. 김수현의 티켓 파워를 보여 준 작품이다.

〈응답하라 1994〉　　신원호 연출, 이우정 극본의 21부작 드라마. 2013년 10월 18일부터 12월 28일까지 tvN에서 방영. 1994년을 배경으로 신촌 부근 하숙집에 들어온 하숙생들의 일상을 당대의 문화적인 현상과 버무려 그려 낸다. 하숙집 딸 '나정'고아라 분이 누구와 결혼하는가 하는 수수께끼적인 요소를 가미하여 드라마의 흥미를 더하고 있다. 서태지 신드롬, 연세대 농구부의 인기 등 향수를 자극하는 연대기적 요소를 잘 활용하고 있다. 〈응답하라 1997〉에 이어 '응답하라 신드롬'을 불러일으켰으며, 2015년 하반기에는 〈응답하라 1988〉이 tvN에서 방영될 예정이다.

〈이웃집 꽃미남〉　　유현숙의 웹툰 〈나는 매일 그를 훔쳐본다〉를 원작으로 한, 정정화 연출의 16부작 로맨틱 코미디. 2013년 1월 7일부터 2월 26일까지 tvN에서 방영. 사랑의 상처를 끌어안고 스스로 성 속에 자신을 가둔 '도시형 라푼젤'인 '고독미'^{박신혜 분}와 연하의 꽃미남 '엔리케 금'^{윤시윤 분}의 좌충우돌 사랑 이야기. 여기에 남몰래 '독미'를 지켜보며 그녀를 주인공으로 하는 웹툰을 연재하고 있는 초보 웹툰 작가 '오진락'^{김지훈 분}이 끼어들어 흥미를 더한다. '크리에 이티브 디렉터', '웹툰 작가', '출판 교정' 등 다양한 직업군으로 캐릭터를 조형하여 흥미롭다.

〈잘 키운 딸 하나〉 조영광 연출, 윤영미 극본의 일일 드라마. 2013년 12월 2일부터 2014년 5월 30일까지 SBS에서 방영. 몇 대에 걸쳐 '간장'을 만드는 일을 대물림해 온 '황소간장'은 이들에게만 가업을 잇는 전통이 있다. 그에 따라 '장하나'는 남자인 '장은성'^{박한별 분}으로 살아간다. 남장 여인 '은성'에게 '설도현'^{정은우 분}은 묘하게 끌리고, 두 사람은 서로 사랑하게 된다. '황소간장'의 전통을 지켜가려는 사람들과 기업의 이윤을 우선시하면서 '황소간장'을 빼앗으려는 사람들 사이의 갈등이 드라마의 중심축을 이룬다.

〈지붕 뚫고 하이킥〉 김병욱 연출의 시트콤으로, '하이킥' 시리즈의 두 번째 작품. 2009년 9월 7일부터 2010년 3월 19일까지 MBC에서 방영. 빚쟁이들에 쫓겨 서울로 올라온 자매가 성북동 '이순재'의 집에 살게 되면서 벌어지는 에피소드들을 코믹하게 그리고 있다. '정혜리'^{진지희 분}의 "빵꾸똥꾸야!"라는 대사가 유행하여 사회적으로 논란이 되기도 함. 마지막 회에서 '이지훈'^{최다니엘 분}과 '신세

콘텐츠의 사회학

경'신세경 분이 교통사고로 죽는 새드 엔딩을 취한 점도 특징적이다.

〈커피프린스 1호점〉   이선미 소설을 원작으로 한, 이윤정 연출의 17부작 드라마. 2007년 7월 2일부터 8월 27일까지 MBC에서 방영. 동인식품의 후계자이나 첫사랑을 잊지 못해 겉돌기만 하던 '최한결'공유 분이 '커피프린스 1호점'이라는 커피 전문점을 경영하다 '고은찬'윤은혜 분이라는 선머슴 같은 소녀 가장을 만나면서 생기는 에피소드들을 다루고 있다. '남장'을 한 '고은찬'이 여자라는 사실을 '최한결'이 모르는 데서 발생하는 내적 갈등이 드라마의 긴장감을 제고한다.

〈킬미 힐미〉   김진만·김대진 연출, 진수완 극본의 20부작 드라마. 2015년 1월 7일부터 3월 12일까지 MBC에서 방영. 일곱 개의 인격을 가진 재벌 3세 '차도현'지성 분이 유년 시절 어두운 기억의 일부분인 '오리진'황정음 분을 만나면서 그동안 피하고자 했던 고통스러운 기억과 대면하고 자신을 찾아가는 힐링 멜로. 동시간대 방영된 〈하이드 지킬, 나〉SBS의 원작 웹툰 〈지킬 박사는 하이드 씨〉의 작가 이충호는 〈킬미 힐미〉가 자기 작품의 콘셉트를 도용했다고 주장하기도 함.

〈태조 왕건〉   김종선·강일수·강병택·정영철 연출, 이환경 극본으로 2000년 4월 1일부터 2002년 2월 24일까지 KBS에서 방영된

대하드라마. 고려사에 대한 관심이 높아진 가운데 만들어진 사극으로 후삼국 시대의 '왕건'최수종 분, '궁예'김영철 분, '견훤'서인석 분 등 영웅들의 대결 국면을 실감나게 형상화한 수작으로 평가받고 있다.

〈특수사건 전담반 TEN〉 이승영 감독, 남상욱·이재곤·한수련 극본의 9부작 범죄 수사 드라마. 2011년 11월 18일부터 2012년 1월 13일까지 OCN에서 방영. 해결 확률 10% 미만의 미제 사건만을 해결하는 특수사건 전담반의 활약상을 그리고 있다. 특수사건 전담반은 경찰교육원 교수 출신의 팀장 '여지훈'주상욱 분, 프로파일러 '남예리'조안 분, 수사 경력 24년의 베테랑 형사 '백도식'김상호 분, 신참 형사 '박민호'최우식 분 등으로 구성된다. 멤버를 그대로 이어받아 시즌2가 2013년 여름에 방영.

〈풀하우스 take2〉 원수연 만화를 원작으로 한, 김진영·남기훈 연출의 32부작 드라마. 2012년 10월 22일부터 12월 13일까지 SBS plus에서 방영. 정지훈비과 송혜교가 주연을 맡았던 〈풀하우스〉의 인기에 힘입어 후속작으로 만들어짐. 재벌가의 외동아들에서 생계형 아이돌로 전락한 '태익'노민우 분, 본인을 '나님'이라고 칭하는 최강 나르시시스트 '강휘'박기웅 분, 합기도 사범 출신의 열혈 코디네이터 '만옥'황정음 분 등이 '태익'의 풀하우스에 살게 되면서 벌어지는 일들을 그리고 있다. 소녀 취향의 전형적인 신데렐라 스토리다. 일본 TBS에서 먼저 공개됨.

콘텐츠의 사회학

〈프러포즈 대작전〉　　일본 후지TV 드라마를 원작으로 한, 김우선 연출의 타임슬립형 드라마. 2012년 2월 8일부터 3월 29일까지 TV조선에서 방영. 첫사랑의 결혼식에 간 '강백호'유승호 분가 첫사랑을 되찾기 위해 타임슬립하여 운명과 대결하는 이야기다. '첫사랑과의 해피엔딩'이라는 로망을 자극한다. 타임슬립이라는 판타지적인 요소를 가미한 스토리를 내놓아 젊은 시청자층을 포섭하려고 한 TV조선의 고심작이다.

〈피노키오〉　　조수원·신승우 연출, 박혜련 극본의 드라마. 2014년 11월 12일부터 2015년 1월 15일까지 SBS에서 방영. 거짓말을 하면 딸꾹질을 하는 '피노키오 증후군'이 있는 '최인하'박신혜 분와 저널리즘에 의해 가족 파탄을 겪고 전혀 다른 이름으로 신분을 바꾼 채 살아가는 '최달포'이종석 분의 사회부 기자로서의 번민과 활약, 그리고 사랑을 그린 작품이다. 가족을 잃은 슬픔과 저널리즘에 대한 복수심으로 살아오다가 급기야 살인자가 되고, 또 우연하게도 저널리즘에 의해 '의인'으로 조명을 받게 된 '기재명'윤균상 분 캐릭터가 의외의 각광을 받았다. '기자'를 영웅으로 내세운 전문직 드라마다.

〈하녀〉　　1960년에 발표된 김기영 감독의 영화 〈하녀〉를 리메이크한 임상수 감독의 2010년 공포 영화. 이혼 후 허드렛일을 전전하던 '은이'전도연 분는 상류층 가족의 대저택에 하녀로 들어가게 된다. 어느 날 저택의 주인 사내인 '훈'이정재 분이 그녀의 방에 들어와 육체관계를 맺게 되고, 그녀는 본능적인 행복감에 도취된다. 집안 사람들의 눈을 피해 이어지던 두 사람의 은밀한 관계가 '병식'윤여정분에게 발각되면서 저택에는 미묘한 긴장감이 흐른다. '대저택'으로 표상되는 상류층의 화려한 삶과 여자로서의 욕망에 눈뜬 하류층 이혼녀의 유린당한 삶이 극명한 대비를 보여 준다.

〈학교 2013〉　KBS2의 〈학교〉 시리즈 중 다섯 번째로 이민홍·이응복 연출의 드라마. 2012년 12월 3일부터 2013년 1월 28일까지 KBS2에서 방영. 학교 폭력과 교권 추락, 입시 위주의 교육 행태를 다룬 전형적인 학원물이다. '고남순' 역의 이종석과 '박흥수' 역의 김우빈 사이의 조화로 큰 인기를 누렸다. 곽정욱, 최창엽, 이지훈, 이이경, 박세영 등도 스포트라이트를 받았다. 주제곡 〈혼자라고 생각 말기〉김보경도 인기를 누림. 일본에 수출되어 〈흔들리면서 피는 꽃ゆれながら咲く花〉이라는 제목으로 방영.

〈한 지붕 세 가족〉　MBC에서 제작하여 방송한 가족 드라마. 1986년 11월 9일부터 1994년 11월 13일까지 방영. 윤대성, 김운경, 이홍구, 이찬규, 이종욱, 김진숙, 지훈, 김남원, 오현창 등이 이어서 연출을 맡음. 한 집에 세 가족이 서로 아옹다옹하면서 살아가는 서민적인 모습을 해학을 섞어 잘 그려 낸 작품으로 평가된다. 임현식, 박원숙, 현석, 오미연, 임채무, 윤미라, 강남길, 최주봉 등 연기파 배우들이 대거 출연. 낭만적인 방식이기는 하지만, 도시의 주거 문제를 본격적으로 다루고 있다는 점에서 주목된다. 시간대 조정이 있기는 했지만, 매주 일요일 아침에 편성되어 일요 아침 드라마의 가능성을 확인한 작품이다.

〈해를 품은 달〉 정은궐의 소설을 원작으로 한, 김도훈·이성준 연출의 20부작 드라마. 2012년 1월 4일부터 3월 15일까지 MBC 에서 방영. 조선 시대 가상의 왕 '이훤'과 무녀 '월'의 사랑을 퓨전 사극의 형태로 그리고 있다. 세자빈 '연우'_{김유정 분}의 죽음을 중심으로 드라마의 전반부와 후반부가 갈린다. 후반부의 이야기 전개는 전반부의 '나쁜 결말'을 회피하기 위한 '훤'_{김수현 분}의 고군분투로 이어진다. 이러한 구조는 게임 서사에 기원을 두고 있다는 점에서 주목된다. 게임 서사를 차용한 드라마로 시청률 면에서도 성공을 한 시초의 드라마라고 할 수 있다. 김수현, 여진구, 임시완 등이 큰 주목을 받음.

〈허준〉 이병훈 연출로 1999년 11월 29일부터 2000년 6월 27 일까지 MBC에서 방영된 총 64부작 사극.《동의보감》의 저자이자 조선 최고의 명의로 알려진 '허준'의 일대기를 다루고 있다. 서자 신분으로 양반의 딸과 부부의 연을 맺고 사랑의 도피 끝에 경상도 산음에 정착한 '허준'_{전광렬 분}이 스승인 명의 '유의태'_{이순재 분}를 만나 진정한 의술의 길을 걷게 되어 어의에까지 오르는 파란만장한 인생행로를 그리고 있다. 이은성의《소설 동의보감》을 원작으로

했으며, 사회적으로 한의학에 대한 관심을 제고했다.

〈혈의 누〉 김대승 감독의 2005년 미스터리 영화. 19세기 조선 시대 후반에 제지업을 기반으로 성장한 외딴 섬 동화도를 무대로 일어나는 연쇄 살인 사건을 소재로 삼고 있다. 조정에 진상할 종이를 실은 제지 수송선이 불타는 사건이 일어나자 조정에서는 수사관 '원규'차승원 분를 현장에 파견한다. '원규'가 도착하는 날 의문의 살인 사건이 일어난다. 범인이 드러나지 않는 가운데 혈우血雨가 내렸다는 소문에 마을 사람들은 7년 전 온 가족이 참형을 당한 강 객주의 원혼이 일으킨 저주라 여기고 동요한다. '원규'는 사건의 실마리를 추적해 가지만, 살인은 꼬리에 꼬리를 문다. 사건의 진상에 다가갈수록 '원규'는 자신이 존경했던 아버지의 어두운 그림자를 인지하고 깊은 혼란과 환멸에 빠진다.

〈형영당 일기〉 2014년 11월 2일 MBC에서 방영된 이재진 연출, 오보현 극본의 단막극. '상연'임주환 분의 독살 사건을 수사하던 '철주'이재윤 분는 자수한 '홍연'이원근 분의 태도에 의문을 품고 '상연', '홍연' 형제가 함께 유년 시절을 보낸 '형영당'을 조사하다가 '상연'의 일기를 발견한다. 일기에서 '상연'과 '홍연' 사이의 미묘한 감정을 알게 된 '철주'는 '홍연'이 진범이 아님을 알게 된다. 결국 '상연'의 처이자 독을 마련한 '화정'손은서 분은 자결하고 '홍연'은 풀려난다. 여성 편향의 동성애물로, 독주를 형의 방에 가져가 음독을 방조한 '홍연'이 무죄 방면되는 등 설정의 엄밀성에서는 다소 아쉬운 부분이 있다. 공중파에서 동성애를 다룬다고 해서 일부 네티즌들의 반발을 사기도 했다.

〈WIN〉　　2013년 8월 23일부터 10월 25일까지 Mnet에서 방영된, 기획사 YG의 아이돌 가수 데뷔 프로젝트. YG 소속의 연습생들을 두 팀으로 나누어 경연하여 승리 팀을 정식 아이돌 그룹으로 데뷔시키는 프로젝트 프로그램. 프로젝트의 결과로 5인조 보이 그룹 '위너'가 데뷔함. 프로젝트에서 진 '윈 B팀'을 주축으로 YG는 2014년 9월 11일부터 11월 6일까지 Mnet에서 방영된 〈믹스 앤 매치〉를 통해 7인조 보이 그룹 'iKON'을 데뷔시켰다.

일 본 편

〈고양이를 빌려 드립니다〉　　오기가미 나오코 감독의 2012년 영화. 할머니가 죽은 뒤 혼자가 된 '사요코'가 외로운 사람들에게 고양이를 빌려주는 일을 하면서 외로움을 달랜다. 외로운 인간에게는 마음의 구멍이 있고, 고양이는 그 구멍을 메워 주는 존재라는 설정이 있다. '사요코'는 할머니의 죽음을 잊고 살아 보려고 하지만, 중학교 때의 친구 '요시자와'를 만나 고양이의 상냥한 마음으로도 채울 수 없는 인간의 외로움이 있다는 것을 절감한다.

《공각기동대》　시로 마사무네의 SF 만화를 원작으로 하여 극장판 애니메이션이 1995년에 공개되었으며, 텔레비전 애니메이션은 2002년에 공개됨. 원작판·오시이 마모루 감독에 의해 만들어진 극장판과 가미야마 겐지 감독에 의해 만들어진 텔레비전판, 또 그것의 극장판은 시대나 주인공 '구사나기 모토코'의 캐릭터 설정 등을 비롯해 많은 차이점이 있어서 각각은 원작을 기본으로 한 별개의 작품이라고 할 수 있다. 시대는 21세기, 제3차 핵 대전과 아시아가 승리한 제4차 비핵 대전을 거쳐 세계는 통일된 하나의 블록이 된다. 과학 기술이 비약적으로 고도화한 일본을 무대로 하고 있다. 그 중심에 마이크로 머신 기술을 사용하여 뇌의 신경망에 디바이스를 직접 접속하는 전뇌화 기술이나, 의수·의족에 로봇 기술을 접목한 사이보그 기술이 발전 보급된다. 결과적으로 많은 사람들이 전뇌에 의해 인터넷에 직접 액세스하는 시대가 도래한다. 전뇌화하지 않은 인간, 전뇌화한 인간, 사이보그, 안드로이드, 바이오로이드가 혼재하는 사회에서 테러나 암살, 비리 등의 범죄를 사전에 캐내 피해를 최소화하는, 내무성 직속의 공성攻性 공안 경찰 조직 '공안 9과'가 만들어져 활약한다. 이른바 '공각기동대'다.

《공의 경계》　나스 기노코의 판타지 소설. 1998년 10월부터 나스 기노코가 웹에 5장까지를 연재하고 2001년 12월의 코믹마켓에 출품하면서 전 7장 두 권의 동인지 형태로 간행함. 2004년 고단샤 노벨스에서 단행본으로 만들어짐. 사고로 2년간 혼수상태였던 소녀 '시키'가 깨어나면서 일어나는 기괴한 연쇄 살인 사건을 둘러싼 이야기다. 죽음에 이르는 선을 볼 수 있는 직사의 마안을 갖고 있는 '시키'와 사자獅子의 '기원'을 갖고 있는 식인귀, 배후의 마법사들의 이야기를 담고 있다. '시키'는 다중 인격으로, 동양적인 기모노와 서양적인 가죽 자켓을 포개어 입는 캐릭터로 조형되어 있다. TYPE MOON 사에서 만든 〈진월담 월희〉의 원작. 2007년부터 극장판 애니메이션으로도 만들어짐.

《괴물 이야기》　원제는 '바케모노가타리化物語'. 니시오 이신의 '모노가타리' 시리즈를 여는 판타지 소설. 상권은 소설 잡지《메피스토メフィスト》고단샤의 2005년 9월호, 2006년 1월호, 5월호에 연재한 것을 묶어 2006년 11월에 고단샤 BOX에서 간행함. 하권은 2006년 12월에 고단샤 BOX에서 간행함. 고교생 '아라라기 코요미'가 괴이와 관련된 소녀들을 만나 그 괴이를 둘러싼 사건을 해결해 나가는 이야기. 개그나 패러디, 등장인물들 간의 메타 시점에서의 대화 등에 많은 페이지를 할애한 것이 특징이다. 여고생들 사이의 풍문을 민담이나 설화의 차원에서 현대적으로 각색했다는 점이 돋보인다. 일러스트는 대만 작가 VOFAN이 맡았다. 2009년에는 텔레비전 애니메이션으로 만들어졌으며, 2012년에는 게임으로도 제작됨.

〈구름의 저편, 약속의 장소〉　신카이 마코토의 2004년 애니메이션. 작화, 연출, 음악 등에서 높은 평가를 얻었다. 제59회 마이니

치영화콩쿠르에서 미야자키 하야오의 〈하울의 움직이는 성ハゥル
の動く城〉2004을 누르고 애니메이션 영화상을 받음. 2005년에는 가
노 아라타加納新太에 의해 소설화됨. 일본이 쓰가루해협을 경계로
하여 남북으로 분단된 평행 세계를 무대로 한다. 1996년 홋카이
도는 '유니온'에 점령되어 '에조'라는 이름으로 불리게 된다. '유
니온'은 '에조'에 수수께끼의 탑을 건설하여 '미국'과의 사이에 긴
장감을 고조시킨다. 아오모리에 사는 중학교 3학년 '후지사와 히
로키'와 '시라카와 타쿠야'는 언젠가 '수수께끼의 탑'까지 비행기
를 만들어서 날아가 보기로 의기투합한다. 두 친구 사이에 '사와
타리 사유리'라는 여자 동급생이 끼어든다. '사유리'는 '유니온의
탑'에 반향하면서 끝도 없는 가수면 상태에 빠져들고, 돌연 종적
을 감춘다. 3년 뒤 '사유리'의 행방을 알아내고, 그녀가 '유니온의
탑'과 깊은 관련이 있다는 사실을 깨달은 '히로키'와 '타쿠야'는
자신들이 만든 비행기를 타고 '유니온의 탑'까지 날아간다. 텐몬天
門이 음악감독을 맡음.

〈기리시마가 동아리 활동 그만둔대〉　　　아사이 료朝井リョウ의 청춘 소
설을 원작으로 한, 요시다 다이하치 감독의 2012년 영화. 배구부
주장 '기리시마'가 배구부 활동을 그만두고 학교에 나오지 않자
친구들의 일상은 미묘하게 달라지기 시작한다. 야구부지만 야구
에 흥미를 느끼지 못하고 겉도는 '히로키'는 특히 공허함을 느낀
다. 프로 구단의 지명을 못 받았음에도 열심히 훈련에 임하는 야

구부 선배나, 연습 장소로 인한 여러 말썽에도 꿋꿋이 영화를 만들어 나가는 영화부의 '마에다'의 의연함에 비하면 '히로키' 자신은 삶의 축을 잃어버렸다고 느끼며 울컥한다.

《나루토》 기시모토 마사시의 소년만화. 《주간 소년 점프》에 1999년 제43호부터 2014년 제50호까지 연재됨. 주인공과 동료 사이의 우정, 배신, 복수, 사제지간이나 가족의 인연을 중심으로 이야기가 전개된다. 닌자의 세계와 기원, 역사를 포함한 중층적인 세계관, 민화나 전승, 종교에 대한 오마주를 교묘하게 포함시킨 설정 등이 돋보인다. 《원피스》와 나란히 《주간 소년 점프》의 간판 작품이었다. 2002년부터 텔레비전 애니메이션이 방영되었다. 1부 종료 후 2부부터는 〈나루토 질풍전〉이라는 제목으로 리뉴얼되었다. 해외에서도 인기가 높아 1990년대의 《드래곤볼》을 이어 2000년대를 대표하는 작품으로 받아들여지고 있다. 주인공 '나루토'는 〈뉴스위크 일본판〉 2006년 10월 18일자 특집 '세계가 존경하는 일본인 100'에 꼽히기도 함.

《남자고교생의 일상》 야마우치 야스노부의 개그 만화. 《월간 소년 간간月刊少年ガンガン》의 증보판인 《플래시 간간フレッシュガンガン》 2008년 봄호에 게재된 후, 같은 회사의 웹 코믹 사이트 〈간간ONLINE〉에 2009년 5월 21일 갱신분부터 2012년 9월 27일 갱신분까지 연재됨. 2012년 1월부터 3월까지 텔레비전 애니메이션으로 만들어져

방영. 일상물은 자주 여성 중심으로 전개되는 특성이 있지만, 이 작품은 남자 고교생들을 중심으로 하고 있다는 점이 특징적이다. 기본적으로 여자의 눈은 그리지 않는다는 작자의 방침에 따라 등장인물들의 가족들도 눈 주변의 표정은 그리지 않은 캐릭터가 많다.

《노라가미》　아다치 도카가 《월간 소년 매거진月刊少年マガジン》에 2011년 1월호부터 연재하고 있는 만화. 2014년에는 텔레비전 애니메이션으로 만들어짐. 신사가 없는 무명의 신 '야토'는 단돈 5엔에 수도관 수리에서 편의점 아르바이트까지 가리지 않고 일한다. 어떤 의뢰를 수행하던 중 부주의로 '히요리'의 눈에 띄는 바람에 '히요리'가 교통사고를 당하게 되고, 후유증으로 '히요리'는 쉽게 유체 이탈 하는 체질이 되어 버린다. 요괴를 베기 위한 신기神器로서 '야토'에게 선택된 '유키네'가 합류하여 도시의 괴이들과 맞서는 이야기다.

《다중인격탐정 사이코》　오쓰카 에이지 원작, 다지마 쇼우 작화의 만화. 가도카와쇼텐角川書店의 《월간 소년 에이스月刊少年エース》 1997년 2월호에 연재를 시작했으나, 잔혹한 사체 묘사 등이 문제가 되어 장기 연재 중단되었다가, 2007년 8월부터 동사의 청년만화 잡지 《코믹 차지コミックチャージ》에 연재 재계하였다. 동지의 폐간 이후로는 역시 동사의 월간 만화 잡지 《영 에이스ヤングエース》에 연재됨. 엽기 살인자에 의해 죽게 된 애인을 보고 충격으로 다중 인격

자가 된 형사가 사설탐정이 되어 차례차례 이어지는 엽기적인 살인 사건을 추적하는 이야기다. 살인자들은 왼쪽 안구 아래에 똑같은 바코드가 새겨져 있거니와, 주인공 '아마미야 가즈히코 탐정'에게도 왼쪽 안구에 바코드가 새겨져 있다. 엽기 살인, 사실적인 사체 묘사, 잔혹한 폭력 묘사 등을 특징으로 하며, 이로 인해 일본의 이바라기 등지에서는 청소년보호육성조례에 따라 '유해도서'로 지정하고 있다.

〈달의 요정 세일러문〉   원제는 '미소녀전사 세일러문美少女戦士セーラームーン'. 다케우치 나오코武内直子의 만화를 원작으로 한 텔레비전 애니메이션. 원작은 고단샤 소녀만화 잡지《나카요시なかよし》에 1992년 2월호부터 1997년 3월호까지 연재. 이후 신장판, 완전판 등이 출시됨. 전투미소녀물과 마법소녀물의 요소를 하나로 합친 전투미소녀계 마법소녀물의 선구적인 작품으로 평가되고 있다. 항상 덜렁대고 잘 우는 보통의 중학생 '쓰키노 우사기'가 어느 날 인간의 말을 하는 신비한 고양이를 만나서 '세일러문'이 되고, 다른 동료들과 함께 요괴들에 맞서 마을의 평화를 지킨다는 이야기다. 얼음이나 물을 조정할 수 있는 능력을 소유한 IQ 300의 세일러 머큐리 '미즈노 아미', 화염을 조정하는 능력을 소유한 무녀 세일러 마즈 '히노 레이', 벼락을 조정하는 능력을 소유한 괴력의 세일러 주피터 '기노 마코토', 빛을 조정하는 능력을 소유한 세일러 비너스 '아이노 미나코', 그리고 세일러 문 '쓰키노 우사기' 등 다섯 명

의 마법소녀가 등장하는 것이 특징이다. 세일러문을 뒤에서 지원하는 턱시도 가면 '치바 마모루'도 있다.

〈독수리 5형제〉　원제는 '과학닌자대 갓차맨科學忍者隊 ガッチャマン'. 다쓰노코竜の子 프로덕션의 1972년 텔레비전 애니메이션. 〈달려라 번개호マッハGoGoGo〉후지TV, 1967의 성공으로 자신감을 얻은 다쓰노코 프로덕션 측에서 처음부터 해외 수출을 염두에 두고 만든 SF 애니메이션이다. 세계 정복을 노리는 비밀 조직에 맞서는 5인의 과학닌자대의 활약을 그리고 있다.

《드래곤볼》　도리야마 아키라 만화. 세상에 흩어진 일곱 개의 '드래곤볼'을 모두 모으면 어떠한 소원이라도 하나는 반드시 이루어진다는 세계관에 기반을 둔 장편 만화다. 《주간 소년 점프》에 1984년 51호부터 1995년 25호까지 약 10년 반에 걸쳐서 연재됨. 텔레비전 애니메이션으로도 만들어져 일본의 후지TV 계열에서 방영. 극장판 애니메이션이나 할리우드 실사 영화로도 제작됨. 연재 종료 후에도 다양한 관련 상품이나 게임 소프트 등이 출시되고 있다. 중국의 전기 소설 《서유기》를 모티프로 하여, 주인공의 이름도 주요 등장인물인 '손오공'에서 따왔다.

《디그레이맨》　호시노 가쓰라의 만화. 《주간 소년 점프》에 2004년 27호부터 2009년 22·23 합병호까지 연재'186번째 밤'되었고, 《아카마

루 점프赤マルジャンプ》 2009년 여름호:187번째 밤'를 거쳐,《점프 스퀘어ジ
ャンプスクエア》 2009년 12월호:188번째 밤'부터 연재가 재개되었다. 가상
의 19세기 유럽을 무대로 하고 있다. '기계', '혼', '비극'을 재료로
하여 '악마'를 만들어 내는 '천년 백작'과 이에 맞서는 '알렌 워커'
등 엑소시스트들 사이의 긴 대결을 극화하고 있다.

〈리본의 기사〉   데즈카 오사무手塚治虫의 만화를 원작으로 1967
년 무시 프로덕션에서 제작한 텔레비전 애니메이션. 소녀만화로
는 처음으로 '싸우는 소녀'를 그림. '사파이어 왕자'의 의상 등에
다카라즈카가극단의 영향이 짙게 배어 있고, '남장 여인'의 요소
가 있음. 고단샤 계열의《소녀 클럽少女クラブ》판은 1953년 1월부터
1956년 1월까지 연재,《나카요시》판은 1963년 1월호부터 1966
년 10월호까지 연재. 그 외에도《소녀 프렌드少女フレンド》판1967 등이
데즈카 오사무에 의해 만들어짐.

〈메종 드 히미코〉   이누도 잇신 감독의 2005년 영화. 각본은 와
타나베 아야渡辺あや가 맡았다. 일찍이 게이바의 마담이었던 '히미
코'는 '메종 드 히미코'라는 게이 양로원을 만들어 다른 게이들과
함께 살아가다 암에 걸리고 죽음이 임박해 있다. 그에게는 '사오
리'라는 딸이 있다. 그녀는 어머니와 자신을 버리고 게이로서의
삶을 택한 아버지를 용서할 수 없다. '히미코'의 애인 '하루히코'는
아버지와 딸 사이의 관계를 회복시키기 위해 '사오리'를 양로원의

고액 아르바이트로 고용한다. '히미코'는 죽고 '하루히코'가 '메종 드 히미코'를 이어받는다. 게이 할아버지들과 부대끼면서 '사오리'는 아버지인 '히미코'를 이해하게 되고, 자신의 마음에 귀 기울이는 법에 눈뜬다.

《명탐정 코난》　아오야마 고쇼의 소년 추리 만화. 수수께끼 조직에 의해 몸이 작아진 탐정 '에도가와 코난'이 조직의 행방을 쫓으면서 사건을 해결하는 활약을 그리고 있다. 《주간 소년 선데이》에 1994년 5호부터 장기 연재되어, 동지 역사상 최장기 연재를 기록 중이다. 텔레비전 애니메이션으로는 1996년부터 방영되고 있으며, 1997년부터는 매년 극장판으로도 만들어져 상영되고 있다.

〈백수 알바 내 집 장만기〉　원제는 '프리터, 집을 사다フリーター、家を買う'이다. 2009년에 간행된 아리카와 히로의 원작 소설을 바탕으로 고노 게이타河野圭太·조호 히데노리城宝秀則가 연출한 텔레비전 드라마. 2010년 10월 19일부터 12월 21일까지 니노미야 가즈나리二宮和也 주연으로 후지TV 계열에서 방영. 2010년 민영 방송 드라마 중에서 시리즈물을 제외하고는 가장 높은 시청률을 기록함. 불안정 고용 문제, 가족의 재건 문제를 시의적절하게 제기했다는 점에서 의미가 있는 작품이지만, 프리터 문제를 그저 개인의 근면성에 결부시킨다는 점에서는 문제의 핵심을 비켜 가는 느낌도 있다. 우리나라에서는 2013년 9월부터 10월까지 TV조선을 통해 방영되었다.

콘텐츠의 사회학

〈베르사이유의 장미〉　　이케다 리요코池田理代子의 만화를 원작으로 한 1979년 텔레비전 애니메이션. 프랑스 혁명을 무대로 한 로맨스. 다카라즈카가극단적인 분위기를 띠고 있음. 원작은 슈에이샤集英社의 소녀 잡지《마가레트マーガレット》에 연재됨.

〈별의 목소리〉　　신카이 마코토의 2002년 애니메이션. 25분 풀 애니메이션으로, 감독·각본·연출·작화·미술·편집 등을 신카이 마코토가 혼자서 맡음. 격투 로봇이 모티프로 등장하지만, 감독은 로봇 애니메이션을 거의 보지 않았다. 제작 도중 지인의 소개로 〈기동전사 건담機動戦士ガンダム〉나고야TV, 1979~1980, 〈창궁의 파프너蒼穹のファフナー〉TV도쿄, 2004의 메카닉 디자이너인 와시오 나오히로鷲尾直広의 디자인화를 본 정도라고 밝힌 바 있다. 휴대폰 메일을 통해 중개되는 남녀 주인공들의 연애 감정이 극의 중심에 놓여 있는 작품이다. 텐몬이 음악감독을 맡음.

〈블러드-C〉　　프로덕션 I.G 제작의 애니메이션. 2011년 7월부터 9월까지 MBS 등에서 전 12화로 방영되었다. 2012년 6월에는 극장판 〈BLOOD-C : The Last Dark〉가 공개됨. 〈BLOOD : THE LAST VAMPIRE〉, 〈BLOOD+〉와 함께 프로덕션 I.G의 'BLOOD 시리즈'에 속하는 작품이다. '사야'라고 불리는 소녀가 일본도로 '옛것'이라고 불리는 괴물들을 난자한다는 것이 기본 설정이다. 연출은 미즈시마 쓰토무水島努, 각본은 프로덕션 I.G의 후지사쿠 준이치藤咲淳一와 CLAMP의 오카와 나나세大川七瀬가 함께 맡았다. 나가노 현의 스와 호수 부근을 무대로 하는 텔레비전판은 '사야' 주변의 모든 인물들이 그저 주인공의 가족이나 지인을 연기하고 있을 뿐이고, 모든 것이 카페 주인이지만 사실은 재력가인 '나나하라 후미토'에 의해 조작·관리되고 있었다는 것을 '사야'가 깨달아가는 이야기로 채워져 있다. 극장판은 텔레비전판에 이어지며, 무대가 도쿄로 바뀐다.

《사일런트 러버즈》　　요시무라 요루의 라이트노벨. 전쟁이 끊이지않는 초문명 시대, 거인형 병기 VG에 올라타고 선선에서 싸우는 소녀 '히바나'는 고향에서 자신을 기다리고 있을 소년 '세쓰나'를 떠올리며 전쟁의 고달픔을 달랜다. 그러나 '세쓰나'는 마을을 위해 거인형 병기에 '혼'을 다운로드하여 전선으로 보내진다. 그곳에서 '세쓰나'는 자신을 그리워하는 '히바나'를 만나게 되지만, '히바나'는 그를 알아보지 못한다. 유이가 사토루結賀さとる가 일러스트를 맡음.

《사토라레》　　사토 마코토의 만화.《사토라레》8권,《사토라레 Neo》2권이 단행본으로 출시됨. '사토라레'란 생각이 사념파가 되어 주위에 전파되어 버리는 가상의 병, 혹은 그런 환자를 가리킨다. '사토라레'는 예외 없이 국익에 관계될 정도의 천재지만, 병이 본인에게 알려지면 정신적인 고통으로 자살할 수도 있어서 '사토라레대책위원회'라는 국가 조직에 의해 보호·관리된다. '사토라레'라는 명명은 사람의 생각을 읽는 요괴 '사토리'를 수동형으로 고친 것이다. 2001년 모토히로 가즈유키本広克行 감독에 의해 영화화되었고, 2002년에는 드라마화하여 TV아사히에서 방영됨. 2002년 드라마에서는 오다기리 죠가 사토라레인 '사토미 겐이치'로 분함.

《소년탐정 김전일》　　원제는 '긴다이치 소년의 사건부金田—少年の事件簿'이다. 기바야시 신樹林伸·가나리 요자부로金成陽三郎 원작, 사토 후미야さとうふみや 작화의 만화. 《주간 소년 매거진》에 1992년부터 2001년까지 연재됨. 2004년 여름 이후부터는 제2기 부정기 연재, 2012년부터는 20주년 기념 시리즈로 1년 통년 연재를 거쳐, 2013년 11월부터 《긴다이치 소년의 사건부 R》로 개제하여 연재되고 있다. 본격적인 미스터리를 제재로 한 작품으로, 추리 만화 붐을 일으킴. 연쇄 살인 사건, '클로즈드 서클closed circle' 상황을 초래하는 '절해의 고도'나 '눈보라 속의 산장' 등 외부 세계와 격절된 공간을 무대로 한다는 점이 특징적이다.

《스즈미야 하루히의 우울》　　다니카와 나가루의 라이트노벨. '스즈미야 하루히' 시리즈의 첫 작품으로 2003년에 발간되었다. 스즈미야 하루히가 우울해지면 세계에 이변이 닥치기 때문에 우주인, 미래인, 이세계인, 초능력자 등이 항상 주변에서 감시하고 있다. 여기에 평범한 학급 친구인 남자 주인공이 끼어들게 된다. 그들과 함께 스즈미야 하루히는 'SOS단'을 조직해 여러 소동을 일으킨다.

2006년에 처음으로 텔레비전 애니메이션으로 제작되었고, 2010년에는 〈스즈미야 하루히의 소실〉이 극장판 애니메이션으로 만들어져 상영되었다. 세카이계의 대표적인 작품이다.

〈시니바나〉   오타 란조太田蘭三의 소설을 원작으로 한 이누도 잇신의 2004년 영화. 고급 양로원에서 지내는 여섯 명의 사이좋은 노인들 중 한 사람이 죽고 장례식이 거행된다. 남겨진 다섯 명의 노인들은 여생을 어떻게 하면 의미 있게 보낼까 궁리하던 중 은행털이를 모의한다. 사실 이 계획은 '아오키'모리시게 히사야森繁久彌 분 영감의 죽은 가족의 행방과 관련이 있다는 것이 나중에 밝혀진다. 리더 격으로 야마자키 쓰토무가 분한 '기쿠지마' 영감은 치매에 걸리지만, 영화는 치매를 유년으로의 퇴행으로 아름답게 묘사하고 있다. 아오시마 유키오青島幸男, 후지오카 타쿠야藤岡琢也, 모리시게 히사야森繁久彌 등의 유작이기도 하다.

〈신이 없는 일요일〉   이리에 기미히토의 라이트노벨을 원작으로 구마사와 유지熊澤祐嗣가 감독한 텔레비전 애니메이션. 2013년 7월부터 9월까지 방영. 15년 전을 경계로 사람들은 죽지 못하게 되고, 새로 태어나는 아이도 없어진다. 사람이 제대로 죽기 위해서는 '묘지기'로 운명 지어진 사람에 의해 매장되어야만 한다. '아이'라는 소녀가 자신의 '묘지기'로서의 운명을 깨닫고 여행을 떠나는 이야기를 다룬 작품이다.

〈알바 뛰는 마왕님〉   와가하라 사토시의 라이트노벨을 원작으로
호소다 나오토細田直人가 감독한 텔레비전 애니메이션. 2013년 4월
부터 6월까지 방영되어 그해 가장 주목받는 애니메이션으로 꼽
힘. 마계인 성십자 대륙 '엔테 이스라'의 마왕 '사탄'은 네 명의 악
마 대원수를 거느리고 인간 세계에 침공한다. 용자 '에밀리아'는
이를 격퇴하고, '사탄'은 대원수 '아르시엘'과 함께 이세계의 문을
열어 탈주한다. 현대의 일본 도쿄에 도착한 '사탄'과 '아르시엘'은
마력을 잃고 각각 '마오 사다오', '아시야 시로'로 개명하여 도쿄
시부야의 사사즈카에 있는 육조 다다미 아파트 201호에 세입자
로 들어간다. '마오'는 패스트푸드점에서 정사원을 꿈꾸는 프리터
로 일하고, '아시야'는 주부로 일하면서 마력 회복과 관련된 정보
를 수집한다. 한편 이들을 쫓아온 '에밀리아' 역시 '성법기'를 잃
고 일본에서 휴대 전화 회사의 계약직 사원이 되어 감정 노동에
시달려 가면서 '마오'를 감시한다. 인간계에 일어나는 낯선 사건
들을 해결하면서 '마오'와 '에밀리아'는 서로를 더욱 잘 알아 간다.

〈언어의 정원〉   신카이 마코토 감독의 2013년 애니메이션. 《만
요슈萬葉集》의 세계와 같은 옛날의 '사랑'을 그리고자 한 작품이다.
배경으로는 '비'가 중요하다. 전체 애니메이션의 80퍼센트 정도
가 비 내리는 장면을 배경으로 하고 있다. 구두 장인을 지망하는
고교생 '다카오'는 비 내리는 날 1교시 수업은 빼먹고 정원에서
구두 디자인을 연습한다. 어느 날 '다카오'는 정원에서 낮부터 맥

주를 마시고 있는 여성 '유키노'와 만난다. '다카오'는 어디서 만난 적이 있느냐고 묻고, '유키노'는 부정하고《만요슈》의 단카短歌 한 수를 남기고 사라진다. 이렇게 비 오는 날 오전만의 두 사람의 교류가 시작된다. 2학기 여름 어느 날 '다카오'는 '유키노'가 학교의 고전문학 교사고, 제자들의 수업 거부로 곧 퇴직하게 되었다는 것을 알게 된다. '다카오'는 '유키노'에게 자신의 연정을 고백하지만, '유키노'는 시코쿠로 떠난다고 말한다. 스승과 제자, 연상 연하의 벽을 느끼며 '유키노'는 망설인다. 차츰 두 사람은 서로의 마음이 같다는 것을 알게 된다. 음악은 가시와 다이스케柏大輔가 맡음.

《오늘부터 신령님》   스즈키 줄리에타가《꽃과 꿈花とゆめ》에 2008년 6호부터 연재 중인 소녀만화. 2012년 10월부터 12월까지 텔레비전 애니메이션다이치 아키타로大地丙太郎 연출으로 만들어져 방영되었고, 2015년 1월부터 3월까지 제2기가 방영되었다. 도박을 좋아하는 아버지가 집을 날리는 바람에 졸지에 갈 곳을 잃은 '모모조노 나나미'는 개에 쫓기는 토지신 '미카게'를 구해 주고, '미카게'가 위임한 신사에서 살게 된다. 그녀는 신사의 사자 '도모에'와 더불어 새로운 '토지신'으로서 임무를 수행하면서 점점 '도모에'와 가까워진다. 사실 인연을 맺어 주는 역할을 하는 토지신 '미카게'가 실연으로 인해 큰 상처를 지니게 된 '도모에'와 '나나미'를 이어 주려고 신사를 맡겼다는 설정이다.

〈요술공주 밍키〉　　원제는 '마법의 프린세스 밍키 모모魔法のプリンセスミンキーモモ'이다. 아시葦 프로덕션에서 제작하여 1982년 3월 18일부터 1983년 5월 26일까지 TV도쿄 계열에서 제1작이 방영된 마법소녀 애니메이션. 제2작은 1991년 10월 2일부터 1992년 12월 23일까지 NTV에서 방영. 꿈의 나라에서 온 요술공주 '밍키'가 다양한 직업의 어른으로 변신하여 사람들의 꿈을 지키기 위해 활약한다는 내용이다. 당초 소녀 시청자를 타깃으로 하여 만들어졌으나, 소위 오타쿠들에게도 많은 인기를 얻었다.

〈요술공주 샐리〉　　원제는 '마법사 사리魔法使いサリー'이다. 요코야마 미쓰테루의 만화를 원작으로 한 일본 최초의 소녀만화 영화. 원작은 슈에이샤의 소녀만화 잡지《리본りぼん》에 1966년 7월호부터 1967년 10월호까지 연재되었다. 미국 드라마〈아내는 요술쟁이〉의 일본에서의 히트에 고무되어 만들어진 것으로 알려져 있다. 마법의 나라에서 인간계로 온 초등학교 5학년의 소녀 '샐리'와 '샐리'가 마법사라는 사실을 모르는 친구들이 서로 부대끼면서 우정을 쌓아 가는 이야기다. 텔레비전 만화영화의 저변을 소녀 팬으로까지 넓혔다는 평가를 받고 있다. 1989년 속편에 해당하는 애니메이션이 만들어져 1991년까지 TV아사히 계열에서 방영되었다.

〈우드잡〉　　미우라 시온三浦しをん의 소설을 원작으로 야구치 시노부가 감독한 2014년 영화. 대학 입시에 실패한 '히라노 유키'소메타

니 쇼타 분가 진로를 고민하다가 우연히 벽지 중의 벽지인 '가무사리 숲의 마을'에 들어가게 된다. 그곳에서 1년간 임업을 배우며 진정한 임업인으로 거듭나는 이야기를 야구치 시노부 특유의 해학적인 터치로 그린 작품이다.

《원피스》 오다 에이이치로의 소년만화. 《주간 소년 점프》에 1997년 제34호부터 연재되고 있다. 해적이 된 소년 '몽키 D. 루피'가 대보물 '원피스'를 찾아 떠나는 해양 모험물의 형태를 취하고 있다. 꿈을 찾는 모험과 동료들 사이의 우정을 테마로 하여, 박진감 넘치는 전투 장면과 개그, 감동적인 에피소드를 잘 버무려 일본에서는 국민적인 인기를 누리고 있는 작품이다. 장대한 세계관과 교묘한 설정으로 세계 시장에서도 상품성을 인정받고 있다. 1999년부터 텔레비전 애니메이션으로도 만들어져 후지TV 계열에서 방영되고 있다.

《이누야샤》 다카하시 루미코의 소년만화. 1996년부터 2008년까지 《주간 소년 선데이》에 연재. 동일본 대지진 이후 《주간 소년 선데이》 2013년 10월호에 '히어로즈 컴백'의 일환으로 특별판이 실린 바 있다. 전국 시대를 무대로 '이누야샤', '여중생 히구라시 가고메'가 '사혼의 구슬 조각'을 찾아 떠나는 모험 활극 형태를 취하고 있다. 단행본 제36권까지를 베이스로 하여 텔레비전 애니메이션으로 만들어져, 2000년 10월부터 2004년 9월까지 니혼TV 계열에서 방영되기도 함. 극장판은 도호東寶 사에 의해 4편이 만들어짐. 원작이 완결된 후 단행본 제37권에서 최종 제56권까지를 베이스로 하여 〈이누야샤 완결편〉이 니혼TV 계열에서 2009년 10월부터 2010년 3월까지 방영.

〈**초속 5센티미터**〉　신카이 마코토 감독의 2007년 애니메이션. '벚꽃 이야기桜花抄', '코스모나우토コスモナウト', '초속 5센티미터', 이상 세 개의 단편으로 구성된 작품이다. 타인은 알 수 없는 연인들 사이의 특별한 감정과 그 감정의 전달에 대해 잔잔하게 그리고 있다. 학창 시절의 전학으로 인해 본의 아니게 멀리 떨어진 소년과 소녀의 사랑 이야기는 어떤 의미에서 〈별의 목소리〉에 닿아 있다. 〈별의 목소리〉에 '휴대폰 메일'이 있다면 〈초속 5센티미터〉에는 편지가 있다. 편지에 담긴 사랑의 감정은 시간차를 두고 상대에게 전해지거나, 중도에 사고로 분실되기도 한다. 시간차의 의미에 대해 신카이 마코토는 시간을 들여 탐색하고 있다. 음악감독은 텐몬.

《**최종병기 그녀**》　《빅 코믹 스피릿ビッグコミックスピリッツ》에 2000년 1월부터 2001년 10월까지 연재된 다카하시 신의 청년만화. '이별에서 가장 최후의 러브 스토리'라는 카피가 붙음. 2002년 텔레비전 애니메이션으로 만들어짐. 2006년에는 마에다 아키前田亞季를 주연으로 하여 실사 영화로도 만들어짐. '슈지'와 '치세'의 평범한 연애 이야기로 시작되지만, 어느 날 수수께끼의 적에 의해

도시가 공습을 받는다. 도망치던 '슈지'가 등에 강철 날개를 달고 팔이 거대한 무기로 변한 '치세'를 보면서 두 사람의 연애에 먹구름이 인다. 파괴되어 가는 세계, 허물어지는 연애의 '세카이계'를 대표하는 작품이다.

〈카모메 식당〉 오기가미 나오코 감독의 2006년 영화. 핀란드 헬싱키에서 '카모메 식당'이라는 일식당을 경영하는 '사치에'는 동네 사람들에게 '이상한 가게를 하는 조그만 사람'이라고 경원시된다. 식당의 첫 손님이자 일본에 관심이 많은 한 청년이 '사치에'에게 일본 애니메이션 〈과학닌자대 갓차맨〉의 주제곡 가사를 물어보지만, 그녀는 가사를 떠올리지 못한다. 동네 서점에서 우연히 키가 큰 일본인 여성 '미도리'를 만난 '사치에'는 〈과학닌자대 갓차맨〉의 가사를 청해 듣는다. '사치에'는 '미도리'에게 인연을 느껴 함께 식당 일을 하게 된다. 여기에 부모님이 돌아가신 후 텔레비전에서 우연히 '핀란드의 에어 기타 대회'를 알게 되어 헬싱키까지 여행을 왔다가 짐을 분실하고 발이 묶인 '마사코'가 합류하면서 일어나는 에피소드들을 다루고 있다.

〈피크닉〉 이와이 슌지 감독의 1996년 영화. 아사노 타다노부浅野忠信, CHARA 주연. REMEDIOS가 사운드트랙을 맡음. 부모에 의해 정신 병원에 강제로 입원된 '코코'CHARA 분는 그곳에서 두 명의 청년 '쓰무지'아사노 타다노부 분와 '사토루'하시즈메 고이치橋爪浩一 분를 만난다. 두 청년은 '탐험'이라는 명목으로 정신 병원의 담 위를 걸어가 놀곤 한다. 어느 날 '코코'는 조금 더 멀리까지 가 보자고 두 청년을 유혹한다. 담에서 담으로 날아다니다시피 하는 '코코'와 두 청년은 어느 교회에 다다르고, 거기에서 만난 신부는 '쓰무지'에게 성경을 건네준다. 성경을 읽은 '쓰무지'는 세상이 곧 종말한다는 확신을 갖게 되고, 세 사람은 다시 '세상의 끝'을 보러 가기 위해 담장 위의 소풍을 시작한다.

〈황색 눈물〉   나가시마 신지永島慎二의 만화《젊은이들若者たち》을 원작으로 이누도 잇신이 감독한 2007년 영화. 각본은 이치가와 신이치市川森―가 맡았다. 1960년대 일본을 배경으로 하여 아이돌 그룹 '아라시嵐' 멤버 다섯 사람이 각자의 꿈을 이루기 위해 애쓰는 젊은이들로 분함. 꿈을 계속 이어 나가기 위해서는 '생활'이 꿈을 떠받쳐 주어야 한다는 직업 윤리가 저변에 깔려 있다.

《흑집사》   도보소 야나의 만화.《월간 G 판타지月刊Gファンタジー》에 2006년 10월호부터 연재 중이다. 2008년과 2010년, 2014년에 텔레비전 애니메이션으로 만들어져 MBS/TBS 계열에서 방영되었다. 2014년에는 실사판 영화로도 만들어졌다. 19세기 말 영국을 배경으로, 명문 귀족인 팬텀하이브 백작가의 당주 '시엘 팬텀하이브'와 집사 '세바스찬'이 '여왕의 번견番犬'으로 암약하는 내용이다. 모종의 세력에 가문 전체가 몰살당할 위기에 처한 '시엘'

이 악마인 '세바스찬'과 '영혼'을 건 계약을 함으로써 이야기가 시작된다. '세바스찬'의 왼쪽 손과 '시엘'의 오른쪽 눈에 계약의 표시가 숨겨져 있다. 그로 인해 '시엘'은 오른쪽 눈에 안대를 착용한 캐릭터로 그려진다. 원작자의 양해를 얻어 실사판 영화에서는 작품의 시대적 배경을 2020년으로, '시엘'을 '남장 여인'으로 각색했다. 실사판 영화에서 '세바스찬'으로 분한 미즈시마 히로水嶋ヒロ는 영화의 제작에도 관여한 것으로 알려져 있다.

〈KOTOKO〉　쓰카모토 신야 감독의 2012년 영화. Cocco 주연. '코토코'는 세계가 두 개로 보인다. 오직 노래를 하고 있을 때만 하나로 보인다. 그녀에게는 어린 아들이 있다. 일상은 예측할 수 없는 공포로 가득하다. 무서운 세상으로부터 아들을 지켜야 한다는 강박 관념은 점점 커지고, 그녀는 현실과 허구 사이에서 길을 잃는다. 그녀는 자해를 통해 현실을 확인하려고 한다. 세간 사람들은 아들에 대한 사랑을 아동 학대로 오해하여 아이에게서 그녀를 떼어 놓는다. 그러던 어느 날 '다나카'쓰카모토 신야분라고 하는 유명한 작가가 그녀의 노래를 듣고 다가온다. 두 사람은 차츰 가까워지고, 그녀의 자해는 '다나카'에 대한 폭력으로 전치된다.

〈NHK에 어서 오세요!〉　다키모토 다쓰히코의 소설, 오이와 겐지大岩ケンヂ의 만화를 원작으로 야마모토 유스케山本裕介가 감독한 텔레비전 애니메이션. 2006년 7월부터 12월까지 독립 UHF국에

콘텐츠의 사회학

서 방영. 중반까지는 만화판, 종반은 소설판에 베이스를 두고 있다. 전 24화로 구성. 대학을 중퇴하고 히키코모리가 된 청년과 그를 바깥세상으로 끌어내고자 하는 소녀를 축으로 히키코모리의 갈등을 과장하여 그린 작품이다. 원작 소설은 웹사이트 'Boiled Eggs Online'에 2001년 1월 29일부터 4월 16일까지 연재되었고, 2002년 1월 가도카와쇼텐에서 단행본을 출간. 만화는 2004년《월간 소년 에이스》에 연재됨. 제목의 'NHK'는 '일본히키코모리협회'의 약칭이다.

참고문헌

강만길, 《통일운동시대의 역사인식》증보판, 서해문집, 2008.

노명우, 《세상물정의 사회학》, 사계절, 2013.

니시무라 시게오, 《만화 제국의 몰락》, 정재훈 옮김, 스튜디오본프리, 2007.

도미니크 바뱅, 《포스트휴먼과의 만남》, 양영란 옮김, 궁리, 2007.

사사키 아쓰시, 《현대 일본 사상》, 송태욱 옮김, 을유문화사, 2010.

소영현, 《프랑켄슈타인 프로젝트》, 봄아필, 2013.

아즈마 히로키, 《동물화하는 포스트모던》, 이은미 옮김, 선정우 감수, 문학동네, 2007.

_____, 《게임적 리얼리즘의 탄생》, 장이지 옮김, 선정우 감수, 현실문화, 2012.

오쓰카 에이지, 《캐릭터 소설 쓰는 법》, 김성민 옮김, 한국출판마케팅연구소, 2005.

오찬호, 《우리는 차별에 찬성합니다》, 개마고원, 2013.

우치다 다쓰루, 《하류지향》, 박순분 옮김, 열음사, 2007.

이용욱, 《온라인게임 스토리텔링의 서사시학》개정판, 글누림, 2010.

장이지, 《환대의 공간》, 현실문화, 2013.

전상진, 《음모론의 시대》, 문학과지성사, 2014.

정여울, 《소통 ; 미디어로 세상과 관계 맺는 법》, 홍익출판사, 2011.

존 조지프 애덤스 엮음, 《종말 문학 걸작선1》, 조지훈 옮김, 황금가지, 2011.

하지현, 《관계의 재구성》, 궁리, 2006.

콘텐츠의 사회학

한나 아렌트, 《인간의 조건》, 이진우·태정우 옮김, 한길사, 1996.

황인찬, 〈영원한 팔월, 어린 신의 세계〉, 《문장 웹진》, 2013. 10.

H. 포터 애벗, 《서사학 강의》, 우찬제 외 3명 옮김, 문학과지성사, 2010.

東浩紀 編, 《コンテンツの思想》, 靑土社, 2007.

岩谷徹 外, 《ゲームの流儀》, 太田出版, 2012.

稻葉振一郎, 《モダンのクールダウン─片隅の啓蒙》, NTT出版, 2006.

宇野常寬, 《ゼロ年代の想像力》, 早川書房, 2011.

大塚英志, 《仮想現実批評》, 新曜社, 1992.

_____, 《サブカルチャー文学論》, 朝日文庫, 2007.

_____, 《物語論で読む村上春樹と宮崎駿─構造しかない日本》, 角川書店,
        2009.

荻上チキ, 《社会的な身体》, 講談社, 2009.

島田雅彦, 《漱石を書く》, 岩波書店, 1993.

新城カズマ, 《ライトノベル'超'入門》, ソフトバンク, 2006.

西尾維新, 《ザレゴトディクショナル─戯言シリーズ用語辞典》, 講談社, 2006.

本田透, 《電波男》, 講談社, 2008.

宮台真司, 《終わりなき日常を生きろ》, ちくま文庫, 1998.

콘텐츠의 사회학

초판 1쇄 인쇄 2015년 8월 21일
초판 1쇄 발행 2015년 8월 28일

지은이 장이지

펴낸이 박세현
펴낸곳 서랍의 날씨

기획위원 김근 · 이영주
편집 김종훈 · 이선희
디자인 강진영
영업 전창열

주소 (우)121-250 서울시 마포구 성산동 275-60번지 교홍빌딩 305호
전화 070-8821-4312 ㅣ **팩스** 02-6008-4318
이메일 fandombooks@naver.com
블로그 http://blog.naver.com/fandombooks

등록번호 제25100-2010-154호

ISBN 979-11-86404-20-1 03810

* 한국출판문화산업진흥원 2015년 우수출판콘텐츠 제작 지원 사업 선정작입니다.